中俄文学互译出版项目·俄罗斯文库

本书属于中国国家新闻出版署和俄罗斯出版与大众传媒署批准的《中俄文学互译出版项目·俄罗斯文库》，由中国文字著作权协会和俄罗斯翻译学院负责组织实施。

МОСКОВСКИЕ СКАЗКИ

莫斯科童话

АЛЕКСАНДР КАБАКОВ

［俄］ 亚历山大·卡巴科夫 / 著

穆新华　张勃诺 / 译

群众出版社

·北京·

图书在版编目（CIP）数据
莫斯科童话 /（俄罗斯）亚历山大·卡巴科夫著；穆新华，张勃诺译．—北京：群众出版社，2021.1
ISBN 978-7-5014-5921-6
Ⅰ.①莫…　Ⅱ.①亚…②穆…③张…　Ⅲ.①短篇小说—小说集—俄罗斯—现代　Ⅳ.①I512.45
中国版本图书馆 CIP 数据核字（2019）第 007365 号

莫斯科童话
〔俄〕亚历山大·卡巴科夫　著
穆新华　张勃诺　译

出版发行：群众出版社
地　　址：北京市丰台区方庄芳星园三区 15 号楼
邮政编码：100078
经　　销：新华书店
印　　刷：天津盛辉印刷有限公司

版　　次：2021 年 1 月第 1 版
印　　次：2021 年 1 月第 1 次
印　　张：7
开　　本：880 毫米×1230 毫米　1/32
字　　数：181 千字

书　　号：ISBN 978-7-5014-5921-6
定　　价：36.00 元

网　　址：www.qzcbs.com
电子邮箱：qzcbs@sohu.com

营销中心电话：010-83903991
读者服务部电话（门市）：010-83903257
警官读者俱乐部电话（网购、邮购）：010-83901775
文艺分社电话：010-83903973

本书属于中国国家新闻出版署和俄罗斯出版与大众传媒署批准的《中俄文学互译出版项目·俄罗斯文库》，由中国文字著作权协会和俄罗斯翻译学院负责组织实施。

目录

荷兰人

最早发现他是在夜里十一点左右（记录上这样写道：“夜里十一点在……区”），在库图佐夫大街上。

正值1月，雪蛇在夜晚空旷的市政道路上爬行。“特拉菲克”①（请原谅，我懒得用更俄语化的词代替它——难道这个词还没有成为俄语词吗?）实际上已降为零，只是在去往某知名城市的路上偶尔有品牌和型号都很奢侈的豪车飞驰而过。有时也能看到一辆“412型”的“莫斯科人”牌汽车，在严寒中颤抖着车身，闪着昏暗而模糊的灯光，孤单而又顽强地挣扎着，不知驶向何方。车顶上的行李架已被满载的各种破烂东西挤变了形。市中心方向基本上没有人去，只有一辆“胆怯”的“羚羊”牌汽车几乎不被察觉地从右侧车道拐进了一条黑暗的胡同，去做各种小的批发生意。

一切由此开始。

不久，便发生了一件事情——或许称得上事故？在这个边远地区，事件的“悲剧性主角”在驾车沿最左边车道向省城方向行驶时，由于超速而违反了一系列道路交通规则。主角开着车（确切地说，走的不是左边的车道，而是应急车道），违反了交通规则，打着双闪，处于醉酒甚

① 英语“traffic”（交通）一词的俄语发音。

至是毒瘾发作的状态。当他看到所有人的时候……有什么好说的？一目了然！司机名叫阿布斯图尔哈诺夫·鲁斯兰·伊万诺维奇。至于他为什么不好好驾驶大型日本越野吉普车，只有无所不晓的万能真主阿拉才知道。即便知道，真主也早就已经忘记了，因为这件事情已经发生很久了，而且上达天庭的类似信息又不计其数……

那么，鲁斯兰·伊万诺维奇为什么会在夜总会呢？顺便提一下，夜总会隶属于他的好友——议员、进步青年瓦洛佳·特罗菲梅尔。算了，关于瓦洛佳，下次再讲吧！事情是这样的……

阿布斯图尔哈诺夫·鲁斯兰的朋友和执法机构的人为了简便起见，经常叫他“阿布斯图尔”。他为什么会在夜总会喝威士忌、吸食可卡因，最后还饶上香槟酒（尽管这一切都是阿拉绝对禁止的）呢？理由是……大家都知道，阿布斯图尔哈诺夫喜欢喝威士忌，而且“科科斯”牌威士忌是绝对的“高品质”，香槟也是真正的法国货。即使在超市，这种香槟的售价也将近一百卢布，更不要说在夜总会了……那么，他为什么要在开车上路之前喝酒呢？怎么说呢，我不知道！更确切地说，我虽然知道，但无法向你们解释清楚。您明白吗？他是可以的！他——阿布斯图尔哈诺夫，喝醉了都可以骑跨道路中心线行驶，以每小时一百六十公里的速度，还闪着警灯。您会问，既然路上空空如也，干吗非要骑跨中心线行驶呢？因为，生活本来就是如此。这样的生活，只有他和他的朋友们能够适应——您是无论如何都适应不了的。那么，您又何必耿耿于怀呢？这是实话！况且，真主阿拉只是上帝，以一顶百，这跟他一点儿关系也没有。只要阿布斯图尔哈诺夫愿意，他就又喝、又抽、又搂、又抱——搂抱瓦洛佳送给他的那些美女。只要他愿意，开上车就走。如果您从来没有酒后驾驶，可卡因也只在电影里见过，那就对了——您也不需要那样去做。您就安心吧！

好吧！

那么，我们接着讲述。

大型吉普车骑着道路中心线狂奔着。莫斯科的夜晚，道路上及道路两侧的灯光绚丽多彩、熠熠闪烁。可怜的鲁斯兰自信地（我们要实事求是地对待他）驾车在路上行进着。他打了个盹儿，猛然醒来之后，想了想车子应该驶向哪里，便又打起瞌睡来。此时，一辆大车向他疾驰而来……

阿布斯图尔哈诺夫突然感到，他不是一个人。囚室门上的透视孔被悄悄地打开了——有人在观察他。

阿布斯图尔哈诺夫先往右边看了看——没有人，只有空空的皮座椅。座椅的侧上方是有厚厚涂层的车窗，外面是空旷的街道。

于是，阿布斯图尔哈诺夫看向左边，并且看到了它。

它是一款旅行轿车，我们的司机称它为“棚子”。它在欧洲很受家庭成员较多的家庭的喜爱，而在我们这里是受到企业主的青睐。这些企业主都没有法律上承认的实体企业，只是在跳蚤市场销售各种破旧的物什，所以用这种汽车运输货物很方便。阿布斯图尔哈诺夫·鲁斯兰在自己的左边看到的这款大众汽车，是在德国停产了十年之后才在俄罗斯普及的。

“厉害呀!”阿布斯图尔哈诺夫想，“我开一百六十迈，他也是。我骑着车道分界线行驶，而他竟然与我相向而行。这么难看的‘棚子’竟然跑一百六十迈……他怎么不怕警察？这个无知的人将怎样绕过那个拱门呢？如果它在一公里后变得更狭窄、更小呢？该死的!”

也就是说，所有这些，他根本就没有考虑。他只想到“这下完了”，或者不完全是这样……总之，这会儿可没时间去斟酌词语，因为帝国凯旋门的影子已经在眼前了。

阿布斯图尔哈诺夫更牢地抓住方向盘，向右拐，驶入了正常车道。穿过纪念碑时，他看向左后视镜，期待着看到美国电影里那样的翻滚场景。他仔细地听了听，希望听到刺耳的胶皮摩擦声和钢铁的撞击声。但是，他什么也没有看到，什么也没有听到。他的身后是漆黑、空旷的马路，只有广告牌发出了微弱的光。耳畔传来了高音质的抒情歌曲——大型吉普车里有收听广播的装置。为了彻底打起精神，阿布斯图尔哈诺夫轻轻地晃了晃头，放慢了速度，因为马上就要转向鲁布廖夫卡了。再过半个小时就能到达楼前，或者如大家所说——到达自家的住宅前。一层已经完全建好了，阿布斯图尔哈诺夫一家已经住在那里了。夏天到来之前，建筑队会把一切都建好，鲁斯兰·伊万诺维奇的房子将不亚于邻居家的。以这条公路旁的居民的评判标准，邻居们都是些备受尊敬的人。到那时，他可以把兄弟们都接来，把网点交给他们打理，而他自己则会做点儿更稳妥的事情，比如像瓦洛佳那样开个夜总会，然后……

他已经不再晃头了，随即看到了这该死的“棚子”。现在，这辆锈迹斑斑的破车行驶在右侧，与他的车并行，车身挨着车身，影响了他在转弯前变换车道。“这没有什么！”阿布斯图尔哈诺夫大概又开始这么想了，“我开一百四十迈，他也开一百四十迈。这个该死的，到底是从哪儿窜到右侧的?!”

这个问题，像前面的几个问题一样，他没有找到答案。而且，他也不可能找到答案，因为就在下一秒，他看到了接下来我们将要详细描述的事情，他也因此而被吓疯了。

丝毫没有减速的、在大吉普车的右侧飞驰的旅行轿车的车厢里发出了耀眼的、旋转的蓝色灯光，仿佛里面开着的不是柔和的顶灯，而是防空探照灯。在这种灯光下，一名司机和一帮可恶的乘客显而易见。他们都穿戴得相当普通：黑色皮夹克和黑色编织帽。但是，在皮夹克的领子和帽子之间，已成为精神病人的公民阿布斯图尔哈诺夫看到了一张张黝黑的脸。那些人的脸上没有流行的、种族所特有的天然胡须——他宁愿看到脸上长满胡须的人。他看到的不是毫无血色的、显得不太健康的面容，也不是取得国家封号的举重运动员般强有力的脖子——尽管这一切都不是他想要见到的，但是他还能够接受；他看到的不是因吸毒而恍惚的青少年那种不可思议的、枯瘦的脸——这当然令人厌恶，但是没有危险；他看到的甚至不是透着傲慢和贪婪的便衣警察的那种脸——便衣警察们不会制造任何麻烦，只会花些钱给他们……噢，不，这个倒霉蛋儿看到的不是这样一些人！

在蓝光闪烁的汽车里，一群棕色的骷髅头龇着歪七扭八的长牙在笑。从皮衣袖子里伸出的腕骨十分光滑，金光闪闪的手指骨并排放在方向盘上。

“看我怎么治他们！”阿布斯图尔哈诺夫愚蠢地想。他用尖头意大利皮鞋的鞋掌猛踩油门，巧妙地击垮了这些从地狱里钻出来的魔鬼。经受住考验的汽车自然而然地开始发威了，猛地向前冲了出去。此时，后视镜里一片黑暗。“都留在了死亡区，这些丑八怪！”这一次，阿布斯图尔哈诺夫很符合逻辑地断定，并大笑起来。尽管车窗紧闭，但他的笑声还是传遍了整条街道。

疯子的哈哈大笑声在象征着极权的、体面的房屋建筑上空飘荡着。这些房屋的窗户基本上都是新的，白色的窗框和电视卫星天线见证了我们这个社会“精英阶层的更替”。同时，他的笑声在昂贵的商店和日本、意大利风味餐厅的上空飘荡着。在其中一家餐厅里，阿布斯图尔哈诺夫曾经遭遇过枪击。但是，他躲过了一劫，只是额头被酒吧的架子刮破了一层皮。接着，他的笑声飘过了豪华高层住宅的上空。这笑声直入遥不可及的苍穹……那里的云在飞翔，时而驻足。夜晚的云是黑色的，白天的云是银色的，而黎明和黄昏的云则是紫金色的。我们的灵魂坐在云端，望着下面忙碌着的我们的肉身，认真地思考着是否应该无视下面的一切，永远飞离我们这里，飞往更高的空气稀薄的大气层……库图佐夫大街上有许多居民还没有睡下，有的在喝红酒，有的在看电视，有的在和朋友聊天或贪婪地读着爱情故事。有人认为这狂野的笑声是爆炸后产生的回声，有人认为它是透过墙壁传出的俱乐部“DJ”的号叫声。而那些已经睡了的居民，则认为这是在做梦……

这时，鲁斯兰的车已经转向了鲁布廖夫卡，直接驶上了莫斯科的环路。他抽起烟来，被呛得眯起了左眼。“神志”晃晃悠悠地重新从周围的空间进入了这个可怜家伙的大脑。在那个空间里，他的注意力就像雨滴一样飘落和消散。如果一切到此结束了的话，那么凌晨就不会有任何后果了，除了醉酒后常有的不适。

然而，正如人们所料，“魔鬼乘客”们再次出现了。试想一下，如果我们在那辆注定要毁灭的越野吉普车上……万能的神灵，上帝保佑！救救我们，保佑我们吧！

“魔鬼”们的汽车跑到了前面，就像命该如此——1990 年生产的“帕萨特”超过了时速一百五十公里的崭新的“陆地巡洋舰”。

载着死人的长长的车厢像闪电一样再次亮了起来。这时，有两个人从后座上爬到了车窗外。两个骷髅头就像在转轴上一样旋转了一百八十度，龇着牙坏笑，用两个黑色的“无底洞”顽强地盯着阿布斯图尔哈诺夫。其中的一个很滑稽，鼓励地晃动着五个手指骨，好像在说：“超呀，小男孩儿！干吗在后面紧跟着……”

阿布斯图尔哈诺夫用结实有力的脚将油门踩到了底。吉普车冲了出去，终于超过了那辆“死亡之车”。出生于 1978 年的纳恰利尼克市人阿布斯图尔哈诺夫最后看到的是对方灰色行李箱上的一张白色的椭圆形贴纸，上面写着两个外文字母“NL”。这是什么，他也不清楚。但是，有许多人知道，它们的意思是“尼德兰”，也就是“荷兰”。

接下来发生了什么，大家就都知道了。吉普车没有减速，撞到了地面人行过街天桥的一根支柱。柱子的一部分遭到了损毁……车辆也报废了，变成了一堆严重变形的废弃金属……变成了夜晚的一场噩梦。没有其他人员伤亡，除了我们已经知道的阿布斯图尔哈诺夫。他处于醉酒状态，车速超过了鲁布廖夫公路段所允许的范围，失去了控制，当场死亡。救援人员用特殊的设备将死者的身体与他的汽车分割开来，但无论是他们还是交通警察都无法确定，到底是从“陆地巡洋舰”的哪个部位飞出的东西穿过了死者的胸膛，击穿了心脏，从左肩胛下飞出来，深深地刺入了真皮座椅的靠背。因此，遇难者被钉在了汽车上，就像残忍的“青少年自然主义者”用别针将抓住的蝴蝶钉住一样。这是个长约一米的十分平滑的木棒，不知是用什么木头做的。在木棒的一头固定着一块很锋利的三角金属，另一头是几根很短的鸟的羽毛。据一名警察猜测，这是一起早在交通事故发生之前就发生了的谋杀案，凶器就是这根木棒。所以，交通事故应该被视为刑事犯罪的后果。也许，应该通知专门的调查组到现场来，但是被领导拒绝了：“老兄，不要在这儿胡说八道了！是土著人把他干掉了吗？把箭给你，你试试，傻瓜！打电话叫拖车，不然我们在这儿要耗到天亮了。早晨有大量的车进城，看到这种‘一级方程式’，少不了给我们找事，明白吗？”然后，领导把这支从黑暗中射来的箭头也拿走了。关于它，在后来的任何文件中都没有提到。

在鲁布廖夫公路和莫斯科环线的交叉路口执勤的国家道路交通安全检查署上尉警长普罗福索夫，在当晚二十三点十五分左右发现了高速行驶的“帕萨特”。警长无法看清汽车的牌照，因为车灯发出的蓝光太刺眼了。不过，借着灯光可以发现，车厢内空无一人——也就是说，连司机都没有。按照在道路上执勤时养成的习惯，上尉本来要向这种绝对特殊的车辆敬礼，但随后他便醒悟过来，努力改变了藏在厚棉衣袖子里的手的动作——画了个十字。空无一人的汽车加速往拉兹多尔、茹科夫卡及山区的方向驶去，于五分钟后消失在了蓝光闪烁的地方。紧接着，一个不大的、类似小甜瓜的圆圆的东西滚到了尼古拉·彼得洛维奇·普罗福索夫脚下。尼古拉弯下腰，好更近地看看这个东西。他看到的是骨头稀稀拉拉地缝合在一起、有很大牙齿的一个骷髅头，其中一颗镶过的坏牙闪着金光。骷髅头那神秘的眼窝深深地塌陷着，三角形的鼻子是空的。警官弯着腰站了一会儿，快要吓晕时，突然从西北方向飞来了一副张开了的人的掌骨和指骨，坚硬的骨头重重地落在他的后脑勺上。受了伤的他一下子栽倒在雪地上，靠四肢支撑着站了起来。他就这样站了有半分钟，然后才像胚胎一样双手抱膝，侧身躺了下来。这时，骷髅和骨头瞬间化成了灰。

此人最终的命运如何，不得而知。不过，确认无疑的是，他从机关辞职了，因为无法忍受同事们对这个故事的怀疑。此后，他去了哪里、现在靠什么生活，没有人知道。有传言说，在一个月色朦胧的夜晚，就在普罗福索夫的灵魂消失的那个地方，经常有一名交警在蓝光闪烁的地方拿着一根胫骨，而不是带条纹的交通指挥棒。这当然是胡说八道——怎么能容许在特别规范的道路上站立着这么一位交警呢？

后来，有很多人在不同的地方见到过这辆闹鬼的“帕萨特”，这没什么可怀疑的。有些人甚至还活着，所以他们的感受与逝去的阿布斯图尔哈诺夫临死前的想法和感受一样，是我们直接获得的，而不是经过艺术加工的。

举个大家都知道的例子：雨夜过后，在 7 月的一个空气非常清新的早晨，这辆可怕的汽车就曾在已经变干了的列宁格勒大街上缓缓驶过。

在这条以堵车著称的、只有在黎明时分才变得空旷的莫斯科主干道上，一位有魅力的年轻女子正在驾驶“标致－206”。她曾经叫（现在也叫）奥列霞·格龙特。“格龙特”是她第一任丈夫的姓，而她的娘家则姓“捷列彼尔科”。大概在六年前，她从疗养之城费奥多西亚来到了俄罗斯的首都。有一段时间，她过得很贫苦，不能注册登记，没有住处和工作，只能在夜总会混口饭吃。补充一下，她曾经在瓦洛佳·特罗菲梅尔那儿待过。之所以提起这件事，是为了提醒您，世界很小，名人的圈子十分狭窄。那时候，她穿的都是从跳蚤市场淘来的衣服。很快，她就结识了一位年轻的金融家鲍利斯·马特韦耶维奇·格龙特。当时，他刚好结束了共青团学院委员会秘书的生活，步入了百万富翁的行列。于是，她就嫁给了他。谢天谢地，他们没有孩子！一年半之后，格龙特便与奥列霞离婚了。他把自己的姓名（用优雅的名字“奥列霞”替代了原来的“奥利加·米特罗凡诺夫娜”）、位于乌西耶维奇大街的一套四居室和一笔钱留给了她。这套四居室已经装修好了，并且设备齐全，是前文化活动家们的两套公寓合并而成的。鲍利斯接受调查和诉讼的时间不长，曾经上过电视。后来，他定居在西班牙气候宜人的加泰罗尼亚省。奥列霞经常光顾夜总会，但已经不是为了糊口了，而是为了享受。她很受男性朋友的欢迎，并在他们那里取得了很大的、应有的成功。对于英文的“男朋友”这一称呼，我们很反感。这些男朋友“有节奏”地不断更换着，每个人都给奥列霞留下了美好的印象。有人送给她一枚戒指——不在于多少克拉，而在于十分漂亮、可爱。有人送给她柔软的毛皮大衣——当然很贵，是南美栗鼠皮的，非常暖和、轻盈，虽然被染成了粉红色。有人直接就送给了她一张最流行的消费卡……在这样的生活进程中，曾经短暂地出现过一位先生。他送给她了一辆前面提到过的时尚的浅绿色“标致206”汽车，所以他在这位世俗女性的个人经历中尤为引人注目。在那个不幸的早晨，奥列霞·格龙特正是开着这辆车，趁着道路空旷，恢复了驾驶技术。

就在这时，这辆四轮的“地狱使者”出现了。

奥列霞没有加速，也没有放弃驾驶，而是战战兢兢而又努力地保持着二十公里的时速。奥列霞往左边瞥了一眼，紧抓住方向盘的手指都变白了。与她的车并行的是一辆灰色的大型车，看不清车牌。不过，这种类型的车在她的家乡克里米亚被叫作“皮卡”，生活富足的邻居用它来接送家人、运送鸡。鸡被装在笼子里，放在后座上。另外，整辆车锈迹斑斑、破烂不堪，车辆的接缝处和车身的边缘都遭到了腐蚀。还有，奇怪的车厢玻璃完全是黑色的，黑得那么不自然，黑到了极致，她从未见过。

“嗯，”奥列霞想，“这是什么车呀？”

很快，似乎有人发现她对这辆车感兴趣，“帕萨特”右侧的车窗开始往下降……是的，就是那辆车！

奥列霞用眼角的余光捕捉到了这一幕，又向左瞥了一眼。她几乎同时进行了几个动作，每一个动作都显示出她是个真正的女人，尽管残酷的莫斯科生活磨炼了她，尽管朋友们曾经认为（现在也这样认为）她是个冷漠的、会算计的女人。她无力地喊了起来，尽自己所能把嗓音变得尖细。同时，她用脚使劲儿踩了一下最先触碰到的踏板。可怜的法国车怒吼了一声，像袋鼠一样向前蹿了一下，又停了下来——熄火了。于是，女司机把脚转到了邻近的踏板上，踩了一下刹车。当然，她被吓得闭上了双眼。

这就是她看到的一切：在放下的车窗后面呈现出的不是灰紫色的晨光照射下的正常汽车的车厢内部，而是无尽的黑暗空间。所有的车窗都是正常的、透明的，而玻璃后面却是阴森恐怖的“地狱”。一个没有鼻子的骷髅头在行驶着的“地狱”里望着倒霉的奥列霞，龇着牙笑着，以令人恐惧的、空洞的目光引诱着她。

可怜的女人啊！您可以想象一下这种恐惧：一个普普通通的早晨（甚至是美好的早晨），在莫斯科市中心的“机场区”，一切都将是美好的……年龄还不大——虽然已经三十岁了，但是也不是很大。突然之间，她开始面临黑暗与死亡……哦，上帝，求求你，不要让她死去！

当奥列霞·格龙特终于睁开眼睛时，列宁格勒的大街是空旷而干净的——幽灵般的汽车没有留下任何痕迹。奥列霞的小车斜着顶在路边，可是不知为什么，一直在鸣笛。她紧紧地握着方向盘，双手轻轻地发抖。周围一个人也没有……

那又怎样？恐慌归恐慌！这会儿，她在包里的一堆东西中找到了手机，用尽力气拨打了最忠实的友人的电话。实事求是地说，整个车队飞速地赶来了。他乘坐着强大的“奥迪”，“奔驰 GLS”越野车充当护卫。顺便说一下，毫无损伤的“标致”被开到了停车场。一两个小时之后，它的主人已经在一家最昂贵的诊所里接受最好的心理医生的治疗了。她得到了最好的抗抑郁药，接受了最好的按摩和恢复健康的治疗。然后，她去了瑞士山，又从那里去了热闹的伊维萨岛。在那里，她非常开心，基本上忘记了那场噩梦。秋天的时候，她才回来，就像什么都没发生过一样。现在，只需要形象设计师对她那灰白的头发做一些额外的工作。起初，设计师还在设想，是否借此机会完全改变她的形象。但是，设计师最终还是保留了她头发的正常颜色。当然，这对她来说是最有效的颜色——只能如此了。

在最困难的时刻来帮她的那位友人出于好奇，了解到了发生在那个可怕早晨的所有事故，包括小事故。当然，他是通过个人的一些渠道了解到的。他弄清楚了，在奥列霞清醒过来并打了求助电话之后，过了大概七分钟，交管局的二十四小时巡逻车队发现了这辆灰色的“帕萨特”。它缓慢地行驶在“索科尔”地铁站附近的列宁格勒大街的正中央，还没有到达沃洛克拉姆斯克和列宁格勒高速公路的交叉口。这辆貌似普普通通的老旧汽车引起了警觉的交警们的注意，于是他们便追上了它。这并不难做到，因为沉重的旅行车就像在睡梦中一样，以不足四十迈的速度平稳地移动着。交警们把车在其左侧停下来，发现“帕萨特”的所有车窗都被摇了下来——车厢里空空如也。认真而又经验丰富的男子汉们没有陷入带有迷信色彩的恐慌状态，他们的推断通情达理：也许是某个爱喝茶的司机忘了拉手刹，车子在斜坡上加速滑动，溜走了，好在路上既没有车也没有人。他们叫来“特种卡车”，以便横挡在“帕萨特”的前面，将其逼停。他们一边继续护送，一边大声命令车辆靠右侧行驶，好让为数不多的过往车辆分流。他们本想抓紧时间，根据车辆的号牌寻找车主，但却马上发现，该车根本就没有号牌，只有一张写有字母“NL”的椭圆形贴纸——没有任何意义，只能表明这辆车曾经在尼德兰王国（即荷兰）注册登记过。

于是，有一位“抽到过可怕的签”的同事，文化水平较高（好像是夜大法律系的大学生），说出了这些不祥的话：

“去他妈的荷兰人！”

于是，被施了魔法的“帕萨特”立即就消失了。在车子停过的地方，只剩下了一堆沙土，瞬间就被风刮跑了。

紧接着，巡逻车也消失了，至今没有被找到。

奥列霞·格龙特的友人也消失了，好像是去了英国。他在伦敦的海格特区购买了一套体面的住宅，与家人、朋友一起住在那里。不过，他也有可能不在那里……

不知为什么，过了很长时间，也没有任何人在任何地方见到过奥列霞·格龙特。她甚至没有去过时装周的高级时装展示会——要是在过去，她是一定会去的。不，朋友们并没有为她的命运担忧，似乎一切都很正常。但是，她到底在哪儿呢？

那辆该死的“大众”牌汽车再也没有出现过——它当然该死，即使没有我们的诅咒！

或许，它还会出现？

鬼才知道！

有一次，一位著名政治家“N”坐车前往别墅……我们不说他的姓。即便如此，他也是家喻户晓的人物。您有可能知道他，因为他曾经多次出现在电视上。此时，他的车正在驶往明斯克公路旁的别墅。他的三层别墅很不错，占地半公顷，有壁炉、游泳池等。所有这些都是靠他在西方各大学授课挣来的钱建造的，这是事实——他曾经为此发过声明。此时，政治家正在返回别墅的路上，但最终却没能到达。好像有人看到，一辆老旧的、快要散架的灰色多功能轿车超过了政治家的那辆巴伐利亚汽车厂生产的国产汽车，然后把它拦住了。接着，灰色多功能轿车撞击了国产汽车的车尾。于是，政治家就一命呜呼了。

锈迹斑斑的破车倒是没什么，可是那辆崭新的“宝马”却成了一堆废铁。

令人震惊的是，飞起的后备厢盖恰好削掉了N的头颅。您能想象得出来吗？

从暴徒的“帕萨特”牌汽车里走出了一副骨头架子，直接在公路上拿俄罗斯最优秀的一颗头颅当足球踢——真是该死！

光天化日之下，星期六，在繁忙的明斯克公路上……怎么能相信这些胡言乱语呢？

另外，这位N失踪了……退出了政治舞台。他现在在哪里、在做些什么，都无从知晓。不知他是在某个董事会里做事，还是在威斯康星州给大学生们上着关于民主的基础课程……还有些人信誓旦旦地说，他正在以色列治疗“人体免疫机能丧失综合征”——这个病是他在从政期间得的。他的病情在好转……可我们什么都不知道，只知道他失踪了。

此外，在莫斯科，有一位多才多艺、深受欢迎的名叫季莫费·博尔孔斯基的年轻人。他到底出身于哪个博尔孔斯基家族，没有人知道——有可能出身于列夫·托尔斯泰在书里描述的那个家族，也有可能……是他的父亲所生。当年，他的父亲声名显赫，获得过党和政府颁发的各种奖项。但是，他的父亲好像是巴尔孔斯基，名字来源于“阳台”① 一词……而季莫费则是以摄像师、公关顾问、餐厅老板和极限运动大师著

① 俄语的“阳台”一词的发音为“巴尔孔”。

称。他既征服过阿尔卑斯山，又在印度洋里潜过水。他每天都骑着摩托车来回穿行——早晨从家里到工作室，晚上从餐厅到家里。他曾经拥有一个美好的、子女众多的大家庭，还与家人一起为《家庭生活》杂志拍过照片。他曾经有过一个朋友，与他保持着温柔、亲昵的男性关系——季莫费和这个朋友一起为其他杂志拍过封面照。

总的来说，一切都很好。

然而，那个时刻降临了——季莫费也遭遇了道路幽灵。

他骑着摩托车，自由的风使他的光头保持着冷静。现在，把头剃得光光的在体面人的圈子里很流行。在他的餐厅里，菜单是新潮的、爱国的，并且富有现代气息：鲟鱼寿司、品牌鱼筋比萨、每日浓汤……都是在剃光了的脑袋里形成的。突然，他的身边出现了汽车和骷髅头。一副骨头架子探到窗外，将自己那有黏性的骨头伸向了毫无防备的逍遥骑士，猛地把季莫费从座驾上拽了下来，拽到了它那令人厌恶的嘴脸——就是大家通过变电站的图片熟知的那种嘴脸——下面。骨头架子直接往他的小胡子上、光滑的脸颊上和终于来得及眯起的聪慧眼睛上吐着黏液。要知道，它吐的不是唾液，而是死人的脓血！见鬼，令人恶心的脏东西挂在了季莫费的胡子和睫毛上……这样的东西，他怎么忍受得了呢？请问，他该怎样忍受？

然而，季莫费忍受住了。他被魔鬼用力抛出，落在了路肩上，在那里躺了一会儿……他似乎还活着，好像没有骨折。他欠了欠身子，在光秃秃的草坪上坐了下来。摩托车倒着侧滑了出去，在远处的沥青路面上擦出了火花。随后，一辆大型垃圾运输车撞上了它。这下，摩托车不见了。季莫费·博尔孔斯基站起身来，漫无目的地走着，时不时地随便用什么东西擦把脸……皮衣袖子、高级衬衫的下摆，有时还简单地用手擦，然后在裤子上抹一抹。但是，他无论怎么擦都擦不干净，难闻的气味始终无法散去。

季莫费就这样走啊，走啊，却哪儿都没有走到。在莫斯科，所有人都相信他去了冰岛，在那里信了“拜火教”。但是，这种说法没有任何可靠的依据。可以确定的是，季莫费·博尔孔斯基关上了所有的手机，只有一个朋友知道如何与他联系——打电话到汉堡市的某个机构，然后转接……

还有一些人在不同的时间驾车行驶在莫斯科的街道以及莫斯科州的高速路上，但是在遇到前面所说的那个粗暴的荷兰人之后，他们就消失了。他们当中有商人、新闻工作者……市属和联邦机构的职员……刑事和执法机构的代表……权利维护者……支持行政当局和支持反对派的社会活动家……外国观察家、军人以及普通的退休人员，还有暂时失业的莫斯科人，以及合法和非法的移民……男人、女人……清醒的、喝醉的……吸毒人员、艾滋病毒感染者……年轻人、老年人和中年人……所有人……没有力气一一列举了，篇幅也有限。不过，有两件事情值得单独提一下：驻扎在莫斯科近郊的某军营的一辆步兵战车的失踪和一名专线出租车司机的失踪。在这种情况下，假如我们立刻断言妖魔鬼怪与这两个事件有关，是会让人产生怀疑的。至于步兵战车，很可能在战斗演习中渡河时沉入了水中或者被卖给了某个“步兵车爱好者”，因为全体队员都完好无损——他们活着回到了驻地，但都醉得不成样子。而那名出租车司机，为了自己的工资和老板的利润连续工作了十四个小时，很可能是开着车睡着了，撞到了马路牙子，很轻易地翻了车。谢天谢地，车里没有乘客，车站上也没有等车的人！他苏醒过来的时候，发现在自己那脱了臼的手里有一枚金色的硬币。此前发生了什么，可以想象一下。但是，从另一个方面来说，我们的乘客为什么不把钱塞进票箱呢？

总而言之，一切正常。

低垂在地平线上的乌云被风吹散了，金色的阳光从天空照向了地面，就像一幅早已被遗忘了的中等水平画家画的画。刮起了龙卷风，卷走了细小的灰尘。接着，飘落下来的不知是第一滴雨，还是第一片雪花。或许，根本就没有发生过什么。在不知不觉中，云层散开了，天空中闪动着耀眼的金黄色……

在我们的城市里，邪恶的灵魂仍然占有一席之地。难道我们真的要惧怕它们吗？灰色的多功能轿车追上了我们，一会儿闪现在左边的后视镜里，一会儿又闪现在右边的后视镜里。不过，老旧的“帕萨特”……

见它的鬼去吧！

这都是些什么呀?!

“巴比伦” 项目

在某个省，人们都想把房产置办在这个地方：彼得罗夫大街，三号地产。

一切正常——多层建筑，每层只有一个单元，大理石地面，没有内部装潢。每平方米1250个“货币单位”。公寓的户型很好，有车位有限的地下车库，每个车位1.2万个“货币单位”。有大堂和尊贵的邻居，区域内有二十四小时的安保服务。印有蓝天白云下的豪华住宅的图片被四处散发，或者被登在了副刊的广告页以及带图片的杂志上。大堂里悬挂着条幅，上面写着“您的不动产正在等待您”。仔细想一想，这些话有些令人伤感。“您”这个词的第一个字母是大写的，如同在私人信函中的称呼，这显然违反了俄语中表示“沉稳”的规则。广播里一遍遍地播放着联系电话……为了便于记忆，号码以三个“6”开头……总之，是运转起来了。

到底是什么运转起来了呢？未来的住宅依旧悬挂在空中，只是高度不同。连个楼房的影子都看不到，甚至还没开始在压实了的沙地上挖坑。曾几何时，用沙土填平这里，是为了制造园林景观……

然而，楼房的销售却一下子火爆了起来，尽管购房者发现“货币单位”是欧元，而不是通常的美元时，难免有些失望。然而，面对开发商合情合理的反驳——如果指的是美元，就会写上“USD，$”，至少会写上“美元”——因“凡事都靠排队”而憋得难受的“中产阶级”的代表们不得不表示同意。在石油价格的起伏加大、欧盟的进一步强大和卢布的日益坚挺等因素的作用下，把“货币单位”当成美元的观念已经过时了。好吧，欧元就欧元，即使涨了15%，我们也不会破产！一位“中产阶级”的代表说，他就在购买指定大小房屋的当天，按照莫斯科国际外汇市场的牌价，将钱兑换并如数交了出去。当然，钱不是“中产阶级”交的，而是司机替他送来的——这么沉重的袋子，“中产阶级”怎么可能自己扛呢？他们立即就把有关证明发给了“中产阶级”：产权……以下称为……面积、楼层、地址……

没有人会因为基础不稳固的企业和购买的空中楼阁而想到那些尽人皆知的老话——所有这些古老的说法对“中产阶级”来说都无所谓。

比如，关于房屋的位置，他们是这样说的：“您选择的位置非常好，离地铁站不远，坐车也就十分钟。”尽管没有人需要乘坐地铁，但有地铁总归是好的。入口处的车道很宽，进出各有两个车道。到未来的新家，只剩下大约五百米的沥青路要铺了。周围满眼都是绿色，尤其是在采石场原址的位置，更是郁郁葱葱，就像丛林一般。以前，那里是垃圾填埋场。他们在上面铺了一层肥沃的土壤，修建了纪念遇难者的街心公园。就连以前的墓地都被挖掘了，空气当然比城市里的任何地方都清新！在这里，十四层以上，站在窗口就能看到河流。在天气好的情况下，就连位于河对岸的下布留哈诺沃的工业区都能看得一清二楚。多么清新的空气啊！基础设施就更没的说了：只两步之遥，就在环线外，有一个综合性的商业中心……地铁附近还有一个……第三个位于下布留哈诺沃。每一个商业中心都有杜比立体声影院、日本餐厅、保龄球馆和健身房。地铁站附近有一个诊所，可以做“吸脂手术”。不用再跑到远处去了，顺路就做了……赌场很远——这是对的。最近的一个赌场在布留哈诺沃，到那儿去的都是当地的居民。另外，赌场不需要每天都去，一个星期去两三次就可以了——去商业中心也是如此。

至于地址，确实不尽如人意——这个地名让人听上去和理解起来都会感到困惑。

彼得罗夫大街——那好吧，是哪个彼得罗夫？彼得罗夫曾经被认为是国内战争时期的红军英雄、集团军司令和战略家，所以新政权①开始恢复历史的公正时，决定恢复街道的原始名称。在这个原始的名称被旧政权②使用时，集团军司令彼得罗夫还只是个普通的哥萨克大尉。当时，他因骑技高超和砍藤条的速度快而拿过奖，但却毫无革命统帅的感觉。于是，“恢复名称委员会”的工作人员马上就遇到了实质性的困难。他们了解到，当时，这个地方根本就没有什么街道，只有上布留哈诺沃村的一些歪歪扭扭的木屋——这是在混乱无序的文件中唯一的一张照片上发现的。这个聚居区的居民以拉车和在郊区售卖鸡蛋、山羊奶为生。当河水结冰时，他们把大部分时间都用来同下布留哈诺沃村的居民们打斗。在打斗的过程中，尤其是在复活节来得晚、冰雪融化接近尾声的时候，双方都处在著名的“条顿骑士”的状态——俄国人的胜利果实绝不能落入他人之手……结果，前面提到的那个下布留哈诺沃升级成了小区，修建了大量的五至九层的居民楼。这些居民楼的布局不太好，里面有货运场和冷却塔。在上布留哈诺沃，基本上没有留下什么，除了一个采石场和各类事件受害者的公墓。后来，在采石场和墓地的位置上修建了这条街道——以非著名人物的名字冠名的彼得罗夫大街。这里很少修建高楼，因此很像是“为口腔修复做好了准备的一张嘴”。

但是，事情的症结并不在于此——我们跑题了。事情的症结在于，要恢复历史名称的这条彼得罗夫大街并不存在。一位进入地名委员会的

① 指苏联解体后的俄罗斯。

② 指沙皇俄国。

社会人士、思想自由的历史学家有了一种想法：将沃德金大街并入彼得罗夫大街。但是，这一提议马上就被推翻了，因为这位艺术家沃德金与讨论的这条街道没有任何关系。可见，普通公民的想法和想象是不受欢迎的。实际上，在最近的地铁站旁，最后只剩下“彼得罗夫－沃德金”咖啡厅和有游戏厅的“红马”烤肉店在竞争了。然而，过了一段时间，在疯狂的市场竞争中，它们被取消了。在曾经被一座座玻璃和角铁结构的小房屋占据的地方，是一块块潮湿、肮脏的方形地面。又过了两个月，在这里建起了一座“彼得罗夫城”商业中心，是玻璃和铝合金结构的——有钱。

在意识形态中，童话般的变革在持续进行。于是，他们找到了另一位社会活动家。他不在任何委员会，但是他的信可以直接被送到行政长官手里。他建议将“彼得罗夫大街”改为“罗日杰斯特文斯基大街”，以纪念圣母玛利亚的诞生和大教堂的建成。该教堂是不久前在当地用黑色金属废料填埋的空地上迅速而又悄无声息地建起来的。地方长官好像没有反对——名字很漂亮，甚至得到了一些无神论者的认可。听说，已经订制了珐琅做的路牌……不知为什么，名字没有改成。不过，没有必要向省里解释“为什么没改成”。那么，就只有一个理由了（尤其是考虑到后来接二连三发生的事情）——上帝不允许。

这一切是这样收场的：在人文委员会解散前不久，一位人文委员会的成员显现出了惊人的语感和创造力，尽管他是作为搪瓷和白铁制品加工车间的纯技术代表进入该人文委员会的。“同志们!”这名工人说完，沉默了片刻。他努力纠正着，但还是没能说出“先生们”并敏捷地改为“朋友们”。“什么都不需要改变，因为我们当中没有人会不记得像‘彼得巢中的雄鹰’① 这样的名言锦句。这种精彩的诗意表达引发了我们的

① “圣诞”一词的俄文音译。

思考：如果‘巢’可以是彼得的，那么‘街’为什么不能是彼得的呢？也就是说，可以用伟大的沙皇的名字来为街道命名。这样做，一来可以建立起俄罗斯的历史与现代之间濒临中断的联系，二来可以纪念彼得这位伟大的改革家。我认为，不需要更多的理由。同志们、朋友们，你们是怎么看的呢？”

还能说什么呢？只剩下吃惊了。在我们这儿，真是每走一步都能碰到受过教育的、有头脑的人，包括表面上看来不起眼儿的生产搪瓷和白铁的工人！见鬼，他简直狡猾至极！不需要改什么名字，但他的车间却拿到了订单，因为聪明人很会说服大家：“彼得罗夫大街的路牌要用新的来代替！新牌子上将有蓝底白字的‘彼得罗夫大街’，这样才与俄语赋予它的涵义和精神相吻合。”半年后，这样的铁牌子便挂在了建筑物上面，十分干净且表层不易脱落。

当然，存在着一些令人沮丧的小问题：在所有的正式文件（包括财务文件）中，保留了原来的写法“彼得罗夫大街”。算了，这没有什么，不会影响到人民对历史的记忆。

还有一个细节：制造白铁的工人是个副博士，只是不知道是语言学、历史学的还是哲学的……这就是问题所在。因为突然开始了经济改革，所以他有一段时间是靠加工白铁来维持生活的。生活刚一恢复正常，他就开始经营相关的艺术品、广告和进行政策咨询了。不过，他从我们的视线中消失了，因为我们再也不会提到他了。

况且，我们早就应该回到建筑工地了。

每一个坐车或者从地铁站步行来到这里的人，走过这段没铺上沥青的五百米长的湿滑道路时，都能远远地看到一个巨大的广告牌。这个广告牌被安装在整齐但不美观的网纹水泥板围栏上，上面是彩色的、与杂志上的图片有着巨大差别的未来楼房的蓝图。接下来，我们可以试着用语言来描绘一下，尽管我们明白，把一种形象艺术转换成一种语言艺术，原则上是不可能的。

首先，楼房的形状十分令人吃惊：不是城市居民已经习惯了的那种削得非常尖的铅笔形的尖塔，而是底部较宽、向上逐渐变窄的圆锥形塔楼。塔楼直接插入了深蓝色的天空，不见了踪影。云层被驱散了，塔楼也在高处黑暗的大气层中失去了轮廓。塔楼的墙体是暗黑色的，不是常见的黄色或砖红色，也不是粉刷在高质量的墙灰外面的鲜亮且不褪色的芬兰油漆的颜色，而是普通黑石头的颜色。在沉重的、延展开来的基座旁边，艺术家们涂抹了一小片蓊郁的小树林和一片绿油油的田野。大楼里的楼梯呈螺旋状上升，而沿着楼梯向上走的人们则显得非常渺小。他们中的一些人正在往下面看，看他们刚刚离开的地面。另外一些人则抬起头，往上面看，看他们目前无法接近的天空。

仔细看一看这幅画，简直令人毛骨悚然。房子那么巨大，天空那么阴郁，大地那么凄凉……树林漆黑，田野空旷，人类可怜……唉，这些人啊！就让他们等吧！

在黑暗的天空和阴霾的映衬下，在这件作品的一侧，是用深紫色的笔书写的一个词——“巴比伦”。

再往下，是火红色的带有三个“6”的电话号码。

最下面的那几个猩红色的字“到达天堂”，既像是手写的，又像是有人割破了手指涂抹上去的。这是如今的所谓“广告词”中的一句话。为了做广告，什么都造得出来！至于后果，却没人愿意去想。

我们应该对整幅画作出公正的评价！它是如此引人注目，以至于人们从它的旁边走过或开车经过的时候，不可能对它视而不见。有很多人抄下来或记住了这诱人的电话号码，然后认真地思考着：房价越来越高，把钱投到这上面，在任何情况下都会有不错的收益。一两年以后，你也会出现在那个走廊里，出现在已经到达天堂的勇敢、坚强、成功、强大的人们中间。

在围栏后面，“好莱坞的蜥蜴”般的挖掘机在不停地运转着，而塔吉克人则在地基的深处忙碌着。他们不停地埋头挖掘，从上面看，就像广告图片上绘制的那些沿着楼梯往上爬的人一样，显得十分渺小。但是，如果近看，这些挖土的工人完全是正常的塔吉克人——面孔黝黑，骨架很小，皮肤干燥。相对于从事的工作和生活条件而言，他们看起来异常干净。现在，他们住在过去的少先队夏令营的营房里。拉着窗帘的小公共汽车从这里接送他们上下班，每个工作日都要工作十二个小时，就像特警队一样。

与此同时，穿得很差的摩尔多瓦建筑队的工人们正在安静地抓紧铺设管道——有的地方已经开始浇注了；帅气的乌克兰机械师们操作着日本机械；不与任何人交往的、人数不多的亚美尼亚人在一小块地上铺沥青……工地上充满了嘈杂声，就连大型挖掘机那魔鬼般的轰鸣声都无法将其淹没。在这样的喧闹声中，有时可以分辨出用不同口音说出来的、多次重复的、备受尊敬的俄语中的“母亲”一词和其他的一些必要的通用词汇——只有共同的语言才能够唤起我们对失去的家园的美好记忆。

用水泥板做的围栏中间的铁门至少每个星期打开一次，滑向一边。这时，会出现一个身穿迷彩棉服的保安。独特的“英国蓝”颜色的“宾利”和凶猛的“悍马 H2”颠簸着从保安的身边驶过，进入了工地，溅起了许多泥土。即使在城里，我们也不会看着这些车眼熟的。“珍珠灰”的颜色和普通的真皮座椅使得“悍马 H2”更加适合民用了。车队的到来说明，“巴比伦”公司的老板杜勃罗留波夫·伊万·埃杜阿尔多维奇先生带着护卫队到现场来了解事情的进展了。

此人是我们的故事中最重要的人物。他积极主动地开展业务，所以需要用一些特殊的词汇来描述他。

“伊万”这个姓并非源自伟大的民主评论家①（该评论家以船长般的流苏状大胡子给所有受过教育的俄罗斯人留下了深刻的印象），而是直接源自他的父亲——俄罗斯卫戍部队军官杜勃罗留波夫·埃杜阿尔多·维拉洛维奇。按照日历服役了二十五年（加上奖励的天数，超过了三十年②）之后，他以少校军衔从独立兵团指挥官的岗位上退到了预备役。埃杜阿尔多·维拉洛维奇的姓也是源自他的父亲维洛尔（由“弗拉基米尔·伊里奇·列宁”和“十月革命”这几个单词的第一个字母组合而成）·梅福季耶维奇·杜勃罗留波夫。他出身于彼尔姆省的一个农民家庭，是苏联共产党党员，1903 年至 1937 年担任地区执行委员会的最后一任书记，1958 年恢复名誉。在科利亚·杜勃罗留波夫出生的那个村子，他有意将名字改成了现在的名字“维洛尔”——那里的人基本上都姓“杜勃罗留波夫”。

是什么让我们谈论起了“名称”这个话题呢？我们必须回到最本质的问题上来！

体面的出身对杜勃罗留波夫·伊万·埃杜阿尔多维奇没有丝毫的影响。他在很早以前，还不是共青团员的时候，就走上了谋取个人利益的危险之路。从官员转为平民之后，在杜勃罗留波夫一家定居的约什卡尔奥拉市，伊万作为最大的口香糖供应商，被同龄人和警察们所熟知——不知道他是从哪儿进的货。后来，长大了的杜勃罗留波夫出人意料地成了积极的共青团员和充满活力的大学生建筑队的组织者，尽管他自己前不久才成为大学生，并且以“在古典式摔跤比赛中夺冠时受了伤”为由

---

① 此处指十九世纪俄国革命民主主义者尼古拉·亚历山德罗维奇·杜勃罗留波夫。

② 根据俄罗斯的宪法，军人服兵役时，依照年限、军衔等给予不同天数的休假补偿和奖励。

逃避了服兵役。再后来……

后来，又发生了很多事情。在改革进行得如火如荼的时候，伊万有了一年的试用期（作为“青少年合作社”的一分子，他抢在党作出决定之前显露了身手）。于是，他搬到了莫斯科，开始进军电脑市场，正赶上开发电脑市场的困难时期。这位年轻的合作社工作人员有好几次不得不亲自把电脑运送到已经走上现代化发展之路的俄罗斯。他和司机并排坐在大型货车的驾驶室里，手里握着顶在膝盖上的“卡拉什尼柯夫”步枪，警惕地注视着黑暗中的公路……是的，商业文明的诞生来之不易。就拿由杜勃罗留波夫先生创立并直接领导的“巴比伦”公司来说吧，现在这家公司正在为“与时俱增”（不是“与日俱增”）的富有的莫斯科人建筑豪宅。公司与莫斯科市政府之间的合作十分密切——有了这样的保护伞，即使是脑子被冻残了的人也不敢去惹他们。“巴比伦”公司的总裁杜勃罗留波夫先生不仅是一位商人，而且是一位不知疲倦的慈善家，给予了很多文化项目以物质上的支持。例如，他创办了“美丽慈善基金会”，用筹集的大量资金来修建纪念碑，以便把莫斯科装饰得更美。如果没有“美丽慈善基金会”，就不会有著名的三百米高的伊凡雷帝纪念碑……伊凡雷帝的权杖庇护着远处的共青团大街……不会有名为“俄国舰队在对马岛的胜利”的挺立在亚乌扎河水之中的众多的人物雕像，也就没有圆柱上的普希金半身雕像了。正如诗人的嘱托“圆柱高过亚历山大的石柱”① ……它终于代替了特维尔大街上那座被鸽子损毁了的过时的雕塑……

对伊万来说，实现儿时的梦想——建成世界上最高的楼房的时刻到来了。幼年的伊万在约什卡尔奥拉市时，偶然间读到了《变化》杂志，得知在纽约存在着令人感到压抑的一百多层的高楼，并且了解到，在新

---

① 出自普希金的诗篇《我建起了一座纪念碑》。

加坡以及其他离约什卡尔奥拉市很远的地方，更高的楼房正在建设中。他久久地看着略显模糊的摩天大楼的照片，盯着筛子般的小窗户，努力地展开了联想。在每一个这样的小窗户后面都有一间屋子，比他在约什卡尔奥拉市的公寓里的那个十八平方米的客厅还要大。在这间房子里，很可能会有一个人正站在窗前，隔着玻璃望着广阔的天空……小伊万想，天上的生活无论如何都不会让人感到压抑。他放下杂志，走到窗边，拉开了纱帘。在三层楼上（层高不算低，有两米七），3 月里的景象展现在了他的面前：空荡荡的院子里的雪是灰色的——这是人们走捷径到食品店和公共汽车站去的时候踩出来的。在棚屋的周围，一堆堆棕褐色的东西……是人和狗留下的……他把脸贴在冰凉而潮湿的玻璃上，玻璃马上就蒙上了一层雾气。他探出头去往上看，仍然只能看到一点点天空。他看到对面有两个相同的门洞，四层楼的楼顶上有一个狭窄的灰蓝色区域，顺着楼的外墙延伸着一根很粗的煤气管道。它被涂成了蓝色，而有的地方因为油漆不够，又被涂成了绿色……很快，小伊万便离开了窗口，去忙自己的事情了——在学校的更衣室里卖口香糖。

很多年过去了。冬季，把妻子奥克萨娜、两个孩子（梅福季和尼古拉）和已经退休了的父母送到奥地利的阿尔卑斯山去度假之后，奥克萨娜仍然没有对此地感到厌烦。伊万独自待在自己的大房子里，被用人围绕着，感到很无聊。顺便说一下，在通往尼科林山的道路的转弯处，可以很清楚地看到他的这栋房子。很多人都注意到了……您大概也看到过这种黄色的俄罗斯风格的房子……是的，确实如此。

与贷款业务有关的一些问题以及因此而必须由他本人参加的各方之间的谈判使得这位知名企业家没有时间与亲人们联系。白天，他必须去了解情况、说合、调解。晚上，伊万只好一个人去某个体面的地方孤独地消磨时光。在那里，他可以安静地待在自己人中间。保镖们可以放松一下，玩玩台球，好好喝点儿啤酒（最近，他喜欢喝爱尔兰啤酒），或者就着上好的红酒好好地吃顿晚饭。红酒是由他的“品酒师”精心地为他挑选的。

有一次，他来到了自己的好朋友瓦洛佳·特罗菲梅尔的俱乐部。瓦洛佳是著名的议员，代表着现代青年的品位。

那天晚上，伙伴们聚在了一起。

遐迩闻名的美女奥列霞·格龙特就在他们旁边的那一桌吃饭。最近半年，她到处跑，在报纸上刊登了一些照片——是和谢尼亚·别洛格林斯基（马尔加涅茨人）一起拍的。

坐在更远处的正是彼得·巴甫洛维奇（《西方投资》的作者）。他在同事们的陪同下安静地用着晚餐。

著名的新生代导演（电影《朋友》、《朋友回归》的导演）坐在角落里，一边抽烟，一边沉思着。他是摄像师、公关顾问、摩托车手和苏联最伟大的文化领域的活动家季莫费·博尔孔斯基的儿子。他蓄着小黑胡，光头和耳朵上挂满的耳环闪闪发光。在这个故事发生的时候，季莫费尚未从莫斯科消失。后来，不知他是去了爱尔兰共和国还是去了魁北克。他既没有去信拜火教，也没有沉湎于禅宗……

与刚才提到的这些人一样，赫赫有名的 N（曾经在内务部、俄联邦财政部预算司和国家杜马委员会任职）就在不远处，完全没有引起人们的注意。他当时还活着，没有任何不吉利的迹象。

还有一个人，就是鲁斯兰·阿布斯图尔哈诺夫——大家都简单地叫他“阿布斯图尔”。有一次，有人顺便向他介绍了伊万·埃杜阿尔多维奇·杜勃罗留波夫——他们在吸引外来劳动力方面可能会有共同的兴趣。后来，阿布斯图尔哈诺夫就消失了。这位阿布斯图尔哈诺夫也曾坐在那里，似乎已经喝得非常多了，也有可能是吸食毒品过量了……听说，没过多久，他就死了——这应该是在意料之中的。

那里还有很多人，大家彼此都认识。

他们坐在那里喝着、吃着，愉快地聊着。

快到半夜的时候，推荐给伊万的一瓶波尔多葡萄酒快要喝完了。当然，不只是他那瓶酒快要喝完了，就连谈论的话题也越来越趋于重复了。

后来，不知为什么，大家（包括彼得·巴甫洛维奇）都坐到了同一张桌子旁边。他们给自己倒上酒之后，安静了下来。突然，他们要听伊万·杜勃罗留波夫的演讲。于是，他便说出了一些不知是祝酒词还是报告的话。大家都默不作声地听着，就连奥列霞·格龙特那双漂亮的、会骗人的大眼睛都紧盯着他不放。

"是的，"伊万·埃杜阿尔多维奇·杜勃罗留波夫说道，"我在建房子。大家都知道，在这座城市里，没有比我建的房子更好的房子了。难道你们都没有住在我建的房子里吗？那些还没有住进去的人，难道没有打算搬到里面去吗？以前，你们都住在什么地方？当然，季马①例外。你——季马，以前住在科捷利尼基市，条件不错！可是，其他人呢？你们曾经居住在臭烘烘的五层楼房……预制板搭的房子……靠木柴取暖，要穿过整个院子才能上厕所的营房……没有电话，改建的救济房……国有农场及工厂的宿舍……旅馆式的、每层只有一个厨房的青年公寓……电梯很糟糕，堆满杂物的过道……你们的生活处于匮乏和丑陋、肮脏和臭味、卑鄙和腐败之中。

"我——来自约什卡尔奥拉的伊万·杜勃罗留波夫，为你们建了很多房子。我建了带有露台的独栋住宅，有基础设施，还有带监控摄像头的健身房和车位充足的停车场。可是，无论怎样，你们都觉得太少了。在你们的那个很重的有按摩功能的浴缸下面，我们对楼板进行了加固。在大厅里，墙面用的是威尼斯的灰泥涂料，地面和圆柱用的是'提卡拉

① 季莫费的小名。

拉’牌大理石。房子里面完全是个性化的设计，豪华的套房为那些富翁……

“你们不要认为我只建了这些！

“也许，你们喜欢住在地面上，而不是空中。你们更喜欢建在树林中的顶级别墅，集中供暖，网速很快，商店、餐厅、学校一应俱全。大家可以去了解一下，这些也是我建的！

“我还建了联排别墅！

“庭院式的……庄园、河岸、人造景观……1.5 公顷……都是我建的！

“我——杜勃罗留波夫，1969 年出生，男，俄罗斯人，未接受完高等教育。我给了你们最重要的东西，它能让你们有别于自己的父母、父母的父母以及先辈们——他们都曾经在漆黑的木屋中吞咽烟雾、拍打蟑螂。它能让你们有别于那些不走运的现代人——那些仍然居住在苏联的免费房子里的人。这种房子的墙壁凹凸不平，天花板上有渗漏的痕迹。它能让你们有别于那些无家可归者……最后，我给了你们体面的住房！你们在说汽车吗？我认为，这些德国的、英国的、日本的、瑞典的以及其他国家的‘铁皮’都是骗人的东西。最初的五万卢布是我偷来的，没有在俄罗斯到处跑就得到了。这是塔楼，上面挂着五颜六色的广告画，仿佛在向大家招手致意……即使遇到了交通事故，房子也不会被压扁。精品住宅——这才是光明的未来！这样的房子一直在建，只有我把它建成了。精品——听到了吗？废物！是我把你们变成了精英……

“我们需要对灵魂进行思考，朋友们！你们可以相信我——我可以为我的话负责！说到灵魂，我敢和任何人打赌——没有了灵魂，一切都是没用的垃圾。

“简而言之，我进行了关于灵魂的思考。我弄清楚了灵魂到底需要什么，先生们！天堂——这就是它所需要的！

“房子——普通的房子，无论它有多么好，都只是‘洞穴’。为了减少工作量，‘洞穴’不是在地下挖出来的，而是建在地面上。普通的房子无论有多高——二十层、四十层、一百二十层——都只是地面上凸起的带有人造洞穴的假山。我们这些住在这种房子里的人只是一些‘懦弱地紧紧抓住土地并永久居住在土地上的野蛮人’。

“我们应该生活在天空中！在那里，灵魂会感到很舒适、恬静。它会逐渐地习惯于未来的永久居所。夜晚，灵魂会飞到窗外，在它习惯的高度，在上升和下降的气流中游荡。普通的人类灵魂在夜晚离开躯体时，一般都要借助于烟囱或通风井，这很不爽！应该生活在空中——那里有我们的居所。当有人邀请你去那里……当医生向你发出邀请，而神父在帮你做准备的时候，不要迟疑，应该自愿地在我的帮助下搬迁到那里。

“请注意！

“‘巴比伦’公司正在莫斯科建造世界上最高的楼房。它连接着大地和天空……住宅数量有限、折扣灵活……到达天堂！”

伊万·埃杜阿尔多维奇停下来，回头看了看。此时，俱乐部里惊人地安静。有很多桌子都是空的，没有留下一个熟人。留下的那些人根本就没有注意杜勃罗留波夫，就好像高傲地说出那些可怕言辞的人不是他。“也许，与上帝作对的斗士突然胆怯了。”他想，“或许，我真的没有说出来，只是在思考……”

然而，季莫费·博尔孔斯基好像听到了一切。他坐在角落里，一边若有所思地叼着雪茄、摇晃着耳环、捋着小胡子，一边认真地注视着伊万……

“嗨，瓦尼亚①！”年轻的博尔孔斯基终于说道，“应当承认，你是

---

① 伊万的小名。

个很棒的公关人员！只是……难道你不觉得难为情吗？”

“还有什么？”杜勃罗留波夫急忙打断了他——杜勃罗留波夫已经明白他在说什么了，只是不愿意承认罢了，“有什么能让我难为情呢？那里是用岩石打的地基，已经有了深层的地质勘测结果……有科学院得出的结论，还有……”

“好家伙！什么科学院？”博学的青年冷笑道，“第一次的测试结果，你不是知道吗？你大概也知道……”

杜勃罗留波夫本想大骂博尔孔斯基，但是没有来得及，因为在他们两个人之间突然出现了一个不知名的年轻男子。这个男子身穿黑色皮夹克，里面套了一件黑色汗衫。他那苍白的胖脸和圆圆的光头使他很像一只毛毛虫。

“听着，兄弟！”“毛毛虫”把脸转向了杜勃罗留波夫，“你的公司是叫‘巴比伦’吗？我早就想问你‘巴比伦’是什么意思了！是‘钱’的意思，对吗？意思是说，在你们那儿，每一米都值很多钱，是吗？指的是‘拿钱来’，对吗？人们把钱送到哪儿，哪儿就有‘巴比伦’，不是吗？”

杜勃罗留波夫还没来得及回答，这个好奇的男人身后的博尔孔斯基就开始干预了。

“如果是因为钱，”这位文化传统的继承者说道，“名称自然就是‘巴比伦’① 了。而‘巴比伦’……是为了赞美一首歌曲。知道吗，兄弟——有这样一首歌：‘啊，巴比伦！耶！在那里——在那里——去那里——去那里……啊，巴比伦……耶……’”

“好了！”那个像毛毛虫似的人显得异常高兴，“当然了，谁不知道啊！我只是没有马上反应过来！披头士！‘啊，巴比伦！耶！好了，小

① 在俄语的俚语中，“钱”这个词的读音就是“巴比伦”。

子，你看透了一切，对吗？啊，巴比伦……’”

伊万·杜勃罗留波夫差一点儿就扑向这个傻瓜了，不过他并没有扑过去。

这个傻瓜消失了，博尔孔斯基也不见了——瓦洛佳·特罗菲梅尔的俱乐部连同所有的客人一起消失了。正如前面所说，有很多客人在此之前就已经走了。

总的来说，一切都完全消失了。

晚些时候，这个故事也结束了。这个故事的结局，从一开始就已经很清楚了。

大楼一直在建，最后终于建到了直冲云霄的高度。因此，云层（尤其是那些较低的积蓄雨和雪的云层）仿佛在顺着黑暗的墙壁“爬行”，又被墙壁“撕成了碎片”。天空暗了下来，远处的空中燃起了紫红色的火焰——不知是大气在放电，还是广告牌上带有“巴比伦”字样的霓虹灯在闪烁，抑或是该死的电话号码……按照这个号码打电话，听到的是可怕的尖叫声、火焰燃烧的呼呼声……渺小的人们还在走廊里一个接一个地走着，急于完成自己的建筑任务。有人望向天空，有人看向地面，但已经听不到他们都能听明白的俄语交谈了。显然，他们害怕在这样的高处使用“母亲”这个温柔的词语和其他通用的词汇。他们很惭愧，开始说自己的语言，于是便再也无法相互理解了。塔吉克人没有什么可挖的了，只能做一些装卸工作。其实，他们根本就听不懂摩尔多瓦人的窃窃私语。乌克兰人觉得，亚美尼亚人说起话来像咳嗽。受雇来帮助外国人的梁赞人只是咿咿呀呀地反复询问——一切就此停下了。

总的来说，施工暂停了。于是，公司的股票转抵了市里的债务。后来，这些股票都到哪里去了，无人知晓。他们好像打算拆除未竣工的建筑物，但是没有筹到款。目前，他们正一边找钱，一边应付被“毁掉的城市风光”激怒的公众，而问题则自然而然地得到了解决。

墙壁开始下沉、塌陷……

石头上长出了小树。一种以前从没见过的大鸟在废墟里落了户……

细沙在流淌，发出了沙沙声……

狂风呼啸，流沙飞去……

“巴比伦”玩儿完了——这是它的必然归宿。

说实话，杜勃罗留波夫是值得可怜的。就像歌曲中唱到的飞行员一样，他曾有过梦想，但是未能实现。从另一方面讲，自高自大应该受到惩罚——永久的惩罚！据说，他并不是那么痛苦。在塞浦路斯，他好像保留着一家专门维修和保养高层建筑的小企业。好了，再也别骄傲自大了！

然而，我们变得更糟了！

各种语言混合在一起，人们之间互不理解。我们走在路上，周围全都是陌生人。我们没有到达天堂，却失去了土地。墙壁上方的空中是黑暗，墙壁上方的黑暗中是火焰，而墙壁上则布满了灰尘。城市消失了，可是它曾经存在过……

行　者

大约在1969年，或者是1968年……不，还是在1969年……在苏联武装占领捷克斯洛伐克事件①之后……是的，没错！当时，经济体制改革已经趋于停滞了。与“既可笑又可悲，甚至带有政治色彩的事件”有关的谣言在莫斯科“持不同政见者”的圈子里……在“地下艺术家”们的工作室里……在爵士音乐会的常客中流传着。爵士音乐会一般会在郊外的文化中心或者地下机构举办。人们喜欢带着吉他，听着无害的维兹博尔的歌曲，在这些地方坐一坐。事件的主人公叫伊万诺夫——在这个圈子里，他很有名。

伊万诺夫具体是干什么的，没有人知道。有些人认为，他是某个秘密科研所的高级研究员，拥有博士学位。他们甚至知道，这个科研所位于“莱蒙托夫”地铁站附近，在一座昏暗的宫殿式建筑里，曾经是沙皇时期交通部部长的住所。殿前有雕刻着狮子和“狮身鹰首兽”的三米高的围栏。有些人相信，伊万诺夫是地质学家，一年有一半的时间在野外

---

① 1968年1月，捷克斯洛伐克共产党中央第一书记杜布切克发起了名为“布拉格之春”的政治体制改革。苏联方面认为，他们有脱离苏联控制的意图。于是，1968年8月，苏联派兵入侵捷克斯洛伐克，迫使捷克斯洛伐克受制于苏联。

勘察，把钱都花在了荒唐的地质勘探上。有些人认定，他是个不负责任却很能赚钱的专职泌尿外科医生或者整容医师——这两种医生都很奇缺。这意味着，他可以干很多私活儿，获得相当可观的收入，就更不要说收受的贿赂了。

他的外号叫“多克·霍多克”①，“支持”第一种说法和第三种说法。也就是说，“多克”有“医生”、“博士”之意。关于“霍多克”，稍后再作介绍。他那漂亮的胡须对第二种说法有利。他会时不时地蓄着漂亮的胡须出现，然后再把它剃掉，好把他那张没有胡子的、更令人愉快的脸完全展现在女士们面前。

然而，对我们来说，伊万诺夫的职业根本就不重要——重要的是女士们。如你们所料，正是为了她们，我们的主人公才当之无愧地被称为了“行者”。

在当时的社会上，他和女人的关系被看作是相当不道德的。现在，如大家所说，在我们这个无拘无束的时代，他们之间的关系就连那些顽固的落后分子都会觉得浪漫，甚至天真。

在那个年龄段的粗犷的男人圈子里，人们把精力格外充沛的“床事爱好者”分成了两类。考虑到老年女性读者对“纯洁性”的要求与日俱增（强调一下，我们的文学作品主要是写给她们的），我们只是轻描淡写地列举一些名称，如“狂人”、“明星受难者”。当然，详细地解释“含义的区别”和“区别的含义”是毫无意义的。对于前面提到的那些老年女性（文本的严格评判者）来说，一切都是十分清楚的。简而言之，第一类人②更专注于事物的“生物机能”层面，而第二类人则专注于“情感心理”层面。

① 意为“行者医生”。

② 指“狂人”。

聪明人大概已经明白了，伊万诺夫当然属于“受难”的那一类。其个性特点使他拥有了“行者”的称号，说明他在情感上既不知疲倦，又不能持久。他经常由于冲动而快速地坠入爱河，疯狂地做出无礼的事情。比如，眼看着天就要黑了，他却在没有事先约好的情况下去了杰古尼诺。当时，那里是很难通行的边缘地带。在那里，曾有一辆无轨电车在泥水里翻了车。受欲望的趋势，他能在楼门对面的垃圾箱后面等上一个半小时，然后火热地窃窃私语二十分钟，再跟随粗心的弱女子溜进她那面积不大的公寓。如今，俄罗斯新住宅小区的居民已经不记得这种房子是什么样的了。在那里，他能把床垫拽到地上，开始做爱，使地板震颤起来。此时，在一面不隔音的墙后面，敏感的父母正在打呼噜，而在另一面墙后面则响着孩子轻微的鼾声。震颤一直持续到凌晨四点，因为她的丈夫在“M－20”型电子计算机旁上完夜班之后，会在六点钟左右回来。四点钟的时候，他悄悄地溜了出去，在寒冷的楼梯上穿好了衣服。

在首班无轨电车到来之前，他穿着薄薄的皮鞋和中式风衣（不是新的）赶到了车站。他那怪异、苍白的脸色吸引了众人的目光……

有一次，他竟然遇到了她的丈夫。不过，她丈夫把他当成了某个外来的阿飞，只是冷漠地瞥了他一眼就匆匆地走了——她丈夫已经疲惫不堪了，只想好好睡一觉。

但是，一个月后，伊万诺夫已经想不起那个杰古尼诺和那个胆小的工程师的妻子了，虽然他有时也会面带微笑地回忆起自己的冒险之旅。总的来说，尼娜给了他温暖的感觉……不，是塔尼娅……更有可能是列娜。但是，新欢占据了他所有的时间和精力。此时，他正无法自拔地奔向施密多夫斯基巷。在那里，在黑暗深处的公共住房里，幸福在等待着他。在那里，由于过度劳累，他直到凌晨都无法入眠。他躺在那里想：“我要娶她！就这么定了！”有时候，这种幸福感能够持续整整三个月。

伊万诺夫甚至搬到了施密多夫斯基巷，殷勤地与公用厨房里的邻居们打着招呼。在这段时间里，他秘密地过起了家庭生活，蓄起了胡子。这是“安心”的标志，但是……

总之，我们不用再讲下去了——一切都清楚了。这类人早就已经被描述过了，我们也不会去乱说，只是小心翼翼地把信息的来源写出来，定期发表一些文章。

像往常一样，我们跑题了——最好再回到故事的开头。

伊万诺夫的另一个新欢的居住条件非同寻常：在起义广场的高层建筑里。要不要描述一下那个漂亮的公寓，还有公家配备的厚实家具、蓝色的地毯和“节日”牌收音机呢？没有必要，因为住过这种公寓的人都知道。那些没有能够分配到这种体面、舒适的住房的人无论如何都不会想到，这类住宅是分给那些重要的负责人的。我只想告诉大家，高层住宅是属于博尔孔斯基同志的……他是许多创作机构的负责人，是许多著名的戏剧、诗歌和流行歌曲的作者，是社会主义劳动英雄，也是各级、各类奖项的获得者。正如那些不负责任和不怀好意的人所说，他还是个克格勃的将军。在我们这里，大家都这样认为——一个人在干事业的时候，尤其是搞艺术创作的时候，如果不用凭借才华就能得到自己想要的东西，那么他一定既是克格勃，又是将军。如果简单地把他说成是流氓或者阴谋家，那就太无聊了。

是的，乌斯金·季莫费耶维奇·博尔孔斯基娶了一位年轻漂亮的姑娘——她出身于古老而高贵的“斯维尼恩家族”。这个家庭意外地得以保全，是因为父母作为音乐学院的教授，从事着与世隔绝的音乐教学工作，并且将可爱的女儿们嫁给了大人物。对博尔孔斯基来说，这是第四次婚姻（根据一些传记的记载，这是他的第六次婚姻），并且过得很幸福。妻子阿尼娅很崇拜他，喜欢抚摸他那光秃秃的头——它是“生活阅历丰富”的证明。白天，她一个人在家，一点儿一点儿地用学生般的漂亮字体撰写着这位伟人近几年的“生活回忆录”。大别墅已经转到了她的名下，年纪大一些的孩子们得到了中等的和小的别墅。“伏尔加”牌轿车基本上是她在开，而存折则分成了几份。一切都在遗嘱中作出了明确的规定：给她的写上了持有人的姓名，给儿子们的也分别写上了名字。总之，所有幸福的家庭都过着这样的生活，而不幸的家庭则是一片混乱。

突然，魔鬼让这个伊万诺夫撞上了阿尼娅。从博尔孔斯基家出发，穿过广场，就到了“文学创作中心”（它是以“法捷耶夫”命名的，如果有人忘了的话）。在“文学创作中心”举办的“法国电影周”观摩内部电影时，刚一遇上这个不太合法地混进来的英俊老手“戈达尔”①，她就完了。在豪华的大厅里，他们相邻而坐，聊得很投入。这家餐厅名气不小，墙上写满了光顾过这里的名人的名字。在这里，他们喝了杯咖啡。她甚至破例喝了一杯白兰地——恰到好处。就在这个晚上，她把男人带到了自己家。她完全疯了！她要从有着过目不忘的记忆力的女守卫身边经过，要从可怕的邻居家的门前经过，从而越过道德的底线。确切地说，她直接用长筒靴践踏了伦理道德。长筒靴是一个星期之前，乌斯金·博尔孔斯基参加完“戏剧家大会”，从意大利给她带回来的。两天以后，他又出差了，到赫尔辛基去参加与他的作品有关的“欧洲翻译家大会”。因此，他现在不在家……

晚上，女用人也走了。

还能说什么呢？一切都如此明了！激情过后，身上的汗水因炎热而迅速地变干了。他们时而安静地睡上几分钟，时而同时醒过来。他们睁开的双眼离得非常近……“你早就醒了？”“只睡了一分钟。”“那么，

---

① 让－吕克·戈达尔，1930年出生于法国巴黎，是法国著名的导演、编剧。此处将伊万诺夫比作了戈达尔。

在这一分钟里，你都做了些什么呢？”“看着你——是的，看着你。”“你干吗，又要来？哦，只是别太用力地压我！”“我不会用力压……”在腰部的酸痛中，在让人感到头晕的饥饿中，在无休止的持续中，两个人一起度过了半天时间。

这段时间过去以后，便是分别。分别似乎不会太久！应该承认，这种分别就像说绕口令一样，很快就会结束。他们急着要分开，似乎是为了认真地回味一下刚才的疯狂举动。此时，无论是他还是她，想要的都是回味，而不再是疯狂。于是，伊万诺夫跑向了地铁站。

在随后到来的一个星期里发生的事情，任何唯物主义都无法解释，虽然实际上是可以解释的。在这七天里，所有的因果关系都混乱了，就像越系越紧的弯弯绕绕的绳结。这就像被家长照顾惯了的新兵在寒冷的军营里缝制第一个白色衬领时，因线太长而无法用笨拙的手把线收紧。但是，他又无法把线扯断……

在疲于回味的第二天结束时，丈夫回到了刚刚清醒过来的阿尼娅身边。司机把箱子拿进来之后，老头儿伸出手来，想在拿出那些日用品、化妆品和衣服等礼物之前亲吻一下这个让他日思夜想的“小姑娘”。他只是看了看这双可爱的眼睛，就呆住了。

在那里，他是怎样看透一切的，连他自己都不清楚。虽然没有什么可奇怪的，但是他过去看到过的那双眼睛不是这个样子的。尽管他那乌龟般的双眼视力极差，下眼睑是黑色的，上眼睑是黄色的，但是他能够看清楚很多东西：不可避免的死亡、勉强得救的可能性，就连那个人的名字……他要立刻让那个人偿命。只有说出了这个人的名字，他那双愤怒的黄眼睛才会合上，他也才会柔和地轻声说：“你是个无赖，乌斯金！不过，你是个聪明的无赖……”

总之，乌斯金·博尔孔斯基明白了一切，但还是完成了自己的动作。他勉强够到，亲吻了妻子，嘴里嘟囔了些什么，然后打开箱子，向她展示了所有来自资本主义国家的金银饰物。正是为了这些东西，他毫无尊严地跑遍了芬兰的商店。过了些时候，他去了办公室，做了些重要的事情。他打了一个多小时电话，进行了例行的谈话——有时按照党内的称呼方式“名字加父称”，却以“你”相称；有时根本不加任何称呼；有时甚至称呼其全名。

这次报复行动的结果，在第二天显现了出来。

一个令人作呕的一居室——让我们来公开一个秘密，它是我们的伊万诺夫租住的房屋。几次结婚、离婚，让他失去了住房。白天，当所有认真严肃的人都还在企业和机关里时，一居室的门铃响了起来。自始至终，我们都会实话实说。伊万诺夫没有固定的工作，以小的投机倒把为生，民间把这叫作“黑市交易”。因此，他白天穿着短裤，待在家里，傻乎乎地去开了门。要知道，他没有等什么人。那么，是什么把这个毫无防备的蠢人带到门边并问“谁呀”？楼梯间里的人坚定地回答：“地段民警检查公民的证件！”因为莫斯科的居住许可证保存在了倒数第二位妻子家里，所以伊万诺夫平静地向当局作了坦白——可能是“坏邻居”们告发了他。

此时，一个真正的地段警察和另外两个男人已经走进了房门——就连在社会主义祖国出生并长大的学龄前儿童都能一眼就认出他们是谁。这个地段警察留在门厅里，无聊地看着自己那沾满了泥土的皮鞋，而另外两个人则跟随伊万诺夫走进了房间。在房间里，不知所措的主人请他们坐下时，其中一个人开玩笑地回答说：“我们就站着吧！谁坐①，该由法院来决定！”说完，这个人便默不作声地看了看伊万诺夫的额头和鼻梁上方约三厘米处——既快又明白地表达了问题的关键所在。在他身上存在的问题是：寄生虫的生活方式，倒卖日常消费品，转售只能在

① 俄语中的“坐下”和“坐牢”两个词的词根相同。

“小白桦商店”① 的网点使用的购物票，长期与苏联文化的背叛者、被称为“艺术家”和“音乐家”的人交往，与资本主义国家的公民接触了两次，一向无所顾忌地违背苏联的道德规范。“数罪并罚”就不是被拉到一百一十公里以外那么简单了，而是要去接受“化学刑罚”。但是，考虑到一些特殊情况，他也有可能会去做三年伐木工人——无疑，首都的巴布什金区人民法院将会迅速对此案作出裁决。

真是个有远见的人！确实判了三年——在一所监狱里服刑三年。这个劳改营不是很大，邮箱为“1234”，离约什卡尔奥拉市不远。顺便说一下，犯人（更确切地说，是被定罪判刑的人）要提前一个月出发去劳改营。

伊万诺夫坐在那里，感觉寒冷而无助。这种无助是一个只穿着一条短裤的男人坐在一群穿着棉大衣的男人中常有的感觉。这种沉寂只有在白天才会被偶尔从空旷的街道上传来的声音打破。在这样的寂静中，终于有第二个犯人甚至一批囚犯加入了进来。

“老乡，你要是再看的话，”他非常友好地向伊万诺夫微笑了一下，婉转地说道，“就要弄清楚你在盯着谁看。明白吗，多克·霍多克?”

从一开始就明白一切，这并不难。在当时以及后来的很多年，只有一件事令我们的主人公感到非常吃惊。直至今日，这件事情都会令我们感到吃惊。玷污了博尔孔斯基同志的“家庭荣誉”的人是怎样被揭发的呢？他被揭发得那么快，鬼才知道他是在哪儿被发现的！是在巴布什金吗？他根本就没在那里注册、登记过。就连他的绰号都被挖了出来！仅有记忆超群的女值班员的证词是不够的……是的，是同志们的功劳。他们工作得十分出色，明智地维护了社会制度——这没的说！但是，奇怪的是，他们最终还是没有把它维护好。于是，就会令人产生一种想法：

① 苏联特供商店、外汇商店的别称。

他们是真心实意地想维护它吗？还是想保护他们自己？

算了，这不是我能解决的问题！我作为作者，不应该想入非非，揽太多的活儿，提供所有问题的答案。上帝只是让我以最自然的方式把故事讲完，而人民则把自己全部的历史通过纸张和文字以最自然的形式传到了我们手里。只是，有些词可以用更好的词来代替，应该删除“更多”、“最”和“决不”这一类的词。

就这样，伊万诺夫去砍伐摩尔多瓦的树木了……

那里是约什卡尔奥拉市，而这里是摩尔多瓦共和国还是科米彼尔米亚克自治区呢？那个瑟克特夫卡尔在哪里呢？真见鬼?!

这就是症结所在：您还没有搞清楚这些地方在哪儿，就被运送犯人的车辆运到了那里，并且开始和犯人共同劳作了。在零下三十八度的低温下，“友谊”牌电锯疲惫地发出了尖叫声。后背上长满了疖子，从脖子向臀部扩展。胃炎随时都在向溃疡转化，饥饿导致的腹部绞痛……真是不幸！

但是，人们仍然顽强地活着！疖子都长好了，只留下了密密麻麻的青色斑点。渐渐地，这些斑点也在屋顶上空那能够使万物生机勃勃的春日阳光的照射下消散了。在简易住房那潮湿而干净的白色围墙里，一切都是最好的：诊所、图书馆和“红色角落”①，都是高度发达的社会主义国家为稳步走上改造之路的公民提供的。在热乎乎的沥青屋顶上，伊万诺夫正在接受美肤治疗。真是不可思议，他用了不到半年的时间就向当局证明了自己。他曾经是个浑蛋——一个十足的浑蛋，这样的人并不少见。他在诊所做护士工作，给所有需要的人在疖子上涂绿药水，甚至给更需要的人抹一种散发着美食气味的药膏，并且让他们服下治疗发烧、头疼和胃疼的药片。他们的诊所里当然没有酒精，更没有益母草酊

---

① 也称“文化家园”，是进行党性宣传和共产主义思想教育的场所。

剂和山楂药酒了——这里毕竟不是餐厅。不过，据说这里有这些东西……在图书馆，伊万诺夫负责借书。他把儒勒·凡尔纳的“蓝色多卷本”拆分开来，借给了他尊敬的人和他的好友。他把作家柯切托夫的《茹尔宾一家》，以及译自列兹吉语、摩尔多瓦语、维吾尔语和其他语言的《关于祖国的诗》都借给了其他人。借给其他人的还有一本佚名作者的书，讲述的是十九世纪或十八世纪外国农民的生活，前八页和最后不知多少页都没有了。把这本书借出去时，他是这样记录的：“作者不详，内容与法国古代的农民有关。借阅者：托尔斯达塔古耶夫。”他以此为乐……而在“红色角落”，他不用干别的，只是扫一扫地。有时，他会擦一擦长凳，因为这个“红色角落”一年只用两次（分别在5月1日和11月7日前夕）。在此期间，那里的一切都由上校杜勃罗留波夫·埃杜阿尔多·维拉洛维奇亲自指挥。他亲自朗读由他本人根据苏共中央机关报《真理报》上的材料撰写的报告，讲的是苏联国民经济的成就和全世界劳动人民抗击帝国主义、新殖民主义、修正主义和教条主义的斗争。以我们无意中提到的托尔斯达塔古耶夫（手风琴伴奏，犯了严重的“人身伤害罪”）为首的业余文艺演出队也由上校亲自指导。参加演出的还有尼古拉耶夫（在托尔斯达塔古耶夫的手风琴伴奏下演唱苏联作曲家的歌曲，过失犯罪）、米科莱丘克（清唱乌克兰民歌《啊，在大山下》，犯了“盗窃集体农庄财产罪”）、尼古拉耶维奇（表演踢踏舞，由手风琴伴奏，犯了“知情不报罪”）和米利什泰茵（即特罗伊茨基，朗诵叶赛宁和罗日杰斯特文斯基的诗歌，在私营企业违法犯罪的惯犯）……

我们又跑题了！永远都是这样——刚一开始讲最有趣的故事，就有人催着我们赶快结束情节、道出结局、揭开折磨读者的秘密、给出有益的结论。但是，我们无论如何都做不到——一些日常生活中的琐事总是会占据我们的整个身心，一些装腔作势的局外人总是会从某个地方冒出来，闯入我们的故事……随后，批评家们就会指出，不必要的描述使得作品的中心思想和人物性格变得黯然失色——这是完全正确的。

总之，我们要回到这个问题上来：伊万诺夫是如何拥有这么令人羡慕的地位的呢？他在不到半年的时间里，从集体劳作的场地跑到了铺着油毡的热屋顶上。

他是如何做到的呢？非常简单！无须正常的提示，你们自己就能猜出来！他去找了一个女人。况且，问题不只是出在伊万诺夫身上——“多克·霍多克”这个外号，他并不是平白无故得到的。

当时，不受约束的现役军人家属是随着劳改机构的搬迁而流动的。实际上，他们是非常自由的，全凭自己的意愿和需求。如今，社会变得混乱而无序，所有的规则都被破坏了。我们不怕家丑外扬，放任自流才会最终毁了国家。

这时，拉乌拉·杜勃罗留波娃正从树林里抄近道去火车站附近的食品店。当她走到工作区的那个伐木场时，落在后面的笨拙的锯木工伊万诺夫正在弯腰驼背地劳作着。

在严寒中冻僵了的卫兵以单调而又令人愉快的一个敬礼向上校同志年轻、漂亮的妻子致以问候并建议她在一小堆篝火旁休息一下。这个笨蛋伊万诺夫则迅速地跑开，很快就拿来了一些小树枝。“马上……拉乌拉，马上就会像在塔什干一样了！”囚犯伊万诺夫个子很高，漂亮的眼睛显得十分忧伤。他一边说，一边迅速地把小树枝扔到了篝火里。

他一边往火里扔这些被树脂粘在一起的小树枝，一边直视着她那张相当美丽的脸。这张美丽的脸上立刻就显现出了最强烈的爱意——很显然，她已经准备好为此而献身了。

就在那一刻，上苍决定了他们的命运。

不过，伊万诺夫没有依靠天意，而是集中了所有的智慧——它不止一次地拯救过他。他设法把自己的姓名和在工作队里的号码悄悄地告诉了司令的妻子。至于他是怎么猜到她是司令的妻子的，我们不得而知——恐怕连他自己都弄不明白这是怎么回事。

不管怎么说，他的命运就像弯曲的车轮一样，嘎吱作响地转动了起来，猛地冲出深坑，朝着另外一个方向而去。

拉乌拉没有死乞白赖地去求自己的丈夫。也许，她根本就没有提出任何要求。她只是让丈夫注意到，诊所早就关门了——在拉脱维亚女医生被开除了以后，就再也没有开过门。以前的馆员病倒了以后，图书馆里布满了灰尘。最近几年，每当 11 月 7 日来临的时候，她都不得不亲自打扫和整理“红色角落”。只有几个士兵会过来帮忙，但是他们这是在帮什么忙啊！地板被沾满了泥土的靴子一踩，一切就都白忙活了。杜勃罗留波夫上校认真地思考了起来，因为他总是能够认真地听取妻子从女性的角度提出的意见。她从师范学校毕业以后，因为没有孩子而阅读了大量的报纸和杂志。上校思考的时候，很自然地发现，这三个需要文化人的岗位竟然无人能胜任——除了五队的伊万诺夫（他受过高等教育，是莫斯科人）。

这样的决定是如何在相当明智的男人的头脑中作出的，我们不得而知。比如说，可以这样解释：一家之主平躺着睡觉的时候，用鼻子使劲儿把空气吸进去，会发出很大的呼噜声，而在鼓起的嘴唇之间把空气呼出去的时候，会发出轻微的“噗噗”声。夜里，他把双手枕在脑后睡觉时，抬起了双臂，腋下因汗水而变成红褐色的汗毛在流动的空气中不时地晃动着。就在军官那充满了党性的自我控制力和意志力处于休眠状态时，枕在他臂弯里的女人轻声细语地说：“来自五队的伊万诺夫，来自五队的伊万诺夫，伊万诺夫……”早晨，他一边用进口的闪着蓝光的“斗牛士”牌剃须刀（这是他在雅尔塔疗养院的军人商店里购买的）刮胡子，一边在盛有肥皂水的不锈钢杯子里冲洗着有些生锈的叶片上的灰色泡沫。此时，丈夫莫名其妙地想：“我要让五队的伊万诺夫做这件事情，就用他了！”这样的解释可信吗？可信！一般来说，妻子在夜里

“吹的枕边风”还有其他类似的话语就像女巫施的法术，任何唯物主义者都会对此无可奈何。

现在，伊万诺夫可以在房顶上晒晒太阳，在诊所的油布沙发上打个盹儿，或者拿着一本书在图书馆里坐一坐……这本书，他是不会借给任何人的。这是我们伟大诗人普希金的书，把它借出去有点儿可惜。就让他们读一读关于祖国的诗吧——从教育的角度来说，这会更有益处。

上校杜勃罗留波夫每个月去一次管理局，每次待两天。到了这个时候，拉乌拉就会来找伊万诺夫寻欢作乐。

灿烂的阳光照耀着诊所的窗户，里面拉上了厚厚的窗帘。光线穿过窗帘的缝隙，射了进来。就在这种不是很好的光线中，拉乌拉的爱在蔓延。

“红色角落”十分寂静，墙外星光闪烁。在黑暗的大房子里，爱在继续。

朦胧的月光穿透了浓密的云层，爱在尘土飞扬、空间局促的黑暗的图书馆里延续着。

一切就这样进行着。

事情本来可以平平静静地继续下去，但有一天，它还是结束了。

有一天晚上，拉乌拉告诉她的丈夫杜勃罗留波夫上校，他们终于有了盼望已久的孩子。可是，在此之前，可没那么顺利。她的月经不是很正常，最近几个月竟然没有了。应当承认，他忙于工作，精力不是很充沛。他刚和妻子一起躺下的时候，欲望十分强烈。但是，困意突然向他袭来，他便倒在拉乌拉的身上睡着了。于是，她不得不从他的身子底下爬了出来。杜勃罗留波夫上校的身体很重，体检的时候体重为八十九公斤……

从此以后，她再也不到伊万诺夫这里来了。

他有点儿想拉乌拉了，但是时间不长。

经过自然的孕育，她在离他们最近的城市约什卡尔奥拉生下了一个男孩儿，取名“伊万”。杜勃罗留波夫上校退役以后，成了普通市民，在约什卡尔奥拉市分到了一套住房。于是，他们全家就在那里定居了。我们可以把他们移出我们的视线（至少是暂时移出我们的视线），放在那里——无论是他的儿子伊万、他所钟爱的拉乌拉，还是上校本人，都与伊万诺夫今后的命运没有任何关系。

他出色的表现说明，他已经彻底走上了改造之路。一年半以后，他被假释出狱了。当然，他没有任何理由居住在莫斯科，只允许他在离莫斯科一百公里以外的地方落脚。后来，他偷偷地来到了首都。在这里，他因不安分的天性而寻求过满足。他觉得，只有在这里，他才能享受真正的生活。但是，他无法注册登记，并且有犯罪记录，能指望什么呢？我们不得而知！

二十世纪七十年代初，莫斯科的冬天是非常寒冷的。紧随着三十七路无轨电车，一块雪白的布片被狂风从狭窄、黑暗的阿尔巴特大街上吹到这里，落在了伊万诺夫的脸上。他的耳朵被打得生疼，比经常发生在早上的分手还让他难以忍受。伊万诺夫穿得很体面：身穿一件还算时尚的捷克斯洛伐克产的“奥塔万”牌的茸毛外套，头戴一顶很棒的鸭舌帽。这顶鸭舌帽是由莫斯科电影制片厂的一位师傅缝制的，在任何情况下都会显得很轻盈。

他推开紧闭的门，走进了位于街角的一家斯摩棱斯克熟食店。他径直走到自己非常熟悉的自助餐区，排了半天队，买了一杯滚热的“咖啡加牛奶”，还有由两片薄薄的新鲜面包和他最喜欢的料汁制成的三明治，在最里边的一张高桌子旁坐了下来。

自助餐区散发着一股潮湿的气味。明亮的灯光在屋内的哈气中闪烁着，让人觉得像透过眼泪看到的一样。没有人注意到伊万诺夫，虽然训练有素的人很容易就能看出他曾经在那里待过。半个国家的人都到过那个地方——用大拇指和中指的指尖擦拭嘴角的习惯就是很好的证明。他吞下最后一小块三明治后，沉思了起来。确切地说，在喝完最后一口米色液体时，他还没有任何想法，只是在那里发呆。就在这时，不远处的一个塑料挡板下的窗台引起了他的注意。有人在塑料挡板上放了一些报纸……

在这种没有思维的状态下度过了大约一分钟的时间，伊万诺夫才终于明白了，是什么吸引了他的目光。在此之前，他的目光是空洞的，而现在却明显地被兴趣点燃了。他发现，报纸的第一页被倒着放在那里。如果有非常重要的人物去世了的话，那么第一版通常会刊登讣告。即使去世的不是最重要的人物，也应该是非常重要的并且受到人民爱戴的人物，因为这些人的照片和悼词通常被刊登在头版头条。

这一次，报纸上刊登了讣告："苏共中央委员会、苏联政府和各级组织沉痛宣告，博尔孔斯基·乌斯金·季莫费耶维奇同志不幸逝世，享年八十二岁。"这段文字的上面配着他的照片。照片上，皱巴巴的眼皮之间，一双他所熟悉的细长的眼睛（这是一双富有洞察力的眼睛）正在凝视着他。"他走过了漫长的道路。他是苏联文化界的杰出代表，是党忠实的儿子，是一位英雄人物。他得过许多大奖，担任过主席和书记。他的作品深受读者的喜爱……他是为了和平与进步而不懈努力的斗士，他的贡献是不可估量的。"

博尔孔斯基同志是在两个星期之前去世的。

伊万诺夫从窗台上拿走了报纸，将其展开并长久地凝视着死者的脸。此时此刻，他都想了些什么，我们只能去猜测了。无论是对逝者还是对逝者的成就，他都没有表示尊重——"囚犯"毫无表情的脸上掠过了一丝轻松的、嘲讽的微笑。我们甚至觉得，他还说了一些风凉话。但是，他到底说了些什么，我们没有听清，因为自助餐区永远都处在噪声中……

刺骨的寒风掠过斯摩棱斯克，与从加里宁新街那宽阔的路面上吹来的暴风雪汇合，在柴可夫斯基大街上加速，就像要远离罪恶一样穿过美国大使馆，刮到了起义广场。有一个人在风中飞奔着，几乎离开了地面。他的大衣前摆被风吹得紧贴在了颤动的屁股上，使他变得更像夹着尾巴的流浪狗了。他用冻僵了的手捂住冻僵了的耳朵，飞奔到了温暖寂静、灯光暗淡的摩天大厦的入口处。

女值班员为什么要把伊万诺夫放进来，我们不太清楚。看到进来的这个人，她说出的那些含糊不清的话语好像能够说明点儿什么："啊，您……好吧，请进，年轻人！有人打电话问您的情况……"可是，这些话能说明什么呢？什么也说明不了，还会让我们更糊涂。

电梯在往上爬，红木的贴面已经脱落，铜质的扶手变成了绿色。这些正在消失的财富曾经是那样美丽，即使现在回想起来，心都会隐隐作痛。当时，伊万诺夫什么都顾不上了。

他终于来到了门前。"阿尼娅！"他走进门厅，拽了拽鸭舌帽，脸上露出了最忧伤的微笑。他知道，这样的微笑曾经起过作用。"阿尼娅，是我……"在苏联电影中，台词一般都是这样的。他知道，自己想不出更好的说法了。

……啊，如果能把意外惊喜之后发生的一切都描述出来，将是多么美妙啊！泪水、责备、爱抚，直接在门厅沙发上那粗糙的毯子上，或者在客厅里"巴甫洛夫"沙发上那光滑的绸缎上，抑或在办公室写字台上那布满了灰尘的呢绒台布上……如果是在从前，我们一定会醉心于这些描述。我们会描述性爱时的汗水、抽搐……那样的话，就会变成一字不差的记录。事实上，不久前，我们还沉醉于此！是的，沉醉……现在，我们不会了。我们已经不是那个年龄的人了，就让年轻人去实践吧！我们已经在这个温润的场所奉献过了，这就足够了……

实际上，他们没有来得及进行任何沟通。现在，他们就像新生儿一样，浑身赤裸地坐在湿漉漉的皮椅上，保持着沉默。带装饰的台灯发出的光照在了被弄脏了的蒙在写字台上的绿色绒线台布上，照在了由青铜和孔雀石制成的文具上，也照在了奶油色的电话机上。假如有第三个人走进这间办公室，就会发现，在这种灯光下，无论是她还是他，眼神都是游离的。在他们的眼睛里，既没有爱，也没有欲望，有的只是不值得一提的疲惫。

不过，第三个人虽然也在这套单元房里，但是他不可能走进这间屋子。第三个人就是季莫费・乌斯金诺维奇・博尔孔斯基，快两岁了。他正静静地躺在两边带着栏杆的小床上。小床放在父母卧室的大床旁边，死去的乌斯金・季莫费耶维奇是孩子的父亲。乌斯金当然不是季马①真正的父亲！我们的故事讲到这里，您大概已经猜出来了，伊万诺夫有两个儿子。季马是第二个儿子，虽然在年龄上比我们提到的第一个儿子伊万只小半岁。哈哈，生活发生了如此大的转变！天哪，就像电视剧的最后一集里演的那样！甚至不是巴西的电视剧，而是纯粹的墨西哥电视剧……可是，话又说回来了，有什么办法呢？他们都只是孩子，能把他们怎么样呢？

您也许知道，这个季莫费经常上电视。后来，他在妈妈的请求之下换了房子，搬到了科捷尔尼克大街的高层住宅。他把姓氏中的一个字母更换了，现在是“博尔孔斯基”。此外，他母亲姓斯维尼恩，周围的人都应该知道。作为儿子强有力的支持者，她总是很忙。你难道没听说过季莫费・博尔孔斯基吗？他是电影导演、电视节目主持人！我不记得具体叫什么节目了。选举期间，有过对他的介绍……确实，最近看不见他了。据说，他去了国外的某个地方。好像有人在雷克雅未克见到过他……总的来说，他是个很有名气的年轻人，留着胡子、剃了光头……啊，你们

① 季莫费的小名。

想起来了！嗯……顺便说一下，年龄较大的孩子们仍然姓博尔孔斯基，但是没有人了解他们——一个是化学教授，另一个是历史学家。

顺便说一下，伊万·杜勃罗留波夫已经在国外定居了——不是在塞浦路斯，就是在以色列。在那里，他是否有生意可做……以前，他在这里很快就起家了。不过，听说他遇上了竞争对手。于是，他的企业就倒闭了……

这是在1971年，他们赤身裸体地坐在那里。该穿上衣服了，但是他们没有动——不好意思起来拿衣服……

这时，电话铃声响了起来。要知道，这可是在夜里两点！

“别接！”安娜①看到他伸手去拿电话，说道，“这么晚了，谁会给我们打电话呢?”

“是啊，会是谁呢？不会是你死去的丈夫决定在这里——在他的房子里跟我谈一谈咱们今后的生活吧!”

他们哈哈大笑起来。

“显然，他认为，即使死了，他也能再次把我投入监狱。该死的老家伙!”

他拿起听筒，听着听着就突然倒地身亡了。

话筒猛地从他那已经僵硬了的手中弹了出来，冒出了火花。阿尼娅·巴尔孔斯卡娅低声尖叫着，咬了一下自己那赤裸的臂膀。地板上已经什么都没有了，只剩下了一小堆骨灰。早晨，这一小堆骨灰也被扫了出去。

有人用弯曲的笤帚把骨灰扫到了一个粉红色的塑料勺中。那么，再见了，老头儿!

不幸的伊万诺夫，可怜的行者……

---

① 阿尼娅的大名。

他带着自己那“可笑的六七十年代”，带着自己的姑娘和女人们，带着自己的爱和恨，和我们这些退了休的无用之人一起走了。

给我们留下了什么呢？

对心脏骤停的恐惧……最后一点儿能量的消耗……对我们无法想象的诗歌韵律的苦苦追寻……对上帝赋予我们的已经成为过去的生活的回忆。啊，人的一生过得太快了——简直太可怕了！

流浪汉

库兹涅佐夫刚满十岁的时候，得知了与自己有关的一些重要的事情。

当时，库兹涅佐夫住在小城克拉斯诺别尔斯克，正在读七年制的四年级，学习成绩一贯很好。除了必须参加的合唱团，他还参加了摄影小组。为了他，父母是会不惜一切代价的。他们送给了他一部“爱好者”牌单镜头反光照相机，还有放大机、塑料洗像盘（带有鸟嘴状的漏斗，用来排放使用过的试剂）。接着，他们开始定期给他面值一卢布的黄色纸币和面值五卢布的蓝色纸币，用于购买显影剂、强化剂、胶卷和摄影爱好者必备的一些其他物品，包括“9×12”的“乌尼布罗姆”牌相纸。胶卷缠绕在整洁的木轴上，外面有一层暗红色的薄膜纸，以便遮住光亮。春天的时候，不知什么原因，这种相纸被送到克拉斯诺别尔斯克区消费者协会的时候，已经是过期的了。于是，商店的经理安东尼娜·巴甫洛夫娜便先按照规定将该商品注销了，然后把这些相纸扔进了一个大的木制垃圾筒。男孩子们知道这些商品已经没什么用了，便把它们从垃圾筒里拽出来，试着用它们打印照片。结果，只能打印出淡淡的人影，无法成像。但是，他们还是很好地利用了这些相纸。库兹涅佐夫和他的同伴们打开厚厚的棕色包装袋，快速地将相纸抽了出来。在阳光下，相纸变成了青蓝色。然后，小伙伴们在强烈的阳光下坐了下来，各自把张开五指的手放在了折起边来的青蓝色相纸上。过了一会儿，相纸上就出现了天蓝色的手印。于是，他们就用从家里拿来的笨重的大剪刀把相纸上的手掌印剪下来，叠在一起，看谁的大。这个游戏到此结束了，小伙伴们不再对它感兴趣了。接下来，他们一起跑到迅速变干了的地方玩飞镖，而他们剪的碎纸则在商店前面的院子里四处纷飞。

库兹涅佐夫的同班同学普罗福索夫叫库兹涅佐夫的时候，库兹涅佐夫正坐在锅炉房后面——他们平常玩飞镖的地方。

不久前，普罗福索夫从高尔基市来到了克拉斯诺别尔斯克。在学校，他每个年级都念了两次，所以他已经十四岁了，脸上已经出现了这个年龄段难以管教的孩子常有的栗色或淡灰色的青春痘。关于生活，他了解了很多，并且非常乐意与比他年龄小的同学们分享。

“库贾①，”他毫无目的地问库兹涅佐夫，“你妈妈叫什么名字？是叫萨拉还是瞎编的？”

普罗福索夫一出现在班里，就会向大家提出一些无法回答的问题。于是，就会有人跟他打架。对于任何一个四年级的小学生来说，打架的结果都会是仰面朝天地倒下，并且能够近距离地看到普罗福索夫脸上的青春痘。可恶的普罗福索夫不仅会用自己庞大的身躯压住被打败者，而且会做点儿讨厌的事情，比如用力地捏失败者的鼻子，直至流出鼻血。要不然，他就快速地站起来，一边用自己那可怕的下半身压住失败者，一边说一些侮辱人格的笑话，比如：“爸爸做了一双高跟鞋，穿着它在房子里追打妈妈！爸……爸……做了一双高跟鞋……”就这样，他会没完没了地说下去。还有：“一群哥萨克人在回家的路上看到了一个手持断矛的姑娘。他们本想教训一下她，可是却改变了主意……一群哥萨克……回家……路上……”他说话的时候，你什么都做不了，因为他太重

① 库兹涅佐夫的小名。

了，在上面压着你——他就是个混蛋！

库兹涅佐夫实在是不知道是否应该为了妈妈而跟他斗，但是他觉得，他不能不这么做。

克拉斯诺别尔斯克是不久前才在草原上崛起的城市。这里的居民来自四面八方，不会去特别关注那些奇怪的名字。比如，他们班有一个男生名叫维利格利姆（维利卡①），姓施泰茵。无论是维利卡、维尔卡还是施泰拉，在普罗福索夫来之前，没有人对此感兴趣。再比如，库兹涅佐夫在上三年级之前一直跟娜塔莉娅坐在一起。娜塔莉娅姓托尔斯塔古耶娃，大家都叫她“托尔斯塔娅”②。渐渐地，她真的成了班里最胖的女孩儿。于是，从苦难的生活中得到了启发的普罗福索夫改变了一切。他开始叫施泰拉“德国鬼子”，甚至“法西斯”。在课间休息的时候，他开始大声地喊娜塔莉娅“傻胖子”。一切都是普罗福索夫造成的——维利卡拼命地跟他打，结果本来就已经活动了的一颗门牙直接飞进了他的嘴里。至于娜塔莉娅，她只会眯着原本就又细又小的眼睛哭……没有人向老师或者父母告状——有点儿不好意思。此外，他们觉得大人也无能为力。

在此之前，与妈妈有关的事情，没有人问过库兹涅佐夫。正如前面所说的，他马上就意识到了“要斗”，虽然不知道他到底因为母亲的名字受到了什么样的伤害。

“当然是萨拉！”他回答道。为防万一，他把自己那把手柄是女鞋形状的宝贝小刀从土里拔出来，用手把刀片擦干净，然后把刀折起来，藏到了短外套内侧的口袋里。

“是萨拉·巴季科夫娜吗？”背靠着锅炉旁的墙壁蹲着的普罗福索夫

---

① 维利格利姆的小名。

② 意为“胖姑娘”。

接着问道，“还是萨拉·阿布拉莫夫娜，或者萨拉·扎斯拉科夫娜?”

趁着普罗福索夫还没有站起来，库兹涅佐夫准备狠狠地揍他一顿。但是，普罗福索夫接下来说的话使这种不可避免的结局延迟了。

“她是个医生，你说对不对?”普罗福索夫从下往上看着，所有的青春痘都在阳光下闪闪发光，“你也想当医生，不是吗?所有的犹太人都去当医生或者工程师了，你说是不是?”

“我想当一名水手!”库兹涅佐夫根本就不知道自己在说什么，“我想成为纳希莫夫海军学校的学员，先在‘同志’号教学船上进行航行训练，然后到战舰上……”他还没有把话说完，普罗福索夫就突然大吼道：“不能让犹太人上战舰!”通常，喊叫者应该是普罗福索夫的一个个“牺牲品”，而普罗福索夫则总是能够冷静地说话。在打斗的时候，他从来都不大喊大叫，只是气喘吁吁地一遍一遍地念叨那些愚蠢的侮辱人格的笑话：“你们的工程师都是特务，你也将会成为特务!”

喊叫声让库兹涅佐夫有些惊慌失措，甚至忘了利用有利的位置狠狠地把蹲在那里的普罗福索夫揍一顿。此刻，普罗福索夫已经完全站了起来，很享受地甩了一下头，眯缝着眼睛，唱起了“冯·德尔·普希卡”的曲调：“小老太太不慌不忙地穿过了马路。一名警察把她拦下了……”

他一边唱，一边跳。当他唱到在克拉斯诺别尔斯克从来没有人听过的“萨拉奇卡给阿布拉姆做油渣……”时，库兹涅佐夫手持刀片直接划向了他那因唱歌而绷紧了的凸起的喉咙。

……还能给你们讲点儿什么呢?这是很久以前的事了，发生在上个世纪的1954年，已经成了不可再现的历史。当然，在那个时候，这个世界上还没有你们。当时，就连你们的父母也很有可能尚未来到这个世界上。然而，小伊利亚·库兹涅佐夫却已经来到了这个世界上，并且坐在上了锁的教师办公室里。他的妈妈萨拉·伊利依尼奇娜·库兹涅佐娃是克拉斯诺别尔斯克地区医院的外科医生。她踮起脚尖，站在外科手术室的门口。在那个手术室里，她的同事施泰茵·弗里德里希·维利格利莫维奇正在给恶棍普罗福索夫缝合喉咙上的伤口。顺便提一下，普罗福索夫顺利地活了下来，但是很快就因为夜里撬开了一家食品店的门，盗窃了价值四百五十二卢布四十六戈比的商品而在少年管教所被关了三年。小库兹涅佐夫的爸爸库兹涅佐夫·巴维尔·安德烈耶维奇是个俄罗斯人，于1941年加入了苏联共产党，担任区建设办公室的工程师。关于家里发生的事情，他已经在区委第二书记的办公室里进行了解释。发生了这种可怕的事情之后，库兹涅佐夫一家只好乘坐从车里雅宾斯克开往莫斯科的火车离开克拉斯诺别尔斯克了。火车在草原上行驶了三天三夜。在转弯处，可以透过窗户看到其他车厢，并且能够看到一股股灰黑色的烟雾。库兹涅佐夫站在车厢里的过道上，手扶光亮的不锈钢窗帘杆（上面挂着白色的百褶窗帘），望着窗外。窗外，空旷的大草原一掠而过。不知是站着睡着了，还是产生了幻觉，库兹涅佐夫突然看到了橘黄色的沙漠，而不是灰绿色的草原。他拄着一根很长的拐杖，走在被热风吹拂的沙漠里。他脚上穿的凉鞋里塞满了沙子，膝盖在长长的亚麻礼服里磕磕绊绊。疲惫的小毛驴跟着他，号啕大哭般地叫着。这时，强大的骆驼骑兵队出现在了沙漠的边缘，黑色的身影挡住了库兹涅佐夫的视线。“小刀事件”使得他不得不远离故土，四处流亡。

一切就这样开始了。

一切也将这样继续。

只是，从此以后，别说是小刀了，就连无害的铅笔刀，伊利亚·库兹涅佐夫都再也没有随身携带过。众所周知，有些人携带了一掌长的、能刺穿人的心脏的刀具，还有一些人携带了最近非常流行的棒球棒以及优质不锈钢“手指虎”①，甚至有人携带了质量不过关的、总是卡壳的

① 一种套在手上的器具，用来加强格斗的杀伤力，同时保护手掌。

“托卡列夫”手枪。有些人携带的是机灵的准尉从军队仓库里偷来的“马卡拉”手枪。现在的人什么都敢带，什么都敢藏在汽车的隐秘部位偷偷地运进来。由于醉酒或者一时糊涂，他们什么都做得出来。有时候，为了达到目的，他们会不择手段地故意犯罪！还有一些人，像库兹涅佐夫一样，什么都能卖，就连废旧的煤气罐都标价出售。但是，库兹涅佐夫在童年的时候就明白了，自己不应该碰武器。从那时起到现在的“先进武器时代”，他一直都没有碰过这类东西，也不想碰。就这样，他手无寸铁地生活着。

但是，在1960年的夏天，我们的主人公库兹涅佐夫又出现了。他拿着镶银边的毕业证书，说明他的成绩几乎是全优（只有地理是四分）。也就是说，他在中学毕业的时候获得了银质奖章。就这样，他这个普通的好学生长大成人了。但是，在他获得了银质奖章之后，仍然有很多别有用心的人拿这件事情说事儿。比如，有一次，在教育委员会的会议上，校长若有所思地问教务处主任：“季娜伊达·费多罗夫娜，您跟库兹涅佐夫的妈妈很熟吗？”季娜伊达·费多罗夫娜认真地看了看校长的眼睛，然后半信半疑地回答道：“同萨拉·伊利依尼奇娜吗？她是个很不错的女人，而且是个学识渊博的医生……”提起萨拉·伊利依尼奇娜医生的品德时，校长点了点头，说道：“对于获得金质奖章的毕业生，区里的意见是含糊不清的。”当然，库兹涅佐夫获得了银质奖章。值得注意的是，这并非针对犹太人。关于犹太人，任何人都没有提及，教育家们就更不应该有这种想法了。就算在区教育局，大家对这个民族也很尊重，甚至有一个姓“菲什曼”的犹太人在那里当过监察员。那里有各种各样的监察员——确切地说，那里有许多监察员。那里毕竟是区教育局！在那里工作过的人有：弗拉基米罗夫、谢利科夫、什科卢普科、别斯夏斯娜娅·玛利娅·尼古拉耶夫娜、哈恰特良、萨韦利耶夫、希里拉耶娃……此外，还有菲什曼、谢苗·马尔科维奇……

是的，我完全忘了！这一切是在莫斯科郊外发生的，因为当时库兹涅佐夫一家住在库尔斯克铁路线上的埃列克特拉乌格利村。当时，妈妈被安置在机关诊所里当外科医生。爸爸也不错，根据专业被安排到了新厂，担任总工程师。

库兹涅佐夫获得了银质奖章，并且能够详尽地解出数学教授马德诺夫编写的数学题。库兹涅佐夫报考了莫斯科大学的机械数学系，尽管竞争非常激烈，录取比例为1∶17。后来，库兹涅佐夫也去参加了机械数学系的考试。招生委员会的工作人员看过他的证明材料以后，满意地将他的毕业证书放到了一边，检查起报名表来。报名表一切正常，库兹涅佐夫没有亲戚在国外。库兹涅佐夫生于1944年，没有在白匪军中服过役，没有被俘的经历，也没有到过被占领区。相反，他是共青团员。一切顺利，发放了准考证。接下来，毋庸置疑，库兹涅佐夫的名字被写进了被录取人员的名单。突然，坐在招生委员会主席右侧的一名中年男子的目光落在了库兹涅佐夫的报名表上，正好看到了与他的父母有关的信息。这名中年男子——不是姓普罗福索夫吧？不，未必是！于是，这位男子便像教育委员会的教务主任一样，认真、仔细地看了看这个表格。他思考了片刻之后，友好地问戴着眼镜的库兹涅佐夫：“多少度？”结果是：-7.5①。“嗯，年轻人，您在我们这儿学习起来将会很困难！”这名男子同情地说道，“几何图形、图表、曲线……怎么把准考证发给您了？您的母亲不是医生吗？”库兹涅佐夫已经明白了一些，虽然还远不是全部。于是，他默默地承认了妈妈是医生的事实。“我建议您报考师范学院！”这名男子说道，“为什么不报考那儿的数学系或者物理系呢？您也许会通过的！干吗非要考莫斯科大学呢？”这里的“您”指的是

① 在俄罗斯，标准视力为1，-3为轻度近视，-3到-6为中度近视，-6以下为高度近视。

谁，这名男子没有说。库兹涅佐夫眼睛近视，并且有一个当医生的妈妈……可是，为什么在师范学院的数学系学习几何图形、图表要比在莫斯科大学的数学系学习更容易，这名男子并没有说。总之，任何人都没有提及犹太人的事。库兹涅佐夫来到外面，因无事可做而在大学附近的一个地方①徘徊着。在那里，整个莫斯科尽收眼底。

城市里的建筑物星星点点地坐落在河对岸。在各种各样的建筑物中，只有少数的尖顶建筑高耸入云。有一些建筑物是圆顶的，上面没有十字架……

屋顶上，新修补上去的铁皮在阳光下闪闪发光。河水被驶往市中心的小客船切断了，闪着同样令人无法忍受的亮光。库兹涅佐夫望着莫斯科，仿佛看到的是另外一座城市——褐色的琉璃瓦屋顶、白色的墙面、墙壁上镶着的木头格子、有着锥形柱的圆形广场……黑色的圆形绒线帽像铁帽子一样压在了他的头上。黑色的长大衣紧裹着他的胸部，让他喘不过气来。人们发出的尖叫声越来越近……无穷无尽的道路在他的面前和身后纵横交错，上面铺满了石头……石头里的石英砂在闪闪发光。走在这样的石子路上，鞋子很快就会被磨破。他还有很长的路要走，因为这条路没有尽头。

库兹涅佐夫在师范学院里学得还不错，获得了较高的助学金，在最后一年达到了四十八卢布。但是，库兹涅佐夫没有被保送读研究生。毕竟，有能力的人都应该去学校工作。他们班的普罗福索夫（只是与前面提到的那个人同姓）被研究生院录取了——也是个聪明的小伙子。

当然，莫斯科的学校里已经没有位置了——确切地说，是“位置很少”。他们把库兹涅佐夫分配到克里沃伊罗格市的时候，库兹涅佐夫差点儿没地方可去。在毕业生分配委员会的成员中，库兹涅佐夫好像认出

① 指“麻雀山”，也称“列宁山”。

了那个曾经阻止他考莫斯科大学的中年男人。当然，他不可能是那个人——大学在哪里，而师范学院又在哪里……五年过去了，这个男人基本上没有什么变化……不对，他只是看起来很像那个男人。这个男人简单地看了一眼库兹涅佐夫，便开始看空荡荡的、昏暗的礼堂深处了。在那里，刚刚举行过委员会的会议。库兹涅佐夫去了克里沃伊罗格市……

坦率地说，对于描述伊利亚·库兹涅佐夫的生活，我们已经感到厌倦了。他的生活，大家已经很清楚了。是的，确实有过上级主管部门发往各机关、各企业内部的指导性信函，建议在录取那些民族的“拥有国籍”的人时，采用特殊的方法。在那封信里，似乎是这样写的。也就是说，除了犹太人……当然，也包括没有任何过错的朝鲜人、希腊人、土耳其人、西班牙人、德国人……也许，这样的信函从来都没有过，就连那个中年男人都是不存在的。应当承认，在我们这儿，中年男人多的是，随处都能遇到。那个普罗福索夫也是不存在的……完全不对，普罗福索夫确实存在，就是那个别奇卡·普罗福索夫——少年流氓。经历了劳动教养之后，他变聪明了。从工艺品技校毕业之后，他在供热网站找到了工作，一直到受伤致残。他的儿子普罗福索夫·尼古拉·彼得洛维奇服完兵役以后，去了国家汽车检查局（即后来的俄联邦国家道路交通安全检查署），得到了一套两居室。按照规定，家庭中的每三个成员可以分得一居室，而他自己则是第四个成员。在维希诺市，他在国家的高速公路上获得了一个职位。后来，他在执行公务时神经受到了损伤，以身体状况不好为由从机关辞了职。据说，他在一家私人安保公司找到了一份工作。那时，他的父亲早已因肾衰竭而去世了，葬在了米京斯基公墓。因此，在那里（如果你知道这个地方的话），在由混凝土和大理石粉末制成的墓碑上可以看到碑文：“П. Н. 普罗福索夫，1940 年 6 月 12 日—1987 年 5 月 26 日。”这足以让你们当中持怀疑态度的人相信，普罗福索夫这个人是存在过的！

至此，我们对库兹涅佐夫的一切都已经了解了。在克里沃伊罗格市，他在灰黄色的烟雾（在工业生产的过程中形成的）中生活过一段时间，教过孩子们代数、立体几何、物理和绘图。他当过班主任，取得了优异的成绩，在市教育局都挂上了号。于是，他便成了校长这一空缺职位的主要竞争者。故事讲到了这里，我们这些库兹涅佐夫的同龄人都不难猜到，他没有当上校长。实际上是这么回事：校长一职，当然只能由党员来担任。区委的领导已经把名额给了库兹涅佐夫，接纳了他这名知识分子。因此，校长一职，除了库兹涅佐夫，不可能有其他人选。当然，学校的教职工纯粹是由女性组成的。他的材料已经被事先转到了相关的委员会，他们已经开始研究他的履历表了。这样一来，事情就办不成了。不过，库兹涅佐夫本人没有到委员会去。后来，学校的党委书记、语文教师利季娅·阿列克谢耶夫娜偷偷地告诉他，库兹涅佐夫和她关系不一般。感谢上帝，没有造成什么后果，两个人后来都很好。她是党员，而他……算了，这是后话。利季娅从教师休息室里把他叫出来，在二至三层之间的楼梯上（平时，他们经常在那里阻止学生们顺着扶手往下滑）把这一重大变故小声地告诉了他。她说，在委员会的会议上，一切都很正常。大家根据候选人的资格及其在候选期间所做的社会工作进行了表决。这时，一个她不认识的中年男人仔细地阅读了表格的内容，然后把这一页纸推到了委员会主席面前。气氛一下子就变了！在两分钟之内，委员会的成员们就决定将此事暂时搁置——真是难以想象！关于那个男人，库兹涅佐夫甚至没有细问——他已经明白了一切。按照以色列的法律，如果母亲是犹太人，他就是一个纯粹的犹太人——这有什么不能理解的呢？

库兹涅佐夫吐了一口痰，离开了克里沃伊罗格。在这里，他一直在咳嗽。他重新回到了和父母一起定居的埃列克特拉乌格利村，去一所学校上班了。他是个顽固的单身汉，已经开始谢顶了。他集中精力，不停地在思考。至于到底思考了些什么，一直到父母去世之后，又过了一段时间，他才弄明白。他的父母退休以后，有一天，他父亲在阳台上削水果的时候摔倒了。三天后，救护车直接从葬礼上把他母亲送进了医院。无论尊敬的萨拉·伊利依尼奇娜的同事们怎样努力地抢救，到了早晨，还是库兹涅佐夫独自一个人留在了世上。他跑到医院，找了很久，才在餐饮部后面找到了太平间。他等在门口，听到房间里有工作人员在谈话。其中的一个人说："给谁做准备？"另一个人回答："那个犹太女人！"澄清一下，我们没有恶意地强调最后几个字，只是想以这种方式说明如何根据面部特征或其他不为我们所知的特点来寻找逝者。

就在这一瞬间，库兹涅佐夫似乎悟出了一个道理，虽然他还没有完全想清楚。对他而言，以前的生活变得清晰起来——像正常人一样，他把生活看得一清二楚。

"是你选择了人民！"库兹涅佐夫心想，这里的"你"没有指明是谁（我们感兴趣的是，这位优秀的无神论者是如何得知自己随父亲的民族成了俄罗斯人的。可是，他的身份证上并没有标明），"你为什么把自己选择的人民置于饱受屈辱和无家可归的境地呢？你选择了我们，就是为了让我们在大地上漂泊，直到找到自己的位置吗？那么，我应该把我的目光、我的灵魂放在哪里呢？你会给我答案，还是我必须独自寻找答案呢？"

库兹涅佐夫这样思考着，还没作出决定就付诸行动了。他把埃列克特拉乌格利村的房门锁上，把钥匙交给了邻居，便独自去闯世界了。

现在，已经很难还原他走过的路线了。不过，我们还是掌握了某些信息。例如，根据可靠的消息，他曾经在顿河边上的罗斯托夫待过一段时间。在这座美丽而古老的城市里，有一座由浪漫主义者建造的形如拖拉机的大剧院。顺便说一下，同一时间，在莫斯科修建了一座五角星形状的"红军剧院"。在罗斯托夫，剧院是拖拉机形状的，和真正的拖拉机一样，有驾驶舱和履带，只不过是混凝土浇筑的，个头儿很大。在经济发展处于停滞状态的七十年代，其中的一条履带被抵押了出去，开了一家啤酒馆。就在这家啤酒馆里，我们经常能够碰到库兹涅佐夫。他留着当时很流行的长发，头发中间的斑秃面积在不断地扩大。他穿着不知从哪儿弄来的喇叭口牛仔裤和紧身短夹克，像嬉皮士一样的外观让正常人感觉很不舒服。在啤酒馆里，人们对他十分容忍，直到有一次，他和一个中年男人一起出现在了餐桌旁。这个男人喝完了“日古廖夫”牌啤酒（应该说，酒是前一天运到这里的），认真地看了看库兹涅佐夫，然后带着当地的口音轻声问道：“怎么样，小伙子，该去巴勒斯坦了吧？”当然，库兹涅佐夫认出了这个男人。

另外，有人在列宁格勒碰到过库兹涅佐夫。他在那里干了些什么，我们不得而知。但是，有一点可以肯定，他再也没有当过老师。当时，他只是沿着利捷因大街在行走，时不时地看一眼发了霉的灰色房屋，然后转过脸来躲避潮湿的海风……人群中，有一个看似熟悉的人一闪而过。库兹涅佐夫转过身去，长久地望着那个人的背影。但是，世界上的中年男人太多了！发生了什么事情，马上就得以证明了：回头看得出神的库兹涅佐夫撞上了迎面走来的一个人。那个人明显地表现出了不满，说了下面这些话：“你这个犹太人，是不是应该再戴一副眼镜？从你的身边过一下都不行……你们这些贪官！”

库兹涅佐夫多次去过基辅，坐在克列夏季克大街上的马戏团对面的小吃店里吃土豆馅儿的甜饼。啊，那是个令人神往的小吃店！你们要相信，它非常令人神往！突然，他听到身后有人说：“吃惊吧，闺女！很明显，他是个犹太人！”他转过头去，看见一个女人和一个小女孩儿坐在那里。她们一边吃着樱桃馅儿的甜饼，一边非常感兴趣地看着他。她们简直太迷人了！顺便说一句，如果你们仍然对这个故事的艺术性和真实性持怀疑态度的话，那么我会向你们提供确切的证据。那个女人名叫塔季扬娜·捷列彼尔科，她的女儿叫奥莉嘉。她们从费奥多西亚来到基辅，希望能买到廉价的捷克斯洛伐克或德国的进口商品。现在，奥莉嘉生活在莫斯科。你们也许认识她——她就是随丈夫姓的奥列霞·格龙特！怎么样，现在相信了吧，嗯？所以，在遇到这个受人欢迎的姑娘时，可以问一问，她是否还记得这样一个可笑的、谢顶的、戴着眼镜的、头发很长的、曾经在小吃店里被她的妈妈指指点点的人。请相信，确实曾经有过这样一个与我们的描述完全相符的库兹涅佐夫……为什么说“曾经有过”呢？因为他现在还活着！就像人们常说的那样，上帝给予了他健康和长寿。反倒是奥列霞好长时间没有出现过了，想必是一直逗留在伊比沙岛。她一旦出现了，就会被问到这件事。

不过，这一切都只是顺便说说而已。真正有趣的事情在后面！在那个小吃店里，库兹涅佐夫没有看到任何男人。即使没有男人，他的麻烦也够多了。

库兹涅佐夫在这些地方生活过：鄂木斯克、阿尔汉格尔斯克、哈巴罗夫斯克边疆区的索尔吉罗夫克村、古比雪夫州的奥克佳布里斯克，就连蒙切戈尔斯克市……

在大街上的人群中，他会遇到很多中年男人。他们在火车站的自助餐厅里与他坐在同一个餐桌旁，在列宁格勒的地铁车厢里与他相对而坐，在灰暗的雅尔塔海滩上与他并排躺着。有时，他们会突然变成年轻、漂亮的女士，或者喝醉了的上了年纪的大叔，或者在他休息的街心花园的长椅旁叫喊着转圈儿的孩子们，或者郊外的那些无家可归的流浪狗，还有那些大胆地接近他并且斜眼看着他的乌鸦。在人们的闲言碎语中，在路人和邻居们的低语中，在狗的叫声中，在乌鸦那含糊不清的鸣叫声中，他听到的都是同样的话……

道路是没有尽头的，他的脚被磨出了血。他穿过一片树林，脚踏在路上发出的咚咚声既像愤怒的木匠用锤子敲打木头时发出的响声，又像机关枪发出的声音。这时，骑兵侦察小分队又出现了。马匹冲出峡谷，被“铁手臂”勒停后，踏动着蹄子在原地打转。

必须在骑兵发现他那孤独的身影之前跑掉！可是，在田野里，能往哪儿跑呢？再说，他为什么要跑呢？如果救世主骑着马迎面而来，一只手拿着闪着寒光的军刀，另一只手举起了枪——一边移动，一边射击……但是，救世主并没有来。不幸的人，别再做梦了，按照指给你的路走下去吧！

总之，我们有可能在莫斯科的阿尔希波夫大街上，在帝国风格的黄白色相间的房屋前，在整天无所事事地走来走去的人群中见到他。此时，有两个人走在了一起。他们轻声地交谈了几句，就各自走开了，让偶尔路过的人很不理解……稍晚些时候，我们发现库兹涅佐夫已经在科尔帕奇胡同的某栋国有的大楼里了。那里的走廊十分狭窄，人满为患。不知是所有人都从阿尔希波夫搬到了这里，还是其他楼里也是这么拥挤……

途经维也纳的时候，库兹涅佐夫一边散步，一边看着那些狭长的、与正常电车不同的有轨电车无声地行驶着。他望着巨大的教堂以及教堂前面那个小广场用方砖铺就的地面，还有双臂合抱都抱不过来的那些刚刚被人用湿抹布擦去灰尘的树木。他停下脚步，对着某个惊人的小东西出了神儿。突然，他感觉到，人们都在仔细地看着他。“我就知道会是这样！”库兹涅佐夫心想。一个中年男人仔细地端详了一下库兹涅佐夫，然后用库兹涅佐夫听不懂的德语和当地的方言说了些什么。他至少听明白了一个词，因为这个词的发音与俄语和乌克兰语很相似。

在耶路撒冷，刮的都是热风，而寒光却从天而降。库兹涅佐夫沿着郊外空荡荡的街道走着，两旁是二层、三层的红砖楼房。在他的对面，一个十二岁左右的小男孩儿骑着自行车从拐角处飞速地拐了过来。他用尽全力踩着脚踏板，用下巴顶着披在肩上的花围巾。小男孩儿从他身边经过时，用漂亮的、令人陶醉的眼睛看了看他的脸，笑了笑。半分钟后，库兹涅佐夫的后背被什么东西重重地击打了一下。他转过身去，看到了人行道上的碎砖块、空荡荡的街道和一个小男孩儿。小男孩儿把自行车放到了一边，正认真地在一堆建筑垃圾中挑选着另一颗“炮弹”。

到了 10 月，纽约仍然湿热得令人喘不过气来。这座城市就像一个厨房，被雾气包围着。整座城市就像一个巨大的洗衣桶，蒸腾着水汽。在第 102 条街和第 103 条街之间，一个年轻人把一些大纸箱从货车上卸到了墨西哥餐馆入口处的人行道上。然后，他转向了库兹涅佐夫。小伙子把短短的鬈发染成了草黄色，与他那灰褐色的脸很相配：“快滚吧，该死的犹太人！”

漆黑的夜空被彩色的灯光照亮了，热闹非凡的墨尔本市中心被远远地甩在了后面。没有尽头的圣基尔达路在黑暗中延伸，只有空荡荡的十字路口处的信号灯在闪烁。库兹涅佐夫累了，直接坐在了人行道边。这时，不知从哪儿冒出来了一个身穿带格子的厚夹克的男人。他用系着鞋带的高鞡儿皮鞋的鞋尖捅了捅库兹涅佐夫的肋骨，说：“你给我站起来！滚回你们俄罗斯去！来了那么多人，把整条街都给占了。我们没有办法躲开你们，该死的犹太人！”虽然他说话时带有很明显的澳大利亚口音，但是库兹涅佐夫完全能够理解他的意思。

在途中，他转了三次飞机——这样机票会更便宜。因此，他出现在了巴黎——应该说是在鲁瓦西机场，更准确地说是在戴高乐机场。那里人满为患，连站的地方都没有，就更不要说坐了。库兹涅佐夫被挤到了一个满身是汗、正在读法国报纸的男人身边。那个男人把报纸对折了一下，把一片废墟的大幅照片展现在了库兹涅佐夫的眼前。库兹涅佐夫忍受着痛苦的煎熬——离飞机起飞还有一个多小时。他歪着头，想好好看一看那张照片。“看吧！”那个法国人说，“犹太人，你看！把你们的犹太教堂给炸了，明白吗？”库兹涅佐夫对法语一窍不通，但是他却听明白了所有的话。

他闻到了一股甜甜的焦煳味，听到了犬吠般的叫骂声。骂人者完全没有法国口音，被人推搡着：“快点儿，犹太人，应该消消毒!”但是，他已经顾不上这些胡说八道的言语了。一个老年人在忍受痛苦的煎熬时，根本就顾不上这些稀奇古怪的事情。感谢上帝，他已经活过了这个千年，什么样的事情没听说过啊!

到达谢列梅捷沃机场时，天已经黑了。长长的队伍慢慢地向前移动着……库兹涅佐夫蹲下来，把表格放在皮箱上，开始填写。不知为什么，表格上印的是英文，所以他只好用英文填写了。

目的地……

“哪个居民区是我的目的地呢?”库兹涅佐夫心想，“第五居民区!”

当地的居民手持印有金色双头鹰的深红色小本子，从他的身边经过——没有人对这个蹲着的老头儿感兴趣。库兹涅佐夫戴着一副过时的厚玻璃片的眼镜，不均匀的一大块秃顶周围长着蓬乱的灰白色头发，脏兮兮的脸上长着汗毛孔很明显的鼻子……他吃力地伸直了腿，就近拽着队伍中的一个中年男人的袖子站了起来。

“请原谅，”库兹涅佐夫说道，“能看一看您的护照吗?我还没见过新的俄罗斯护照呢!如果可以的话……”

那个中年男子笑了笑，把证件递了过来。所有的文字都是以新的方式横着写的。“杜勃罗留波夫·伊万·埃杜阿尔多维奇，”老头儿读道，“1969 年出生。出生地：约什卡尔奥拉市。护照有效期至 2007 年……”

“那么，民族呢?”库兹涅佐夫问道，“民族……在哪儿写着呢?”

“现在都不写民族了!”伊万·杜勃罗留波夫笑了笑，把嘴咧得更大了，“现在，就连国内的证件都不写民族了!老爷子，我们所有人都是一个民族……您不也是俄罗斯人吗?您是不是离开俄罗斯很久了?”

“是的，很久了!”库兹涅佐夫还回护照，仔细地看了看和他交谈的人的脸，“早就离开了……您刚才是怎么说的？我是俄罗斯人？”

“不然，您还会是什么民族的人呢？”这位名叫“杜勃罗留波夫”的俄罗斯公民（顺便说一句，他也是塞浦路斯的商人），在飞机上喝了三百毫升的苏格兰威士忌，心情变得非常好。他心情愉快，这个老头儿也很讨他喜欢。“不是俄罗斯人，您还能是什么人？难道您是车臣人？”

“不，我不是车臣人。”库兹涅佐夫更加仔细地看了看这个中年男子的脸。他更加相信，这个人只不过是一个普通的中年男人。像他这样可爱、开朗的人，库兹涅佐夫从来都没有见过。“您看，按照母亲的民族，我是个犹太人……”

“老爷子，在这儿，我们什么都没有看到！”伊万·埃杜阿尔多维奇大声叫喊了起来——他好像有点儿醉了。但是，周围没有人注意到他在叫喊。“母亲是犹太人，就更无所谓了。我们没有工夫去看谁是犹太人、谁不是。在这儿，我们只是挣钱！明白吗，老爷子？我们有一半是犹太人，您明白吗？甚至一多半……”

这时，他停下来，陷入了沉思。显然，他是在思考俄罗斯商业阶层的民族问题。

还不到一分钟，他的思考就结束了。他轻轻地搂住了“老爷子”的肩膀，把思考的结果悄悄地告诉了库兹涅佐夫。

“我告诉您，”他说，“要是我的合作伙伴是个犹太人的话，我现在就不至于在塞浦路斯赚这些该死的小钱了。我会在这里过上甜蜜的生活……唉，老爷子，我经营过一个很好的地产项目。比它高的只有星星，明白吗？没有比它更好的了……简单地说，我建造过高耸入云的房子，明白吗？然而，一切都消失了。为什么呢？”

“因为你不可能把房子建在天上！”库兹涅佐夫机械地回答道，“很久很久以前，人们就尝试过了，但是一无所获……”

“说的也是！”伊万·埃杜阿尔多维奇莫名其妙地高兴起来，“您看，不能修建这样的房子吧！您马上就反对了！可是，当时怎么没有人对我说过？有塔吉克人、阿塞拜疆人、摩尔多瓦人、乌克兰人，就是没有您……您在哪里生活？在美国还是在以色列？”

“我不在任何地方生活！”库兹涅佐夫绝望地喊着，因害怕而回头看了看。

这一次，无论是排队的人们，还是穿着军装和高跟鞋的姑娘们，对这种喊声都没有给予丝毫的关注。他们从一个玻璃窗口走到另一个玻璃窗口，来回巡视着，就像在执行秘密任务。

“我四处流浪！”库兹涅佐夫用刚刚能听到的声音说道。

“那么，欢迎您回到祖国！”伊万说，“咱们让他们检查完护照，就一起去喝一杯！永远的漂泊者，让我们聊个够！”

“世界上没有什么是永恒的，”库兹涅佐夫心想，“我的命运也不是永恒的。我的流浪生活就要结束了——也该结束了！是的，流浪生活就要结束了，我已经回到家了。房子很简陋，里面有些寒冷。仇恨和嫉妒使住在这里的人们分开了，但这仍然是我的房子……里面有我的家人。无论道路通向哪里，都会最终把我引到这里……”

于是，“阿格斯菲尔”① 去喝了个一醉方休。

① 传说中的一个注定要永远流浪的人。这里指库兹涅佐夫。

“小红帽”与“大灰狼”

有些国家会让人们惊诧不已。

试想一下，有一天清晨，暖暖的小雨无精打采地下着，你驱车来到了这样一个国家。走过来一个人，身穿整齐的制服，不知是边防士兵还是警察。出于礼貌，他毫无兴致地看了看你的护照，以自己的方式蹩脚地读出了你这位东方客人的名字。至于与车辆有关的证件，他根本就没有过问。只要他咧嘴一笑，你就可以一分钱不花，在平坦的、有着美丽的黑灰色光泽的柏油路上信马由缰了。你需要注意的是，有一些拱桥横跨在公路上。桥上的路标指示牌闪着淡淡的白光，例如“卡布斯滕堡——1.5 公里后右转”、“布赖特维尤斯特——2.6 公里后，在立交桥下左转”、“距埃施隆纳休尔梅尔 83 公里”。这个“埃施隆纳休尔梅尔”是你要去的地方，因为你要再次穿越边境线，到另一个国家去。在那里，执勤的是另外一个有礼貌的大叔。他穿着制服，身披黑色油布斗篷，头戴大檐儿帽。那个地方的马路也很平坦，只不过湿漉漉的，颜色和汽车的颜色差不多。那里的房屋和这里的房屋毫无二致：白色的墙漆、橡木的斜梁。那里有被隔成了一个个红绿相间的小方块的田野，还有被雨水冲刷得一尘不染的森林。在“无烟工业”的进程中建成的那些低矮的黄色厂房，刚才还在远处，瞬间就被抛在了身后。厂房平整的屋顶上悬挂着鲜艳的标牌，你还没来得及根据上面的字母读出熟悉的进口品牌的名称，一辆孤零零的集装箱货车就超过了你的那辆租赁的“菲亚特”。在大货车的两侧，光滑的铝边闪闪发光。大货车风驰电掣般地驶向了远方的地平线……再经过大约两个半小时的车程，你就能穿越这个国家了。你可以熟悉它的语言和特色餐饮，体味它那底蕴丰厚的古老文化和浴血奋战的英雄历史，知晓它那强大的经济实力，领略它在高效农业和现代技术的基础上发展起来的“全球平衡策略”。

拥挤！无聊！闷热！而你们，先生们，将如何在这种苦闷中生活呢？

你只须在一天即将结束的时候，开车去一家木屋式的路边旅店，把自己关在顶层的小房间里。在小房间里，设施一应俱全，连泡沫洗发水都有！你可以脱掉所有的衣服，只剩下一条贴身内裤。接着，你从包里掏出了一瓶珍爱的伏特加酒（在家对面的二十四小时营业的小店里买的）。在浴室里，你拿着一个厚厚的玻璃杯，坐在崭新的床单上，斟满了一杯酒……

苦闷啊！

我们经常会有这种感觉！哦，经常会有！

落满尘土的列车在宽阔的铁轨上抖动着它那沉重的身躯。托盘里的杯子和玻璃杯里的勺子发出了细微的叮当声。车厢的喇叭里播放着歌手布恩奇科夫那温柔而抒情的歌曲，唱的是列车上的故事。在车厢的外面，堆放着许多生了锈的铁块。乡间土路上的泥水流向了一望无际的农田。农田和每公顷一千三百公斤左右的收成，就要在雪中远去了。值班室紧挨着铁路，木屋的灰色屋顶滑落了下来。从世界上最大的黑色冶金工厂里冒出的黄褐色烟雾升上了平静的天空……列车包厢的门被推向了一边，发出了咣当声。身着法兰绒长裤和紧身夹克衫的女列车员一声不响地安顿着旅客。她从小盒子里把腌制的西红柿取出来，放到了炸肉丸子的下面。你在黎明时分痛苦地醒来，睡眼惺忪地趴在桌子上，凝视着窗外的风景。在那里，依然是那个祖国……一样的铁路，一样的烟雾，一样的田野，一样泥泞的乡间小路。火车好像一个晚上并没有驶出六百公里的距离，而是安安静静地停在了备用铁路线上。邻铺的乘客脚上穿着袜子，还在睡觉。女列车员正在收拾杯子，准备上早茶，耳边响起了非常熟悉的语言。前面还有三昼夜的路程，但是不会再有边境线了……

但是，没关系，只要给我们时间，我们会翻过身来的！大家将会看到，我们是有这个能力的。某位诗人①说得丝毫不差：“我们的双眸饱含着热望。当我们崛起的时候，一切都会为之战栗！我们将彼此热爱，像兄弟一样，充满了人性的关怀。我们将相互同情、相互帮助……现在，我们需要的是忍耐，是宽恕一切。我们要宽恕一切，宽恕所有的人。原因就在于，我们面临的形势很严峻。”

咱们还是聊一聊柳德米拉吧！

很巧，柳德米拉出生在铁路工人家庭，住的就是我们前面说的那种公家的木屋。房子是用铁路上的一些破旧的枕木和质量低劣的木板搭建而成的，里面散发着木馏油②的气味。把破旧的枕木浸泡在这种油里，可以防止腐烂。幼年时期的柳德米拉走路还跌跌撞撞的时候，就经常在院子里和小狗茹利卡一起玩耍。在院子里，能闻到更浓的木馏油味儿——东南铁路线上新铺设的枕木散发出来的味道。无论是货运还是客运，这条铁路干线都发挥着重要的作用。小院的篱笆是用报废的防雪板做的，离铁路只有三米远。因此，柳德米拉的父亲上班很方便，走一会儿就到了。

柳德米拉三岁时，厄运降临了。她的妈妈因阑尾炎而死在了铁路中心医院。这样一来，木屋里就只剩下铁路工人伊万·费多罗维奇·奥斯

① 指的是勃洛克（1880—1921），俄国著名诗人。

② 一种防腐剂。

特列佐夫和他的三个女儿了。大女儿十七岁，二女儿六岁，小女儿三岁（就是柳德米拉）。从那时起，大女儿加林娜便被迫承担起了所有的家务。一年后，加林娜在一个车站上（沿着铁路线走一个半小时就到了）认识了一位中士。这位中士是从哈萨克斯坦复员返乡的，正要返回基洛沃格勒。于是，加林娜就跟着他走了。这位中士是怎样把她带进坐满了复员军人的列车的，我们不得而知。当然，接受过军事训练、政治素养极高的军人和顶级专家（佩戴的徽章可以有力地证明这一点）能够摆平所有事情。事实证明，他确实做到了。在路上，他们俩按照铁路区段的地址给奥斯特列佐夫发了一封电报。咱们先把加林娜的故事讲完吧！后来，加林娜连续五年没有音信。再后来，奥斯特列佐夫收到了一封信和一张照片。照片是加林娜和一个穿着连脚裤、戴着白色帽子的小男孩儿的合影。信上说，加林娜在一家综合性企业的托儿所里当保育员，儿子奥列格也在这个托儿所。他们住在宿舍里，有一个独立的房间。他们只要三十卢布就可以过冬，买一些必需品，其他的就不需要了。至于那位中士，她在信中只字未提。来信的地址是“尼科波尔市邮政局的邮件待领处”，收件人是“加林娜”。奥斯特列佐夫刚一收到信，就把钱寄出去了。但是，他没有收到回信。直到因肺炎而去世，他都没有得到大女儿的任何消息。

在铁路工人奥斯特列佐夫离世之前，他的二女儿瓦丽娅被送进了残疾人托养所。随着年龄的增长，瓦丽娅的情况变得越来越糟。在十三岁以前，她只会笑。奥斯特列佐夫每次下班回到家，都要给她换尿布，然后喂她吃饭。一看到父亲那张熟悉的脸，她就格外兴奋，发出咯咯的笑声。但是，瓦丽娅变得越来越厉害了，总想去咬父亲的手。妹妹无意间走到她的床边时，她会往妹妹身上吐又长又黏的口水。吐不着妹妹，她就一边喊叫，一边撕扯小脑袋上稀少的黄头发。她的后脑勺是平的……因此，奥斯特列佐夫只好把她送到残疾人托养所去了。有什么办法呢？

不过，柳德米拉的境遇还算不错。

最初，一切都很正常——柳德米拉上了车站上的一个全托的幼儿园。就是在那个车站上，基洛沃格勒的小伙子使加林娜的命运变得扑朔迷离。接着，柳德米拉在那个车站上读完了中学。寒来暑往，她沿着这条铁路走了十年。起初，柳德米拉只会从一根枕木上跳到另一根枕木上。后来，她长大了，把步子迈得小一点儿才能踩到枕木上，否则就会踩到两根木头中间。她每天都要在路上走三个小时，累得要命——这是事实。她在读八年级的时候，有一次因为走神儿，差点儿被开往巴尔瑙尔的高速列车轧到，幸亏她迅速地跳到了一边。她凝视着狂奔的车轮，感受着金属带起的炽热之风，站了许久……

终于，柳德米拉要参加毕业典礼了。当时，奥斯特列佐夫还没有被送进医院，还在痛苦地挣扎着。把所有的抚恤金加在一起，才刚刚够治病用。柳德米拉身上穿着一条白色的裙子，脚上穿着一双白色的鞋，一大早就来到了站台上。为了庆祝毕业，学生们一起迎接和欢送了“萨拉托夫—莫斯科”的专列。站台上很干净，却空无一人。那天早晨，没有人从这一站上车，到莫斯科去。因此，站台上只有盛装的女同学和佯装醉酒的男同学。“同学们，你们听我说！”男孩子们打开一瓶罗斯托夫苦艾酒，喝了起来，根本不理任何人。所以，柳德米拉只好对女孩儿们说：“你们听我说！我向你们保证，甚至可以打赌，我很快就会坐上这列火车，到莫斯科去了。我会在那里定居……听明白了吗？要是有人不相信，我们就来打赌！”可是，没有人跟她打赌——这就对了。

就在那个早晨，奥斯特列佐夫在医院里撒手人寰了。他得了肺炎，拖得太久了，没有得到及时的医治。柳德米拉锁上房门，把小狗茹利卡（当然，这不是从前那条狗，已经是第三条狗了）送给了工段上的一个认识的司机。司机开着自己的“嘎斯-66”型卡车，把拿着行李的柳德米拉送到了火车站的站台上。柳德米拉用工会发放的丧葬费安葬了父亲，用剩下的钱在站台上买了一张到莫斯科的卧铺票——那趟专列没有普通座位。进入车厢之后，她连床都没铺就脸朝墙躺在了铺位上。作为大品牌的专列，它轻轻地启动了之后，在缓缓地加速。一分钟后，列车从奥斯特列佐夫家的房子前面掠了过去。那间木屋永远都不会有人住了……后来，因意外冒出的火星，屋子被烧得一干二净，只剩下了一节一节的木炭，一碰就碎。一切就这样结束了。现在，铁路工人和家人都住在哪里，就无人知晓了。

我的天啊！这就是事实，这就是命！三姐妹都想去莫斯科，结果却……一个人在残疾人托养所渐渐地腐烂了，另一个人在一个幅员辽阔的国度里，抱着孩子寻找食物和居所。第三个人……说真的，为什么要在这里提起三姐妹呢？为什么要提起莫斯科呢？事实上，无论是提起三姐妹还是提起莫斯科，都没有任何意义。我们要讲的是另外一个故事。说实在的，这是一个能让人心情沉重的故事。它会让你呼吸急促、心跳紊乱，按照某人①的说法就是“会让你胸口发闷”。你会把手伸出去——要去够什么②，显而易见。你会把酒咕嘟咕嘟地倒进一个干净的玻璃杯……窗外的大自然就像微缩景观一样。在走廊里，本地人高兴地哈哈大笑。在房间里，电视里正在播放其他队的比赛——比我们队还要差。谁都无法逃脱尘世间的痛苦和眼泪！在那里，除了苦闷，就是噩梦。

至于柳德米拉……她现在确实住在莫斯科。您能想到吗？她在布拉捷耶沃租了一套一居室的住房。必须承认，这已经很不错了！不过，接下来的事情可能会让您大跌眼镜。简直不可思议，她竟然找到了姐姐加林娜，还把她接到了莫斯科！啊？嗯，这是真的！

---

① 指退伍军人、诗人卡扎奇。

② 指伏特加酒。

这不，在一个凉爽的早晨，柳德米拉出门去上班了。在到地铁站去的路上，她从一个个摊位前走过，看到了许多无家可归的人，还遇到了一些外地人、本地人，包括贩卖手工艺品的商贩和警察。柳德米拉生活得很顺利，办理了居住证，还找到了一份工作。她还给姐姐加林娜和侄子奥列格申请了居住证……白天，加林娜待在妹妹家，无牵也无挂。她在一家很体面的运输公司上班，做行车调度员的工作，干得很不错。奥列格读九年级，过着无忧无虑的生活。他不抽烟，也不碰啤酒，更不会去沾其他乌七八糟的东西。总的来说，奥列格不怎么和莫斯科人来往，整天泡在健身房里，一心想上警察学校。凭借姨妈的关系，他到警察学校去读书是非常有希望的。

三年里，柳德米拉建立起了非常厉害的关系网，十分令人羡慕。在这个关系网中，有地铁保卫处的涅鲁施莫夫·阿尔卡季大尉和“三勇士”私人安保公司的普罗福索夫·尼古拉·彼得洛维奇。柳德米拉在地铁“革命广场”站担任值班员，没有这些关系怎么行呢？这里可是首都的中心啊！不管是警察还是那些更加严肃认真的人，只要有事，就会去找她。况且，柳德米拉是个很有趣的姑娘，把浅色的头发高高地盘了起来，还戴了一顶红色船形帽。

总之，柳德米拉在地铁站上班了。她所做的工作与铁路有关，这很有可能是被视为“伪科学”的遗传学起到了作用，虽然遗传学在很久以前就彻底摘掉了“伪科学”的帽子。所以，人们在嚼舌根子的时候，会不分场合地提起这门学科，因为地铁就是“地下的铁路”。柳德米拉出身于交通运输部门的职工之家，这对她后来选择职业起到了一定的作用。所以，她虽然来自外乡，但是没费多大劲儿就进了培训班。经过培训，她学会了按照调度时刻表（其实，时刻表是由自动设备操控的）接送地铁列车和在特殊情况下采取应急措施（谢天谢地，她在班上从未遇到过这类特殊情况）。实际上，柳德米拉只要站在大理石的站台上就可以了。从她身边走过的有古铜色皮肤的水兵（手里拿着严重磨损的左轮手枪），有手握风镐的矿工，也有普通的乘客。乘客们拥挤着，有的人手里拎着印有方格图案的大号购物袋，有的人肩上背着时尚的小背包，有的人推着那种退休老人到别墅去时常用的小推车。看，柳德米拉就站在那儿，身上紧紧地裹着一件灰色制服，很是惹眼。她把灰色的裙子改短了，露出了凸出的膝盖和肥胖的双脚……脚上穿着一双漂亮的高跟鞋。她用两个隐形发夹把与自己的职务很相符的红色船形帽别在了蓬松的金发上。

这样一个女孩儿，在单调而又漫长的工作中会想些什么呢？不同的女孩儿，思考的事情会有所不同。凭借经验，作者很清楚地认识到，洞悉他人（尤其是异性）的内心是绝对不可能的。他已经尝试过多少次了，唉……不过，柳德米拉是个例外。她的想法，我们不费吹灰之力就能猜到。因为，柳德米拉这个人物从头到脚都是我们杜撰出来的。因此，她所思考的一切都是我们想象出来的。也就是说，她的想法，我们一清二楚。我们的女主人公柳德米拉正在思考自己的未来。关于未来，她一直有着明确而具体的构想。关于这个构想，我们以后再说。柳德米拉的几个朋友也在思考未来，但是他们的想法比较粗浅。比如，他们总算盼来了下个月的工资时，会想：是到市场上去买低腰的喇叭裤呢，还是去买三角短裤呢？现在，大家可都这么穿啊！他们还有可能想去迪厅和夜店玩儿一玩儿，或者去听最喜欢的歌手的演唱会。歌手非常帅气，长得跟瓷娃娃似的。最后，也不排除这种情况：他们只不过是惦记着马上就要举行的聚会。这种聚会只有女孩儿能够参加，还提供海量的啤酒和在沸水中迅速煮熟的冷冻虾……但是，柳德米拉绝对不会去想这些乱七八糟的玩意儿。那些时髦的裤子，她并不觉得好看，更别提穿起来像妓女一样的内裤了。这与她的身材无关，只与她的生活准则有关。柳德米拉从来不去迪厅，因为那里只出售毒品，人们会像癫痫病患者一样抽摇。迪厅里有很多“同志”，她从来不把他们当人看。她最喜欢的歌手的演唱会呢？最好在家里和姐姐加林娜、外甥奥列格一起在她自己买的电视上看——租来的屋子里只有一个冰箱。柳德米拉可以无拘无束地和他们聊所有的事情，比如歌手的家境、歌手的新形象，还有歌手的西装和发型。顺便说一句，姐姐加林娜也在不断地思考着未来。不过，她只想一件事：怎样才能让儿子上警察学校呢？儿子从部队退役了之后，就可以到国家道路交通安全检查署工作了。他可以好好挣钱，娶一个正经过日子的媳妇（最好也是个乌克兰人）。然后，儿子就会分到一间房甚至一套房，在里面生儿育女。到了那个时候，加林娜就可以像奶奶一样守着孙子们了。当然了，在托儿所工作的那些年里，她非常讨厌小孩子。不过，这可是她自己的孙子、孙女呀……

这就是大家的想法。比起啤酒和虾来，柳德米拉更钟情于150毫升一小瓶的摩尔多瓦上等白兰地，还有松软的烤猪肉串。柳德米拉和涅鲁施莫夫每过十天就能在班上碰到一次。只要一起上班，他们两个人就会去喝酒、吃肉——他们早就选好了餐厅。餐厅离单位很近，在尼科尔斯大街（就是以前的“庆祝十月革命二十五周年”大街。真是不可思议呀！）的一个院子里，十分幽静。夏天，餐桌被直接摆到了院子里。冬天，所有客人都在一个小房间里用餐。现在，这个有一个后门的小房间充当了餐厅。当然，餐厅里总是烟雾缭绕。由于工作紧张，涅鲁施莫夫大尉一根接一根地抽着“议会”牌高级香烟——他在自我放纵。而且，他的那些做生意的朋友每个星期都会送给他一条这个牌子的香烟。柳德米拉也会美美地抽上几根，尤其是在一杯酒下肚之后。柳德米拉和涅鲁施莫夫是一对儿——大家都是成年人了，为什么要偷偷摸摸呢？他们曾经有过云雨之合，现在也时常会有——没有什么不好意思的。柳德米拉是孤身一人，而涅鲁施莫夫离婚之后没有再娶，也不用付赡养费。有时候，普罗福索夫和他的好朋友卡佩茨·伊戈尔·阿列克谢耶维奇会来找柳德米拉和涅鲁施莫夫。不过，他们并不经常过来。普罗福索夫虽然是一个顾家的人，但是也至少每个月和朋友聚上一次。卡佩茨是普罗福索夫在私人安保公司的同事。他曾任空降部队的中校，先后在赫拉特①和阿奇霍伊马尔丹②服役。在执行任务期间，他的肺部被打穿了，在布尔登科中心医院接受治疗。由于负了伤，卡佩茨被授予了“为祖国服务”二级勋章，正好和他的二级伤残相匹配。因此，卡佩茨在“三勇士”公司只负责监控。即使是这样一份工作，也是靠着他和公司老板的老交情得来的——老板也在空降部队服过役。

这不，几个好朋友又聚在了一起，其中只有一位美丽的女士。当然，他们已经给这位女士敬过酒了，喝的是掺有桶装“波罗的海七号”啤酒的“格热尔卡”白酒。眼看着第二瓶就要喝完了！柳德米拉喝了一点儿白兰地，吃了一些肉，然后就着甜点喝了一杯“卡布奇诺”咖啡。在莫斯科的这些年，她有了这种嗜好。柳德米拉和朋友们谈了谈自己对未来的想法。以前，她把这些话都藏在心里，甚至没有对涅鲁施莫夫说过——睡觉归睡觉，他们有各自的生活。可是，不知道为什么，她觉得现在是时候了……柳德米拉说了很多。所以，在向心急的读者逐字逐句地介绍她的想法之前，请允许作者进行一段插叙——其中的一部分内容可能会与前面所说的很多地方不相吻合。

您也许还记得，刚开始的时候，我们讨论了他们那俗不可耐的幸福和我们那坚不可摧的精神之间的区别。于是，当我把小说写了至少三分之一的时候，突然冒出了一个想法：干脆一走了之！说实话，我一点儿力气都没有了。当然，市场上可以出售任何东西，只要给钱就行。自由就是，如果你感到不爽，就举着标语走在大街上，随便叫一番，只要得

① 阿富汗的一个省。
② 车臣共和国的一个镇。

到了批准就行。也许……我们梦想的一切并不是那么美好，但是我们也经历过让人无法想象的时代。啊哈……可是，周围的一切都不堪入目！脏兮兮的院子，眼神绝望、四处乱窜的狗，坑坑洼洼的马路，垃圾，精品店前的一堆堆狗屎……广播里的黑话。议员在酒店里一晚上的花销比整个党派的工资还要多。简直就是贱货！无法无天！那些令人哀哀欲绝的痛苦和枯燥乏味的风习，都冲我来吧！我渴望看到一张张虚与委蛇的笑脸，渴望排队等着领养那些被人抛弃的残疾儿童，渴望拥有纯洁的进取心，渴望发生一些鸡毛蒜皮的琐事，渴望个人主义……真是让人心力交瘁！

还是算了吧！事情就是如此，令人抓狂！

信口雌黄！

一个人如果是个恶人，那么这对他而言简直是灾难！深究起来，他可能不会爱任何人。他贪得无厌、嫉贤妒能、胸无点墨、巧言令色、傲慢无礼、目不识丁。真的是无处可去啊，到处都人满为患！我们虽然无法理解这些人的所作所为，但却已经沉迷于其中了。

他虽然活着，但却不务正业，因为自己的卑劣而欢呼雀跃，并且已经准备好了实施更加荒唐的行为。他追逐愉悦和惬意，却忽视了脚下。一不留神，他就会一个跟头栽下去。“喂，那位先生！那位同志！那位男士！这是不是您掉的东西？”“不是！我知道这是您要的把戏！您现在就要把那一捆用橡皮筋缠着的美金分给别人了。剩下的钱，您会全部揣进自己的腰包。你们这群该死的骗子！”“先生，您是怎么了？要相信别人啊！这不就是您要过的生活吗？这是您的生活！看吧，第一次离婚，第二次离婚……您看到了吧，这就是您的生活！但是，您已经丧失了这一切。不必道谢，这是您自己栽了跟头之后发现的。您在迟暮之年栽了跟头……迟暮之年啊！无比孤独……请您站一站，喘口气！为了不再失去生活，请把她珍藏于心！我们应该爱惜生活。那一大桶酒已经被您……您很清楚我省略了哪个动词……掉了。现在，请不要再喝了，一口都不要喝了！好了，祝您一切都好！”

您将要独自面对她，面对生活——您曾经失去的生活。您站在一个空荡荡的地方，双腿不由得弯了下去，思绪飘向了最后一段（或许是最后一段吧）旅程。从懵懂无知的年轻岁月……吹来了一阵酷热的微风。它现在要飞向何处呢？无处可去——它会被吹得无影无踪！

多么可怕啊！上帝啊，我感觉糟透了！

谁来帮帮忙？请抓住我的一只手，告诉我，我不会死。美好的事物有可能会留存下来，也有可能会消散。我要亲眼看一看这美好的事物，哪怕是它模糊的影子。我也会发光……请抓住我的手！

一个人也没有，大家都各忙各的事情去了。

不过，有一个人还在这里。

好吧，现在该讲一下柳德米拉的故事了。

那年冬天，由于机缘巧合，我和这个女人相遇了。她从台阶上下来，走到了站台上。列车刚刚驶离，站台上空无一人。这是一个平常的夜晚，时间是十二点钟，人都已经走光了。她身穿一件毛皮大衣，站在那儿。至于那件大衣，就甭提了！样式很陈旧，就像电影里……但是，男士们，我一下子就注意到了，大衣的面料可是上等的卡拉库尔羊羔皮。大衣一直拖到了地面——你们能想象出来吗？可是，她本人却在摇晃。当时，我以为她身体不舒服，很想帮她找救护人员。不然的话，她一下子摔倒了，后脑勺磕在大理石地面上，动静可就大了。于是，我走近她，看了看。她喝醉了，从身体里散发出淡淡的酒气。可想而知，她喝的酒价格不菲。她四处张望了一下，直接倒了下去。我不知道自己是怎么了，是在可怜她，还是在想其他事情……简单地说，我把她送到了服务站。“涅鲁施莫夫，你是知道的，站里的领导绝对不会允许你这样做。”可是，我还是把她带过去了。她一次一次地从椅子上掉下来……

总之，直到我下班，她都睡在那里，并且睡得很香……没有人进来。我对接班的人撒了个谎，说她是我的朋友。下班了，我把她拉了起来。上楼梯的时候，我从底下托着她。这时，她似乎清醒了过来。她和我说话的时候，语气很平和，就好像我是她的下属：“亲爱的，叫辆出租车，去科捷尔尼克大街，我要回家。然后，您就可以走了。早晨之前，您就不用再来了。”后来我才明白，她有可能把我当成自家的保姆了，也有可能把我当成曾经在她家待过的某个人了。我还是继续往下说吧！我截了一辆私家车，谈妥了价钱。她坐在后座上，嘴里絮絮叨叨地说着什么：“右转……左转，进院子！就是这个单元！谢谢您……”她掏出一百卢布，递给了司机。牛不牛？从车站到她家的那栋高楼，最多也就需要五十戈比①。你算一算……就在克里姆林宫对面。你们听明白了吗？都知道吗？她家附近的桥下有一个大教堂……嗯，对！她从车里爬出来，差点儿大头朝下栽倒在马路上，幸亏我一把抓住了她。就这样，我们朝她家走去。她就像已经和我相识了多年，根本就不去想我是否会把她锁进浴室，然后拿走她家的所有东西。

长话短说，两个月过去了，我们俩已经成了形影不离的密友。每到下班或者双休日的时候，我都会拿上一瓶酒去她家。她只喝最好的伏特加酒，比如“斯坦达尔特”牌的。她让我买东西的时候，总是事先把钱给我。她每一次都从钱包里抽出一沓皱巴巴的钱，数都不数就问我：“柳先卡②，这些够吗？”她给我的可是七百卢布啊！有时候，她会给得更多。我对她说：“安娜·谢苗诺夫娜，哪儿用得了这么多呀！”可她却说：“怎么用不了？现在的东西都很贵！”不过，她真的不知道要买的东西值多少钱。刚开始，我总是把小票拿回来。可是，她会责怪我，然后

① 一卢布等于一百戈比。

② 柳德米拉的爱称。

连看都不看就把小票给扔掉了——钱对她来说就是白纸。至于退休金，她半年都不去领一次。她的丈夫当过大领导——不是院士就是部长。有一点是肯定的，她的丈夫获得过苏联英雄勋章，是个知名人物。直到现在，电视里都经常诵读他的作品。她的丈夫死了有三十年了，有可能时间更长。他留下的钱，安娜·谢苗诺夫娜两辈子都用不完。她有好几件毛皮大衣，还有满满一盒子钻戒。她把盒子藏在一大堆书后面的一个秘密角落……她家的书很多，摆满了四个房间的每一面墙边的书架，就连走廊里都堆满了书。简直令人叹为观止！她在睡觉之前，会拿本书来读。不过，她的身体状况很糟糕。我在厨房里清洗餐具、打扫卫生的时候，她在看书。可是，在我走进卧室的时候，她已经睡着了。她打着呼噜，发出了呼哧呼哧的喘息声，就像在进行垂死的挣扎。书掉在了沙发旁边——那里的书堆成了山，但她却不许我收拾。有一次，我拿起一本书，看了看。书是用外文写的——用的不是德文。上中学的时候，我学过德文……

这一次，我带来了牛肉香肠和新鲜的白面包，配上了一些西红柿和黄瓜。她叮嘱我，冬天要到超市里去买这些东西。我们坐在一起，又吃又喝。她给我讲了她的一生。她随了院士的姓氏，叫“保尔·康斯卡娅”。她在娘家叫“斯维妮娜”——很普通，也不怎么好听。据她说，她的父母都是音乐老师，生活得还不错。她的儿子季莫费不是导演就是演员，我没太听明白。在照片上，我认出了她的儿子——他以前经常上电视。她儿子现在定居在国外，经常给她寄美元。但是，她不喜欢谈她儿子的事情——她更愿意聊她的情人。确实，她曾经是一个很漂亮的女人。即使是现在，在远处看，也看不到她脸上的皱纹。她几乎与年轻时的瓦丽娅一模一样，只是有些单薄。喝完酒，她只吃了点儿黄瓜和奶酪——她从来都不吃面包。她说，有一个男人以前经常来找她。院士死了以后，那个男人又到她家来过一次，结果被电死了。你们能想象出来吗？她说，这是他死去的丈夫在报复——把那个男人带到了地狱。当然，她已经喝醉了……

总之，整个冬天，我一直在往她家跑。春天，她搬到自己的别墅去了。男士们，老太太就是这样生活的！她的公寓有四个房间，都铺着实木地板。公寓里有活动中心……整体设施虽然老旧了些，但是还不错。以前，明斯克公路旁的别墅只分给她死去的丈夫那样的人。现在，那里正在修建最豪华的别墅。仅是围栏，就比其他地方的整栋房子都要贵。别墅一律是砖砌的三层建筑，周围景色宜人。当然，她的别墅是木结构的，而且很旧。别墅的顶层只有一个房间，看上去并不美观。但是，别墅的面积有 0.4 英亩！别墅里应有尽有，有浴室……甚至开通了一部市内电话。她说，有人要出钱买她的别墅。最初，我不相信。后来，我才知道，这是真的……我从中介公司订了一辆车，把她送到了别墅。每个周末，我都会去她那儿。今天早晨，她给我打了个电话，说她病了。她感觉不舒服，有些头晕。我对她说：“安娜·谢苗诺夫娜，您热点儿牛奶喝，然后躺下！您可能是在哪儿被风吹着了！您穿得很少，还总是在阳台的椅子上坐着……那儿有风。您先躺下休息，明天我早点儿过去。明天，我刚好补休，没什么事……”

够了！我没有办法再耐着性子一句一句地复述柳德米拉讲的故事了。到目前为止，她好像还没有讲过什么可怕的事情。不过，她所讲述的一切，都散发着某种腐烂的味道。突然，一副可怕的嘴脸不知从哪里冒了出来。渐渐地，我开始感到绝望了。我很清楚，这一切所产生的后果是什么。我本来应该为柳德米拉感到高兴，但是没有什么值得高兴的。你明白吗？

有很多事情是命中注定的！安娜·谢苗诺夫娜的遗嘱已经由公证处的工作人员按照程序进行过公证了。所以，无论是科捷尔尼克大街的公寓，还是别列杰尔基诺村的房子和大片的土地，抑或是以前藏在文集后面的装进口饼干的铁盒子（铁盒子藏在哪儿，与任何人都毫不相干），都迟早（最好迟一些）会转给公民柳德米拉……愿上帝保佑安娜·谢苗诺夫娜长命百岁、生活安逸！由于远在国外，老太太的儿子博尔孔斯基·季莫费·乌斯金诺维奇（不知为什么，他把自己姓氏中的“巴”改成了“博”）是不会来争夺什么的。儿子被认定为失踪者之后，柳德米拉就可以在适当的时间行使自己的权利了……

但是，我们在意的是你的灵魂啊！灵魂啊，它让我们辗转反侧！它在我们的内心深处翻云覆雨，就像胃炎加重了一样！

就是这种感觉！

柳德米拉下了电气火车，抄近路赶到了别墅。首先，她必须经过一片墓地，然后绕过池塘，再径直穿过小树林。6 月的天气温暖而阴郁，沉闷的空气让人感到呼吸局促。身边的草木和脚下潮湿的土壤散发出了浓郁的气味，弥漫在空气中，令人窒息。在这里，你感觉到的是彻彻底底的虚无。即使在池塘那边，也听不到来度假的人们的喧哗声。那一天是个平常的工作日，人们都在上班——在其他地方上班，在臭气熏天的城市里上班，在惴惴不安中上班……在芸芸众生当中，只有蝴蝶扇动着白色的翅膀，漫无目的地飞来飞去。无家可归的小青蛙在即将干涸的小水坑边跳上跳下，和动画片里演的一模一样。这时，一种极其微小的响声在树木之间扩散开来。在这人迹罕至的树林中，响声是从哪儿发出来的呢？谁知道呢！不过，有很多人都听到了这种声音。

柳德米拉在狭窄、潮湿的小路上边走边思考着。就在这时，出现了一个陌生的男人。

他身穿灰色运动服，脸是椭圆形的，眼睛是蓝色的，鼻梁很高，短短的头发是金黄色的，鼻子的末端比较粗壮，一双蓝眼睛紧挨着鼻梁。他不停地抽搭着鼻子，好像在嗅着什么。至于他的耳朵，比柳德米拉遇到过的所有男人的耳朵都大。这个男人一直在笑，所以能够清楚地看到，他的牙齿很长。他的脖子连转都不转一下，就像被冻僵了一样。柳德米拉描述的这些特征，中尉根本就没有记录下来。一般来说，警察是不会把这种口头上的描述记录下来的——没有这个必要。唉，警察啊！像往常一样，按照警察制订的方案，这个“急需追踪”的案件毫无线索——他们的方案总是这样无疾而终。

“小妹妹，你要到哪里去呀?”男人问话的时候，露出了牙齿，“用不用送你呀？要不，咱们一起去散散步?”

在生活中，柳德米拉从不在陌生的地方和陌生的男人说话。但是，这时她却忘记了自尊。四周是一片树林，根本就听不到人声。她记得电视里曾经说过：“对于狂躁者……要和他交谈，并看着他的眼睛，以便迷惑他，让他不再有那些可怕的想法。”于是，柳德米拉便开始和这个陌生的男人攀谈起来。她说，她要去看生病的奶奶，甚至把安娜·谢苗诺夫娜称为了“奶奶”。柳德米拉打开了那个看上去很小，但却很能装东西的仿“丽塔”牌挎包。挎包里装着各种食物，还有姐姐加林娜烤的馅饼。至于包里的那瓶伏特加酒嘛，她谨慎地笑了笑，说：“是用来治疗心血管疾病的。”在不知不觉中，她变成了一个傻瓜——把要去的地方的地址说了出来。

“政论胡同十一号”这个极为重要的信息还没有彻底融化在温暖、潮湿的空气中，该名男子便已经消失得无影无踪了。他刚才还站在这儿，龇着牙恭维道：“小妹妹，你这么‘秀色可餐’，我会吃了你的!”然后，他一下子就消失了。灌木丛里发出了一阵响声，白桦树苗弯下去又直了起来，细小的树叶颤动着……一个灰色的影子穿过林间小路，转瞬即逝。事情发生得如此之快……

柳德米拉马上就清醒了过来，恢复了常态。凭借着聪明和果断，她在没有任何帮助和支持的情况下，从东南铁路线上的小木屋里来到国家的首都，体面地安顿了下来。柳德米拉的挎包虽然是个仿制品，但是很实用，里面有一个很特别的袋子。她从袋子里掏出一部小巧玲珑的移动电话（应当承认，她拥有这样的通信工具，真是不可思议），拨通了朋友涅鲁施莫夫的电话，把事情的原委快速（想省点儿钱）而详细地告诉了他。涅鲁施莫夫是个经验丰富的大厨，并没有打断柳德米拉。认真地听完了柳德米拉的讲述之后，涅鲁施莫夫叮嘱她该去哪儿就去哪儿，不要有什么顾虑。他还说，一定要保持电话畅通，在任何情况下都不要关机。于是，柳德米拉便继续向前走去……

怎么样，您是不是早就猜到了？非常正确！接下来发生的一切都如您所想！

僻静的“政论胡同十一号”的阳台上一片昏暗，那是因为所有厚重的棉布窗帘都被拉上了。于是，柳德米拉仔细地观察了一番。适应了这种昏暗之后，她发现安娜·谢苗诺夫娜正坐在自己喜欢的那把因歪斜而有些晃动的破旧摇椅上等着她。由于患了感冒，安娜·谢苗诺夫娜把厚厚的方格披肩扯到了下巴处，并且戴着一顶老式的滑冰帽。不过，柳德米拉马上就意识到了，自己犯下了致命的错误。“老奶奶”用那双紧贴着鼻梁的角膜糜烂的蓝眼睛盯着可怜的柳德米拉，扑哧扑哧地怪笑了起来。“老奶奶”抖动着大鼻头，从椅子上跳了起来。没错，“她”就是我们见过的那个陌生男人！

“哎，你在看什么呢？”男人毫不客气地问道，“是不喜欢我的牙齿，还是觉得我的耳朵太大了？没关系，我的耳朵还会前后扇动呢！”

他又哈哈大笑起来，嘶哑的吼声在古老的乡间别墅上空回响。

顺便说一下，在别墅区里听到的声音不是这样的。

“哦，您别这么说自己！”柳德米拉故作娇嗔和难为情地说。当然，她实际上只是想赢得时间，“耳朵就是耳朵嘛……”

“别急！”男人怀疑地说，“你知道这是谁的耳朵！最好把酒给我！”

“老奶奶在哪里？”柳德米拉怎么都不敢相信，安娜·谢苗诺夫娜会像童话故事里讲的那样，被这个男人吞到了肚子里。老太太的身体再苗条，也不可能被他吞掉呀！

“在哪里？在卡拉干达！”“野兽”恶狠狠地回答道。他转过身去，把椅子推开了。正如我们所料，可怕的场景出现了。

真正的安娜·谢苗诺夫娜就坐在摇椅后面的地上，瘦弱的双手和纤细的双腿（爱喝酒的女人都长着两条修长的腿）被人用透明胶带捆了起来，嘴也被胶带封住了。她闭着眼睛——很明显，她早就失去了知觉。处于她的这种境地，谁能不被吓晕呢？

这时，“野兽”从柳德米拉的手里夺过装满了东西的挎包，拿出持家有方的加林娜做的香喷喷的馅饼，撕咬了起来。他拿出一瓶酒，拧开瓶盖，然后开始四下里找杯子——这么昂贵的伏特加酒，总不能直接用瓶子喝吧！

“我去给您拿个酒杯吧！”聪明伶俐、足智多谋的柳德米拉说道。

说着，她走进客厅，迅速地从窗户爬了出去，把橱柜里的餐具弄得叮当作响。

爬出来之后，她围着别墅跑了一圈儿。她随手捡了一块木板，把通往阳台的门别上了，以防止罪犯逃跑。这时，她的朋友们也来了。大尉涅鲁施莫夫亲自“掌舵”，驾驶着自己的“瓦兹”牌汽车。副驾驶座上坐着普罗福索夫，手里拿着专业的警棍。后排座上坐着当过伞兵的卡佩茨，抱着一支“图拉”猎枪，不耐烦地左右摇晃着——伤残使得卡佩茨变得冷酷无情、无法自制。几个男人都穿着迷彩服，就像军人一样。

总之，他们收拾了这匹“大灰狼”。

然后，他们看了看他的证件——必须得看一看！这个人姓沃尔科夫，是个俄罗斯人。这个姓氏不是源自“黑色的泥炭”一词，而是源自一种野兽①。几个人用那件方格披肩把陌生男人捆起来，装上车，扔到了附近的垃圾堆里。在那里，他们找到了一堆正在燃烧的垃圾，往上面泼了点儿汽油……

他们喝光了柳德米拉带来的那瓶酒，然后就回家了。柳德米拉留下来了，要给老太太压压惊。可是，一个小时以后，她又去售货亭买了点儿酒，不然她们俩根本就无法平静下来。第二天早晨，遵照经验丰富的涅鲁施莫夫提出的建议，两个人一起来到警察局，讲述了前一天晚上发生在别墅里的抢劫事件。中尉记录下了盗贼的特征，但是关于那两只耳朵和晃动的鼻子，正如我们前面所说，他并没有做记录。反正这个流浪鬼无论如何都找不到了，记这记那还有什么用？这不，他们在垃圾堆里发现了烧焦的狼皮。狼皮里包着人的尸骨，尸骨还带着枪伤。怎么，又要立案了？

这就是一个完整的童话故事。“柳德米拉，你的心痛吗？”“痛。可是，有什么办法呢？”“你可怜那个男人吗，虽然他是一匹狼？”“可怜。”“你早就彻底原谅他了，因为你洞察到了自己人性上的弱点。”

不过，童话故事里的人物是不可能被宽恕的。正如某位诗人②所写，在童话故事里，善良是必须带点儿锋芒的，因为只有这样才能“治恶”。所有的童话故事都很残酷！

可是，生活暂时还无法变得更好！

柳德米拉站在莫斯科“革命广场”地铁站的月台上，红色的船形帽与她的脸色和脸型很相衬。为了暂时不打扰安娜·谢苗诺夫娜，她没有搬到自己的公寓去住。不过，她已经找好了别墅的买主。用卖别墅的

---

① 俄语中的“狼”和“泥炭”为同一个词，因此这里的“野兽”指的是“狼”。

② 指俄罗斯诗人诺维科夫。

钱，她可以在雅罗斯拉夫卡公路边上的任何一个地方盖一座真正的独栋别墅。大尉涅鲁施莫夫当上了少校，马上就要和柳德米拉一起把“瓦兹”牌汽车换成“欧宝”牌汽车了。“瓦兹”牌汽车虽然已经有三年的车龄了，但是仍然显得很体面。国家道路交通安全检查署的朋友答应帮他们的忙。普罗福索夫和卡佩茨依然在“三勇士”公司上班。当柳德米拉依照法律程序打开存放在某人的文集后面的那个盒子时，两个人还是能够得到一些实实在在的好处的……安娜·谢苗诺夫娜一直在喝酒。几个月以后，在一个秋日的夜晚，她把法国诗人艾吕雅的诗集弄掉了之后，便永远地睡去了。为什么举行葬礼的时候总是会遇到恶劣的天气？奥列格正在为报考警察学校做准备。涅鲁施莫夫已经向所有该找的人打过招呼了，小伙子是不会有问题的。因此，姐姐加林娜感到很幸福。不过，她还是不敢相信，他们很快就会住进属于他们的四居室了。

谁都不知道，在位于卡梅申市郊区的残疾人托养所，有一个三十岁左右的胖阿姨坐在堆满了破布的又脏又臭的床上。她一边摇晃着身子，一边揪着扁平后脑勺上的黄头发。她晃呀，揪呀！揪呀，扔呀！一有人走到她身旁，她就朝人家吐黏糊糊的口水，可就是无法得逞。

假如他们知道了，又能怎么样呢？他们无论如何也不会明白，这个胖女人在为所有人担惊受怕。她怜悯他们，忧心忡忡，甚至悲痛欲绝。可是，没有人理解她。所以，她便扯头发、吐口水。

正是由于某些想法无法实现，她才会揪自己的头发，并且吐口水。可是，她必须忍受这一切！

上升的气流

人类总是被愚蠢至极的念头煎熬。

人类互相杀戮，把敌人砍成碎块，还割下他们的头颅当球踢——这些不提也罢。人类发动战争，为的是“争取独立”这一神圣的“事业”，为的是获得“真正的信仰”，为的是霸占燃油管道。他们为了自己热爱的总统、领袖而战……并将一遍一遍地重演。他们的那些勾当，在上帝面前是多么龌龊啊！他们可是人类啊！

现在，有人会踩着滑板，来个空翻；有人会去玩儿高山滑雪，要与雪崩争高下；有人会从马来西亚的摩天大楼上跳伞，一跃而下。他们这样做，是为了什么呢？为什么一定要弄个脊柱断裂、膝盖粉碎才肯罢休呢？非要变成植物人才会消停吗？必须要插上导尿管，在病床上度过余生，才肯收手吗？最理想的状况，也不过是用直升机把尸体运走了吗？要不然，打一针肾上腺素吧！在医生的叮嘱下，打一针吧！价钱不贵，副作用也小！顺便说一句，注射毒品和注射肾上腺素大同小异。这是明摆着的，爽死了！可是，注射器为什么是脏的呢?!

总而言之，大家知道我说的是什么。我们无暇高谈阔论，也厌倦了坐而论道。可是，在遥远的童年时代，我们的老师就爱讲大道理。故事嘛，很简单——我要言简意赅地讲给大家听！不过，我有些体力不支，得省着点儿力气了。

如果您驾车在莫斯科近郊的一条公路（这条公路最近很有名气）上，朝着西北方向行驶，那么您就会看到一则有趣的广告。您应该对那个地方的一个十字路口非常熟悉，因为在这个十字路口总是发生交通事故。十字路口禁止转弯，所以您只能沿着通往山后的那条主干道直行。从十字路口前行，就会发现一根柱子，上面钉着一块巨大的白板。白板上面的字是黑色的，硕大无比，不过有些歪歪扭扭，仿佛出自巨人之手："想飞吗？用滑翔伞！"另外，上面还写着电话号码。

汽车从主干道侧面的那座小山丘上疾驰而下的时候，您抬眼望向天空，会发现一幅图画。这幅图画和那令人心驰神往的文字相得益彰，拼凑出了一幅很有震撼力的广告招贴画。

在落日的余晖中，树林里的空地上开满了丁香花。在一块做工精细的鲜红色（也有可能是橙色或者翠绿色）伞翼上，系着隐形的安全绳。伞翼的下面，一个"小人儿"被固定在几乎透明的绳索和护具上。其实，这是一只高傲的蠕虫，将要在这大地和白云之间翱翔。您驾驶着汽车，被太阳发出的金色光芒刺得睁不开眼。您放下汽车的遮光板，冒着发生交通事故的危险，一次次地抬头望向天空。您在想，飞行者从天空中看到的景色是什么样的呢？在强劲的气流中，飞行者的上半身前倾，双腿没有任何着力点。那么，他是怎样飞起来的呢？他胳膊上紧绷的肌肉是不是一直在颤抖呢？尽管他很疯狂，胆子很大，但是他在飞行的时候是不是也很害怕？您可能会认为，人生来就会爬行，但却不会飞行，万一掉下来，多疼啊！接下来，您想起了那句愚蠢至极的名言："让我们歌颂勇士们奋不顾身的精神吧！"① 针对您自己，您也想到了一句话："海鸭也在呻吟！"② 右侧的车辆都过去了之后，您驾车向右转，进了自

① 出自苏联作家高尔基的短篇小说《鹰之歌》。
② 出自苏联作家高尔基的名篇《海燕之歌》。

己居住的别墅区。嘿，施工到底还有完没完？钱已经花了，会不会让我们永远蹚着泥水?!

事情的经过是这样的……

生意是由两个精力充沛的小伙子（一个叫戈沙，一个叫维克多）做起来的。他们两个人都在空降兵部队服过役，本来应该到某个地方去做保安（实在不行，还可以去“打家劫舍”），但却找到了几个正经的生意人。他们谈了自己的想法，说要借钱，利息不要太高，把自己的不动产作为抵押。戈沙的房子是父母的，就在这条公路旁。房子虽然破得像堆狗屎，但却占了近三十英亩的地方。维克多的那套两居室是继承下来的，在姆尼奥夫尼基区。有趣的是，他们两个人复员回家的时候，父母已经完完全全地把房子留给他们了。第二次车臣战争结束后，戈沙的老爸、老妈终于等到唯一的儿子活着回来了。可是，就在大家欢欣鼓舞的时候，老两口儿在横穿前面说到的那条公路时，由于走得过于匆忙，被一辆大货车撞倒了。至于维克多的母亲，她的身体一直都不太好。她从区教育局退休以后，癌细胞就开始吞噬她的躯体了。维克多从小就没见过父亲，是母亲一个人把他养大的。

长话短说，正经的生意人相信了戈沙和维克多。而且，凭他们的经验和从圈子里的人那儿打探来的消息，现在的有钱人非常渴望极限运动。于是，他们就把钱借给了这两个年轻人。戈沙和维克多购买了所有必需的设备之后，便逐步告诉那些心怀热望的人，如何才能变成在天空中飞翔的鸟儿。

人们被不幸、贫穷、艰难和焦虑笼罩着。

有的人盼望着每个月下发的退休金。有的人在办公室里从早忙到晚，干得热火朝天。有的人过着纸醉金迷的生活，却突然被隔离调查，反省自己的所作所为。有的人住在女朋友家，刚准备出租自己家的房子，就突然患上了肝炎。这种病，他从来都没得过。坦白地说，卖一套房子，都不够治病用……

你可是飞翔在天际啊！

当地有一个男人，已经很熟悉滑翔这项运动了。他这个人吧，傻倒是不傻，但是脑子的确出了问题。他住在哪儿、以什么为生，无人知晓。至于他的名字，大家都说不上来——他有可能叫叶戈尔，也有可能叫伊戈尔。不过，没有人对他的名字感兴趣。只要天气好，他就会出现，就像事先等在附近的树林里一样。对此，大家都习以为常了。他总是围着装备忙前忙后，一会儿拿出需要的工具，一会儿拽住缠成一团的绳索的一端，一会儿又安装了某种东西。就这样，他渐渐地习惯了与两条怯生生的狗生活在一起。

瓦洛佳·特罗菲梅尔这个人嘛，是个社会名流。我甚至觉得，某位知识渊博的读者（难道还有知识匮乏的读者吗?）有可能与特罗菲梅尔关系不错。此人什么事情都做，经营着三个餐厅。必须承认，这三个餐厅档次都很高。作为一名渴求自由的进步青年，他积极参与立法机关的工作。在社会上，人们把这类人准确地定义为“精英”。他关注现代艺术，赞助了在“蓝色时代”美术馆举办的“当代艺术作品展”。到了冬季，特罗菲梅尔作为当代俄罗斯公民的代表，会前往阿尔卑斯山，在一个小村子①里度假。实际上，来村子里度假的每个人都是当代俄罗斯公民的代表。所以，那儿的咖啡卖到了十五欧元一杯。到了温暖的季节，天气晴朗时，特罗菲梅尔决定飞上天空。顺便说一句，此人一向都敢作敢当，曾经躲过了两次暗杀。一次，在有人把守的单元门口，两个不知从哪儿来的人大打出手。在“萨博”车的下面，爆炸装置被及时发现了。当时，特罗菲梅尔往车底下看了一眼，好像预感到了什么……因此，他一点儿都不恐高。在这个季节，几乎所有人都会玩儿一玩儿滑翔。

---

① 指法国著名的高山滑雪胜地库舍维尔。

这次滑翔，特罗菲梅尔带上了莫斯科名媛奥列霞·格龙特。一来，可以让这位名媛出来散散心。二来，可以满足他的虚荣心。奥列霞刚刚从国外回来。这一次，她在国外待了很久，畅游了昂蒂布、科西嘉、米兰，最后回到了昂蒂布。此时，特罗菲梅尔已经赶往滑翔场了。在那里，他要套上滑翔装备。

特罗菲梅尔下身穿着宽松的帆布裤子（两边各有一个大裤兜），上身穿着紧身短背心（有点儿像内衣），光着脚套上了一双布满了灰尘的软皮鞋。他把头剃得光溜溜的，嘴巴周围缓慢地生长着稀疏的胡子。特罗菲梅尔长相一般，不是很出众。不过，他只是理了理发，又随便化了化妆，就花掉了一百五十卢布。为了买那条裤子，他花了三百卢布。为了买鞋子，他花了五百卢布。至于紧身短背心，我们一无所知。它是最新款的，刚刚进入我国首都，只有懂行的人才能参透其中的门道。

但是，滑翔场上没有懂行的人。就在前一天，滑翔场的工作人员来了个“大换血”。戈沙和维克多对以前的团队很不满意，果断地招募了一批新员工。

此时，一个貌不惊人的年轻人走在一大片空地上。奥列霞坐在“萨博”车里，若有所思地望着这个年轻人的背影。她到底在想什么，没有人知道。奥列霞是一个有城府的女孩儿，对调查人员守口如瓶。

与此同时，刚招募的地面工作人员正在迎接一位客人。他下身穿着肥大的带裤兜的帆布裤子，上身穿着紧身背心（他仿佛是穿着这件背心长大的），光脚穿着一双沾满了灰尘的鞋。此人脑袋很小，剃了光头。他的嘴并不是很显眼，周围的胡子也很稀疏。这个人与电视观众十分熟悉的特罗菲梅尔先生就像是孪生兄弟！他的裤子在图西诺市场上卖六百卢布，而且不能砍价，可是鞋和背心却一文不值，就像从垃圾堆里翻出来的。他的头发和胡须是上一次住院的时候被剪的……不过，谁会去调查这些呢？工作人员从未见过这个男人——他们是第一天上班。

特罗菲梅尔不慌不忙地走在温暖的草地上。

此时，光头男人穿着护具，升上了天空。

特罗菲梅尔心情愉悦地看着眼前的那个人飞了起来，平稳地上升着。看，那个男人飞起来了！一切正常，没有什么可怕的！

那个飞起来的人达到最高点之后，丢开了烦琐的护具。他从兜里掏出准备好的金属工具，割断了绳索。别了，大地和人们！我在人间获得了自由！

这时，为了让大家放松心情，他们在滑翔场上播放了悠扬的乐曲，效果极佳。那是在过去的浪漫年代才有的音乐，现在已经没有人记得了。正因为如此，大家才更加喜欢这种音乐……

那个胆大妄为的癫狂之人放弃了与人世间的一切联系，越飞越高。

飞上天的人胆大妄为——无论是技术人员还是迅速赶来的戈沙和维克多都立刻就明白了这一点。事情紧急，必须马上处理！看啊，特罗菲梅尔就站在这里！那么，在蔚蓝的天空中飞翔，奔向物质和灵魂边界的人又是谁呢？是谁把他送上去的呢？畜生！他是怎样在天空中解开绳索的呢？傻瓜！

后来，大家才知道了这个人的身份，并且完全明白了，这个人是个疯子，曾经在防治所进行过登记。医院的病历上显示，这个人每年都要住院治疗一次。

后来，人们打开车灯，花了整整一个晚上的时间找这个人。最后，在距离起飞地十五公里左右的地方找到了他。警察找齐了尸体的残骸，把它们装进了一个黑色的袋子。

作为议员和餐厅的老板，特罗菲梅尔是幸运的。有的人努力打拼，在商海中沉浮，到头来依然是一无所有。可是，做这些事情有什么用呢?!

但是，戈沙和维克多可就没那么走运了。调查人员没完没了地纠缠着他们，就连税务局的人都开始找他们的麻烦了。后来，航空委员会的人也找到了他们。最后，他们只好停止了此项业务。那几个正经的生意人说得很直接：“第一，你们要把所有的钱都还上。如果先还利息，那么你们还没有开始还本钱。第二，既然你们这么不靠谱，连这么简单的意外事故都处理不好，那么就还得罚你们五十戈比。”总之，戈沙和维克多完蛋了。

棕红色的太阳挂在高高的天上，把大地上的一切都晒得更加炽热。

往前推，跳下去，屏住呼吸……

无情的太阳吸引着万物，把它们吸入了太阳系。或许，太阳本身也被地球吸引着。阳光照耀着大地上的万物……

落日的余晖如诗如画，天边的火焰熊熊燃烧。蜡在融化……我们是飞不到那里的！

可是，关键问题在于，只有飞向太阳才有意义！

邪恶的爱

黎明时分，乘客们已经没有了睡意。他们追逐着同样的梦想，被同样的想法纠缠着。众所周知，对于习惯性地酒精中毒并且得了“戒酒综合征”的人来说，黎明时分是最痛苦的时候。就像上了闹钟一样，伊戈尔习惯性地在凌晨四点半就醒来了。不良的生活习惯使得他的五脏六腑备受摧残，让他感到痛苦不堪……他会突然感到脊背发冷，脸部因为无声地抽泣而变得很扭曲，荒唐的眼泪灼烧着眼角处薄薄的皮肤。

乘客们乘坐晚班飞机从法兰克福出发，途经美因河上空，马上就要飞抵谢列梅捷沃机场了。此时，他们看到了不断变化着的闪亮、多彩的落日余晖，就像在装着能反光的各色碎玻璃的万花筒里看到的一样。一旦把万花筒拿到眼前，就能够欣赏到形如五角星和花环的各种图案。只要轻轻地转动纸筒，里面的玻璃碎片就会发出轻微的沙沙声，图案就会随之变化。只要用力地摇晃这个手工艺品，就可以把一切都毁掉。万花筒内匀称的几何体三棱镜会因黏合不牢而破碎，变成一堆杂乱无章的碎玻璃。此时，透过厚厚的飞机舷窗，可以看到杂乱无序的光影在闪烁。到底是什么东西在那里发光，只有天知道。有可能是新建的劣质联排别墅，有可能是古老的神秘小城，也有可能是位于莫斯科郊外的“下布留哈诺沃”健康娱乐中心。上个世纪，不知道这座城市经历了什么……

按照在国际社会十分流行的做法，飞机安全着陆以后，乘客们要为飞行员鼓掌。然后，大家要起身，站在拥挤的过道上。有些人把夹克衫搭在胳膊上，而有些人则越过旅客们的头顶，把手提包从行李舱中拽出来……无奈，空姐只好请求大家待在自己的座位上，直到一切程序结束。但是，没有人听她的话。好在，我们已经到家了。

接下来，我们将谈一谈美妙的爱情。

“下布留哈诺沃”俱乐部的洗浴中心超棒！我真的不想再描述有“人造浪”的泳池、按摩浴缸、大厅、等离子电视和酒吧了，因为这个地方早已闻名遐迩、家喻户晓了，是有钱人的豪华休养地。这时，鲁斯兰·阿布斯图尔汉诺夫正好在那里逗留。他是很有名望的企业家，你们也许听说过他。他在照相时总爱戴着一顶棒球帽……怎么，想起来了？没错，就是曾经和奥列霞一起四处游历的那个人。不过，这是在奥列霞·格龙特和马尔加涅茨的谢尼亚·别洛格林斯基好上之前。顺便说一下，奥列霞有好长时间没有出现过了。据说，她正在伦敦闲逛——那里有很多小伙子和姑娘。实际上，这个地方已经成了……所以，就发生了后面的事情……不知是鲁斯兰被这个不安分的女孩儿击垮了，还是他预感到了短暂的生命即将无情地结束（离发生使他丧命的交通事故还有十八天），抑或是根本原因不在于此。他召集了一帮“优秀”的人，充满激情地来到了“下布留哈诺沃”健康娱乐中心——大家都是自己人。

其中，瓦洛佳·特罗菲梅尔是参议员、餐饮业的大亨和滑翔爱好者。

还有那个马尔加涅茨的谢尼亚……总的来说，他是个非常谦虚的小伙子。他的那双蓝眼睛总是给人一种感觉：他好像是犯了什么错，比如偷了什么东西。他有什么可害羞的呢？真是让人无法理解！

还有杜勃罗留波夫……他以前是布留哈诺沃的一个建筑方面的大型企业的老板，因为没有搞好与竞争对手、税收部门或者上层人物的关系而被迫将自己的商业活动场所转移到了塞浦路斯。他来莫斯科，纯粹是为了休养。

还有谁呢？在那里，还会有谁呢？啊，想起来了——季莫费·博尔孔斯基！应该不用介绍他了吧！他确实出身于那个著名的家庭……他的账户里有很多钱。仅凭一部偶像剧《朋友回家》，他的收入就相当可观。此外，他还从事咨询、公关等工作，对与选举有关的事情也很在行。总之，他是个明星。碰巧，他从爱尔兰回来了……不，是从冰岛回来。我们大家正在享用美食，而他却离开了餐桌，出去散步了。他与瓦洛佳极为相似，都是极限运动爱好者。博尔孔斯基在骑摩托车时受伤了。为了买这辆"本田"摩托车，他花费了两万卢布。不过，钱对他来说无所谓。此外，他还爱好潜水。从外表上看，他们也很相似，都剃了光头，蓄着小山羊胡子。根据外貌，别人总是把瓦洛佳·特罗菲梅尔与另外一个人搞混。有什么办法呢？一个人的事业可以很强大，但是去找美甲师为他美甲，纯粹是为了赶时髦。有时候，潮流具有某种强制性。有一首诗，是讲"潮流"的……

在那里，还有谁呢？彼得·巴甫洛维奇——这是肯定的。一如既往，他安静地坐在角落里。他说："就让疯狂的年轻人去娱乐吧，我和我的女人们就这样在旁边待会儿。"如果你已经进入了富豪榜的前一百名，那么靠边坐坐是很惬意的一件事。

还有谁呢？当然，还有"N"。怎么能没有他呢？当时，他还没有悲惨地死去。

还有谁呢？如果可以的话，把涅鲁施莫夫·阿尔卡季也加进来吧！前不久，他被任命为内务部下属的地区警察局的领导，并且已经向该地区各阶层的广大居民和外来人口证明了自己的能力。否则，谁会把一个普通警察归入"有实力的一群人"呢？涅鲁施莫夫是个真正的男子汉，与妻子柳德米拉一起在莫斯科近郊建了一座不错的房子。他和妻子还有亲人们一起住在那里，过着体面的生活。尽管他们很富裕，在城里有一套非常好的住宅，但是他们从来都不炫耀。柳德米拉把城里的房子出租给了外国人，为这个警察之家带来了一些正当的收入。

同涅鲁施莫夫一起来的是他的朋友伊戈尔·阿列克谢耶维奇·卡佩茨——一个办事得体的男人。伊戈尔虽然身体强壮，但是胸前和后背上有许多大的伤疤——他蹲过两次监狱。他没有说话，也没有被纠缠。在我们这个时代，一个人身上有很多伤疤——这种情况还少吗？据说，伊戈尔在“三勇士”私人安保公司工作。

总之，那里聚集了很多人。如果我们在进行学术研究，那么可以说，这里实际上是整个首都的一个缩影。不过，我们纯粹是为了艺术。我们应该时刻提醒自己，这是在写爱情故事——从文章的标题就可以看出来。

凌晨，伊戈尔突然感到恶心，呕吐了起来，就像前面描写的一切令我们感到恶心的事情一样。为晚会提供服务的“红猫”模特公司的人那刺耳的尖叫声简直令他作呕，男人们愉快地豪饮某种昂贵的酒也让他感到十分恶心。于是，他穿着浴袍走到了外面，去呼吸夜间的新鲜空气。

黑暗中，让人无法看见的树木矗立在让人无法看见的空气中。让人无法看见的小动物在让人无法看见的茂密的草丛中发出了沙沙声。在健康娱乐中心的玻璃墙那白色的灯光的照射下，身穿白色浴袍的伊戈尔·卡佩茨站在那里。他是空降兵部队的中校，因受了重伤而被迫退役了。他是个老兵，履行过国际主义的义务，并且维护过宪法的尊严。他现在是莫斯科的一名保安。我们应当承认，他是个异常残忍的家伙，曾经思考过生命的意义……

哦，这样的卡佩茨也会思考一些永恒的问题，你们觉得奇怪吗？尊敬的女士们、先生们（虽然这里只有“先生们”，但我们已经习惯了这样的称呼，并且要格外突出“女士们”），你们将会了解，在这美好的夜晚，周围散发着大自然那清凉而潮湿的气息，某种动物在轻轻地移动，机翼上闪烁着灯光的法兰克福航空公司的飞机即将着陆。在这一刻，人们会思考些永恒的问题。

此刻，这位以前的中校也在思考和回忆着。

他回忆起，遭到炮火轰击的干燥而贫瘠的土地上冒着烟，用泥土砌的墙在装甲车的履带下无声地倒塌了。一个身穿白色衬衫的小男孩儿托着一只还没有完全断掉的胳膊奔跑着，消失在了装甲车的履带下面。几架直升机从山丘的后面重新起飞了，形成了不规整的黑色编队，在空中逐渐地相互靠近……他回忆起，机枪疯狂地扫射，海军陆战队的队员倒在了“卡玛斯”军车的车轮旁。就在一小时之前，他还在和队员们一起吃吃喝喝。机枪在不停地扫射——这个捷克机枪手死撑着，没有了退路……他还回忆起，他躺在颠簸的直升机那冰冷的地板上。飞机引擎的轰鸣声似乎要穿透他那缠满了绷带的胸膛，将它撕裂。他探出头来，看到了男子汉们把机枪手拖向了敞开的门。他们还是把他抓住了……

不，我不希望你们有这样的回忆！

伊戈尔·卡佩茨站了一会儿，深吸了一口气，逐渐转移了注意力，平静了下来。按照作战习惯，他以老道、干练的目光环顾了一下四周，没有发现有什么情况，打算回到同伴们当中去。突然，他的目光落在了健康娱乐中心那宽阔的台阶上。此时，他光着脚站在那儿。

他的双脚已经弯曲、变形了，脚趾严重受损，指甲明显凸起。就在这双脚的旁边，有一片鲜绿的树叶，顷刻间就变成了一只小青蛙。

在这种情况下，为了不让这个光滑的小东西弄脏他那光着的双脚，也为了出来透气的其他人不被弄脏，当然应该把这个两栖动物踢远点儿。但是，伊戈尔并没有这样做。正相反，他蹲了下来，用右手的手指轻轻地捏住了这个小东西凸起的两侧，把它放在了手背着地的左手上。手掌触碰到小青蛙的感觉，就像触碰到从树枝上飘落的一小片叶子——它非常轻，湿润而光滑。

伊戈尔·卡佩茨一直很喜欢动物，从小就喜欢。

他的童年是在以前的“热情者公路”① 旁的空地上十分危险的冷却塔和工厂的围墙下那让人感到恐惧的阴影中度过的。那个时候，他喜欢的动物是一只名叫“小雪豹”的猫。伊戈尔和妈妈住在位于一栋黄色小楼的一层的一间公房里。这栋楼是在战前为了改善工人的生活而建的，已经建了十年了。妈妈是铸造车间的造型工，从来也不旷工。工余时间，她几乎都是在睡梦中度过的。她经常和车间里的女同事们一起喝酒，只要二百克的“高加索”红酒就能放倒她。这时，伊戈尔便会打开房间的窗户，把“小雪豹”放进来。窗户是朝外面开的，楼后是一片杂草丛生的小树林，满地都是牛奶盒子、土豆皮和其他垃圾。

这段时间，这只带有棕色条纹的灰色的猫像院子里的所有猫一样，长时间地待在窗台上，好像是要习惯一下自己的住所。它那圆圆的大脑袋从这一边转向那一边，像边境线上预警雷达的天线一样来回地转动着。它那双颜色像葡萄酒的眼睛能够像狙击手一样清晰地记录下周围的一切可疑情况。过了一段时间，猫的眼睛便开始发光了，因为它已经认准了这个美好的地方，为追求幸福做好了准备。于是，它便幸福地用尖尖的爪子抓挠着斑驳的破旧窗台。此时，伊戈尔已经在房间地板的中间为它摆好了吃的——放在盘子里的已经晾凉了的饺子。饺子在母亲回来之前就煮好了，足有三分之一袋那么多。“小雪豹”几乎是把饺子囫囵吞下的——顺便说一下，这样做对人体来说是不利于消化的，而对于猫来说则没有问题。它很礼貌地等着伊戈尔给它添加了食物，然后躺在了伊戈尔指给它的垫子上，开始休息了。

几分钟后，房间里所有的人都睡了。

---

① 莫斯科的一条环路，也称“弗拉基米尔公路”，是沙皇时期政治犯、革命者被流放时的必经之路。

消瘦的女人脸色暗淡，毫无生气。仅凭脸色就能准确地判断出，她的肝脏已经不堪重负了。她躺在用钩针编织的床罩上面，打着鼾，时不时地憋得喘不过气来。她身穿涤纶面料的碎花睡衣，变了形的双腿显得十分瘦弱——这大概是过度饮酒造成的。这件睡衣是充满了正义感的地方工会组织领导在“三八”妇女节前送给工作在有毒有害车间的所有妇女的礼物。

作为一个十二岁的小男孩儿，他的个头儿已经很高了。他翻了个身，睡着了。小男孩儿侧卧着，双膝紧靠在胸前。他穿着的蓝色短裤已经褪色了，并且有了破洞。为了暖和一些，很多人喜欢保持婴儿在子宫里那样的睡姿。

那只猫卧在小男孩儿的膝盖和温暖的肚子之间的狭窄空间里，眼睛很享受地眯成了一条缝。它的头向上仰着，使它看起来既像人的一只耳朵，又像它刚刚吃过的那种饺子，只不过是灰色的。

保守地说，他们当时是幸福的。

正是为了“小雪豹”，伊戈尔才去当了空降兵，目的是学会一个人对付三个人。有一次，在楼后面，正好有三个人。三个无知的小伙子有可能只是偶然间走到院子里吸烟，可是这只猫……“小雪豹”冲了出来，从后面扑到了其中一个人的脖子上。不过，这样做帮不了伊戈尔什么忙。后来，“小雪豹”跑到地下室里躲了三天。有很长一段时间，伊戈尔的两颗牙都在晃动、流血。他右边的肋骨被硬物击中了，肿了起来，有一大片淤青，非常疼……渐渐地，他恢复了。他穿过了整个城市，到青少年体育场去上了培训班。后来，他获得了青少年自由式摔跤的第一名。于是，征兵委员会的人二话不说，把他招进了空降兵部队。

他出发前的一个星期，“小雪豹”像往常一样，在晚上出现了。它坚定而平静地环顾了一下房间，发现一切正常。在地板上，有妈妈为儿子准备的两瓶酒——一瓶红葡萄酒和一瓶白葡萄酒。猫绕着酒瓶走了一圈儿，用它那扁平的淡粉色鼻子闻了闻，然后蹲了下来，自下而上认真地观察着伊戈尔的脸。“那么，”伊戈尔对它说，“再见了，小母猫！会雨过天晴的，明白吗?”它很清楚，真的要分别了。给它准备的饺子，它没有吃，还故作不经意地做了一个“刨”的动作。它没有在伊戈尔的身边躺下来睡觉，而是钻到了伊戈尔母亲床下的角落里。第二天早晨，伊戈尔发现它仍然待在那里。平常，它在天亮之前就会爬上窗台……就这样，伊戈尔离开了它。夜里，他同一位姑娘一起散步，然后与之告了别。他们之间的感情是没有结果的，姑娘很快就把他给忘掉了。他回到家时，母亲坐在床上，双手托腮，胳膊肘抵在睡裙下那完全变了形的膝盖上。母亲向下看了一眼——在她的两只拖鞋之间，立着一个粉红色的酒瓶子。这是为了给儿子送行准备的，但是瓶子已经空了。“这只该死的猫!”母亲说，“我下班回来，发现它已经龇着牙倒在那里了……正好垃圾车来了，我就把它给扔了。”

母亲去世时，伊戈尔还没有宣誓①。这尽管不符合规定，但是部队的领导还是给了他假。他在两天之内办完了丧事，就再也没有回过家——无论是从图拉（他在那里执行过紧急任务），还是从梁赞（他在那儿学习了几年），以及后来去执行公务的任何地方。

他没有结婚，因为没有爱。如果只是为了成个家，他是不愿意结婚的——这就等于用一个军官挣的几千卢布养活一帮乞丐。只有一些动物，总是到处追着他。在学校学习期间，有一只厚颜无耻的老猫抛弃了喂养它多年的食堂工头儿，认他作了主人。在斯摩棱斯克，有一只属于全体军官的卷毛鹦鹉。它就像低音喇叭一样，不停地喃喃自语，说的都是些粗野的骂人话。但是，只要伊戈尔向鸟笼俯下身去，它就会相当懂

① 在俄罗斯的军队里，新兵入伍之后都要进行宣誓，以尽快实现从普通民众到真正军人的转变。

事地叫他的名字。在阿富汗，有一条超瘦的小白狗总是跟在他后面跑。在文特诺市的郊区，有一条外形很像牧羊犬的棕红色大猎狗住在他的帐篷里。不过，它很快就死掉了。它撞到了拉杆上，只留下了一堆破碎的茸毛……伊戈尔每一次与自己的朋友分别，都会感到非常痛苦。告别时，他总是会喝很多酒，然后走到停着空降战车或直升机的草坪上躲起来，以免看到“被抛弃者”忧伤的目光。在车臣，雷日科用悬挂式手雷炸开了突破口的时候，少校卡佩茨不听任何劝阻，拿着榴弹发射枪，只身去扫清前面的障碍。在此之后，他会遇到很大的麻烦。我们已经说过了，他很残酷，毫无同情心……此时，空降兵伊戈尔已经被调往阿奇霍伊－马尔坦了。在那里，他的肺被击穿了。因此，他便退役了。

简直是奇迹！作为一个地地道道的莫斯科人，伊戈尔又分到了一间房。巧的是，房间又在一层，只不过是在乌萨切夫卡大街上。他战友的安保业务蒸蒸日上，并且把他召入了公司，尽管他有残疾。他被安排在购物中心的“彼得罗夫城”，专门进行视频监控。于是，三十五岁的伊戈尔·卡佩茨开始了平静的生活。有时候，他会和警察局的朋友阿尔卡季·涅鲁施莫夫一起喝啤酒和伏特加酒。每逢节假日，他都会到涅鲁施莫夫家去做客。有时候，他会为阿尔卡季做一些事情，因为这些事情让私人保安去做比让警务人员去做更合适。剩下的时间，伊戈尔都是在等待。他到底在等待什么，无论是他本人还是其他人都不清楚。

我们也都在等待。时光飞逝，意义何在？说真的，根本就没有什么意义。我们所有人等到的唯一结果就是心脏衰竭和死亡证明。如果幸运的话，幸福会在某个人存活于尘世的短暂时间内落到这个人的头上。不过，即使幸福落到了这个人的头上，他也有可能会因为操心和忙碌过度而注意不到自己的这种幸运。

天啊，我们扯到哪儿去了！说好了要讲爱情故事，却已经离题万里了！我们讲起了死亡、凶杀和强烈的孤独，以及难以摆脱的绝望。没有什么能够使我们振作起来！我们不谈经济增长，只谈自己的哀歌！我说过多少次了，要写好的方面！我这个“老糊涂”！

好吧，确实该打住了。

即使不说这些，也已经够苦闷的了。

最好和我们的主人公一起返回到浴室！

应该说，按照程序，那里应该在进行娱乐活动。模特公司的模特们正在倒立，身上被浇上了香槟。有些男人，比如那个“N”，就试图在大理石地面上随意地与女性发生性关系。另外一些男人，比如说艺术家季莫费·博尔孔斯基，正在痛苦不堪地剧烈呕吐。还有一些男人，比如议会代表特罗菲梅尔或者区警察局的领导涅鲁施莫夫，直接倒在椅子上睡着了。他们裹着潮乎乎的床单，冻得瑟瑟发抖。还有其他种种，不一而足。

在这群不成体统的人当中，伊戈尔始终保持着清醒的头脑，随时准备采取行动。伊戈尔快速而又不引人注意地走过去，穿上了衣服。他用右手穿衣服，小心翼翼地握紧了左手，走出“不雅”的房间，走向了自己那夹在豪车中间的极为破旧的“5 系”车。夜晚，他驾车行驶在空旷的公路上……路面因突如其来的雨水而发出了光亮。由于重力的作用，雨滴顺着挡风玻璃向下滑去。能够依稀地看见，他左胸口处的衬衫口袋微微地鼓了起来，小青蛙那无力的小爪子轻轻地抓挠着他的胸膛。

刚开始的时候，伊戈尔把它装在铁盒子里，喂了它一点儿小米。第二天，交接班之后，他去了一趟宠物商店，花很多钱买了一个玻璃罩子和几包名牌宠物粮。晚上，他把这些东西带回了家。他把小青蛙放到笼子里，亲手给它喂食。它似乎很喜欢这些……但是，他仍然感到很不安。他觉得，它待在那里会感到很不舒服。快入睡的时候，他决定第二天再去一趟位于市中心的那家宠物店，找专家咨询一下。

睡到半夜，他醒来了。他感觉有人在轻声地叫他的名字，吐字很清晰。他睡觉很轻——这是一名战士应该具备的良好素质。在睡梦中，他能够有选择地对噪声作出反应。他能在自己人的“弹雨”中睡觉，也能因听到帐篷外陌生的沙沙声而醒来。这一次，他不知道自己为什么会醒来。在呼唤他的声音中，他听不出任何威胁。这声音十分温柔，非常令人愉快。这声音既不是男人的，也不是女人的，更像是十岁左右的孩子发出的声音。

在从玻璃窗外面照进来的城市的灯光下，伊戈尔睁开眼睛，看到一只小青蛙正趴在他的枕头上，充满爱意地用红宝石般的眼睛看着他。他立刻就感受到了这种爱意，并且全身心地去回报它。它的到来让伊戈尔感到很高兴，因为他终于明白了，在所有这些年空虚的日子里，自己在等待什么。

“我把你吵醒了吗？”小青蛙怯生生地说，“哦，对不起……”

“算了，这没什么。”作为一个夜里睡在床上的正常人，伊戈尔要顾及邻居们的感受，所以说话的声音很轻，“你好……”

“你好，伊戈尔！”小青蛙微微一笑——它或许已经意识到了，大笑对它来说不合适，“起初，我很害羞，晚上睡不着觉……我想，我应该感谢你。谢谢你，伊戈尔·阿列克谢耶维奇！你充满了人性地对待一只小动物……”

“算了，这没什么……”伊戈尔重复道。然后，他侧过身来，面对着说话者，把胳膊肘支在枕头上，用一只手托着腮，“而你，请原谅……也就是说，你是一只会说话的青蛙，对吧？”

“没有会说话的青蛙。”小青蛙忧伤地叹了一口气，然后笑了笑。它知道，它那矜持的笑容很可爱。“青蛙发声器官的构造就是这样的，所以我们只能这样说话……”

此时，它那柔软的白色脖颈已经鼓了起来，但伊戈尔却打断了它。

“不要！邻居们……”说着，他指了指身后的那面墙。隔壁的房间里住着来自阿布哈兹的一户难民，房东是当地的一个爱喝酒的女人。

“我以前听说过……好吧，这是怎么回事？我是在和你说话吗？”

“你是误认为两个人在说话了，明白吗？”它伸出一个有关节的细细的爪子，轻轻地碰了碰男人强壮的前臂。顿时，伊戈尔那长满了棕红色汗毛的强壮手臂就像触了电一样。此时，汗毛竖了起来，并且随着气流微微地颤动起来，就像男人身上的毛发因女人的温柔而晃动一样。“我是在心里回答，类似于心灵的感应，明白吗？你们男人一般都会误认为是两个人在说话，代替我们回答问题……你看，我的嘴唇连动都没有动。”

确实，它的薄嘴唇一动不动地闭着，但是它那可爱的红色眼睛却闪着光。虽然没有语言，但是这双眼睛能够代替嘴巴表达小青蛙的内心感受——一切尽在不言中。

“怎么，难道你被施了魔法，就像童话里那样？”伊戈尔的话里带着一点儿嘲讽和怀疑的味道，任何一个女人听了之后都会感觉自己被冒犯了。虽然他意识到了自己在说蠢话，但是话已经说出来了，也只能硬着头皮说下去了，“是长生不老的凶狠瘦老头儿，还是其他人对你施了魔法？”

“什么凶狠的瘦老头儿?!”它往左右看了看，吓得眨了一下红宝石般的眼睛。它一个飞跃，跳到了伊戈尔的脸上，紧贴着他的脸，使他感觉到了它呼出的寒气。“特务机构……伊戈尔，你明白吗？专项行动……必须立刻忘掉，明白吗？否则，他们会找到你，马上把你从人变成虫——他们不止一次这么干过。我无法和蠕虫一起生活，伊戈尔！本能胜过爱……”

就这样，他们一直聊到了凌晨。通常会有这样的情况：当某种机缘使得两个人的心贴得很近时，生理需求反而会减退。因此，整个晚上，两个人都在相互打断，讲述着自己的事情，包括以前所犯的错误……冤屈、不公正、失败、不幸、疾病……后来，在进行荒唐的“肢体运动”

的时候，便显得十分尴尬、可笑了。于是，天亮之后，他们便各自转过身去，穿好了衣服，随便找了点儿东西当早餐，甚至因不好意思而在早上喝了点儿酒……如果是休息日，他们就会重新躺下来睡觉，只是不脱衣服。经过了那个不眠之夜，他们在同一条毛毯下面，背对着背，睡得很沉。醒来以后，已经是晚上了……这时，就会水到渠成。午夜时分，激情过后，是再一次的海誓山盟。他们将永生永世不分离，直到死去！

三天以后，伊戈尔才到“三勇士”私人安保公司去上班。因此，他和小青蛙一起度过了很长一段时间。伊戈尔不在的时候，它独自睡在玻璃罩子里，为的是让自己有充足的睡眠，头脑清醒、充满活力地去迎接他。他们缓慢地吃着晚餐，几乎没有交谈。到了晚上，他们才会说话。他们一边吃，一边痛苦地思考着“接下来该怎么办”。他们曾经预测过，生活将发生什么样的改变。为了避免这种偶然性，他没有在家附近的食品店购买食物，而是去了他守卫的“彼得罗夫城”超市。他在那里购物，还可以享受打折待遇。它最喜欢吃俄罗斯生产的“德国蘑菇酱”口味的意大利面，而他则喜欢看着她瞬间把用橙黄色酱汁搅拌的螺纹状的长长的意大利面吸到嘴里去。然后，他会用柔软的纸巾轻轻地把它那可爱的小嘴擦干净。以前，他从来没有体会过这种幸福。因为没有孩子，所以他没有喂养过孩子。小青蛙很害羞，用细小而迷人的小爪子捂住了自己的小嘴。

然后，他们就在一起看电视。他们看电视的时间不长——它对来自祖国的消息感兴趣，但是电视里没有这样的报道。不知为什么，这个国家没有进入世界媒体的视线。他更喜欢看电视连续剧，却总是把频道搞混。因此，他无论如何都弄不明白，为什么主人公总是换来换去……那个瘫痪的老头儿跑到哪儿去了呢？要知道，一切都与他有关。

然后，他们就上床睡觉了。就像刚认识的那天晚上一样，他们一直聊到了天亮。

它一遍又一遍地讲述着与自己有关的可怕故事，描述着它所在的干净、整洁的国家。在那里，运河纵横、湖泊遍布，各种各样的带有尖顶和木梁的房屋坐落在河的两岸。在河水中，船帆高而薄的小船一条接一条地在轻风细浪中摇动。突然，黑恶势力把它从宁静的天堂里扔了出去。在莫斯科郊外阴暗的森林里，它醒了过来。它想尖叫，但是由于紧张，从喉咙里发出的只有微弱的青蛙的叫声。太可怕了！你能想象得出来吗?！它十八岁了，妹妹十四岁，弟弟九岁，父母已经快六十岁了——要孩子比较晚。因此，它被宣布为法定的继承人，身着皇家卫队上校制服的照片被公布了。它虽然还要在秋天去完成剑桥大学的学业，但是已经拥有了“殿下”的地位……

“不过，我不后悔。”它总是以这样的方式结束长长的故事。它用细细的尖爪碰了碰他的肌肤，一股“爱的电流”顿时传遍了他的身体。

他小心谨慎地讲述着自己的事情，真相会让它受不了——没有人能受得了。不仅温和的女孩儿无法接受，而且经常伪装自己、游戏人生的姑娘也无法接受！参加过战斗……开过枪……也就是说，杀过人……又能怎样呢？“你明白吧……在那里，没有选择……你只要看他们一眼，就会马上觉得他们是一群野兽……对不起，这不是在说你……这个吗？这是被一种叫作‘卡拉什尼科夫’的轻机枪打的。子弹从这里进去，又从那里穿了出来。就像你看到的……你知道‘卡拉什尼科夫’吗？不过，这种枪曾经是……好了，你别哭了。后来，我们把这个射手抓住了……”

此时，他及时地意识到了什么，立刻就闭上了嘴。它目不转睛地看着他，眼睛在路灯的照射下放着光。

“我知道你们对这个车臣人做了些什么。”它说，“我知道！”

“怎么，难道应该奖励他吗？”他躁动了起来，“如果把受了伤的我抓住了，他们会给我奖赏吗？……你见过他们的奖品吗？电视里播放过，他们是怎样奖赏你们的那四个人的……把他们的头颅扔到路边进行展览。你看到了，不是吗?”

它没有吭声。他看见一滴红宝石般的眼泪从红宝石般的眼睛里滚落了下来。

再次值班之后，伊戈尔没有马上回家。他和朋友兼“三勇士”公司的同事科利亚·普罗福索夫在啤酒馆里喝了点儿酒，探讨了一些问题。没有比科利亚更合适的人选了！首先，科利亚早就有了家室。他的两个女儿都已经成年了，他的妻子就更不用说了。因此，关于个人问题，他可以给出专门的建议。其次，退伍以后，来这家私人企业之前，科利亚·普罗福索夫在国家道路交通安全检查署下属的特训营服役。特权阶层的生活起居都要向他通报，所以他比他们共同的朋友涅鲁施莫夫更加了解公主们的情况，虽然涅鲁施莫夫位高权重、生活富裕，只与特定的人群交往。第三，有消息（更准确地说，是“有传闻”）称，在道路上执勤时，上尉普罗福索夫遇到过骷髅或幽灵般的邪恶灵魂。此后，他被机关除了名。当然，他不喜欢回忆这件事，只是与朋友单独相处时愿意分享一下经验。

两个男人坐在了紧里面——他们身着严肃的黑色制服，适合坐在那儿。况且，他们并不希望有人莽撞地介入他们之间的交谈。

“怎么，有什么问题吗?”科利亚·普罗福索夫喝了第一口酒，抹掉了胡子上的沫子。他没有闲扯，而是直奔主题。现在的人说话都是直来直去，都很务实，十分可怕。九点钟的时候，在“欧洲体育”节目中，要转播超级棒的拳击比赛，所以伊戈尔·阿列克谢耶维奇·卡佩茨一坐下来就不停地看表。

这个处于幸福的恋爱中的男人，把自己那不幸的故事从头到尾讲述了一遍。描述遥远的国家，他只用了十五分钟。科利亚默默地认真听着，等着伊戈尔去取第三杯酒。开始喝第三杯酒时，他终于问了一个问题。

“它用什么样的语言跟你说话？”他问，“用的是瑞典语还是它自己的语言？”

伊戈尔感到非常惊讶，因为他也不能马上回答这个简单的问题。

“用瑞典语……”他思考了一会儿，然后笑了起来，“什么瑞典语？亲爱的科利亚，你要干什么？上职业高中时，我的英语只得了三分，审讯学差点儿挂科……它说的是俄语，就像我和你说话一样。它什么话都能说，一点儿口音也没有……”

“这可就怪了！”科利亚把第三杯酒喝完之后，沉默了一会儿，“好吧，它在床上表现得怎么样？是很灵活，还是就那么无趣地躺着？”

此时，伊戈尔再也无法忍受了。

“科利亚，你真过分，连这种话都说得出口！”他大喊道，差点儿用拳头把蓝色塑料桌子给打散架。但是，他马上就控制住了自己的情绪，回头看了看，抓住了滚向桌边的空杯子，小声说：“它是只青蛙！你这个讨厌的警察！我喜欢它！人家把你当个人物，才向你请教，可你却……”

“也就是说，你们之间没有性行为。”科利亚又沉默了片刻，然后一边总结，一边把目光投向了空杯子，“伊戈尔，你再去要一杯酒！”

天黑了，他们要了最后一杯酒。伊戈尔突然想到，它还在玻璃罩子里，大概已经醒来了。它既孤独又害怕，可能已经饿了一整天……他开始着急了。

于是，科利亚·普罗福索夫便打破了令人难堪的沉默。

“你爱它吗？”他简短而果断地问道，没有期待任何答案，“如果爱，那就结婚！”

怎么样，大家喜欢这样的谋士吗？两升酒下肚，他才提出这样的建议！连我们都知道“如果爱，那就结婚”这句话的出处。我们有一个共同的熟人——一个非常可爱的人。从外表上看，他像个教授。他经常喝多，但身体却异常强壮，接受过三次训练。他只要发现有人盯着中年妇女或者年轻姑娘看，就会用力去捏这位可怜女士的腰，直到她的肋骨发出嘎巴嘎巴的响声。然后，他会严肃地低声说："爱吗？那就结婚！"这就是与他有关的笑话……他已经去世将近八年了。但愿他能够升天！他是个好人，时常被人提起。

但是，伊戈尔说的可不是笑话。这是关乎其命运的事情，怎么能说是笑话呢？

事实上，科利亚·普罗福索夫不是在开玩笑。他把酒杯推到一边，好让两个人的头靠得更近些。他快速地低语了几句，向自己的朋友道出了下一步的行动计划。在此，我们就不详细介绍了。说实话，有很多细节，我们也没听到。不过，我们还是捕捉到了一些话语："亲吻……使馆……与阿尔卡季保持联系……国家层面的邀请……一定要和柳德米拉谈一谈，她是个明智的女人……伊戈尔，你将成为尊敬的殿下，明白吗？"

噢，我的上帝！这是为什么？为什么没有充满了幸福的爱，而让人感到幸福的东西又没有爱呢？为什么爱是不幸的呢？这些模棱两可的话是什么意思？它们意味着……正如大家所说，这种爱"不是什么好东西"。弄不好，你会爱上一只山羊……也许，这些话意味着，爱情就是邪恶的产物。也就是说，爱是魔鬼。不幸的爱……我们更倾向于第二种解释。在现实中，经常会出现邪恶的爱——以怨报德的爱。为了满足致命的欲望，情人们不断地变换着约会的地点和角色。如果你在某个地方看到某种生物在猛烈地摇摆毛茸茸的艳丽的尾巴或者在扇动雪白的翅膀，那么你根本就分辨不出这到底是人还是动物。

啊，真是不幸啊！先生们，我们的生活被安排得很糟糕！不过，这样的安排也许是正确的——与其在泪水中悲惨地生活下去，不如马上就分手，尽管分手时是那么地不情愿。

它说到一半就睡着了。他用一只手托着腮，侧着身子看着它。然后，他尽量不出声地向前移动了一下，孩子般可笑地噘着嘴，几乎碰到了它那薄薄的皮肤。它的皮肤很湿润，上面有一些小点点，类似于鸡皮疙瘩。

他赶忙躲开了，躺下来沉沉地睡去了。

早晨，天气十分阴沉。灰暗的光线射进来，无情地将他惊醒了。他醒来时，房间里只有他一个人。

他找遍了房间的所有角落，哪儿都没有小青蛙。窗户敞开着，下面什么也没有。他只是觉得，在夜晚潮湿的地面上，人的一双脚印正在变干。很快，就连这点儿痕迹都被灰尘覆盖了。

他穿着有弹力的针织短裤坐在床边，伸手去拿放在椅子上的香烟。不知为什么，他抓起了电视遥控器，心不在焉地按了一下上面的按钮。

一个相当令人厌恶的年轻人手持麦克风，出现在了布满灰尘却逐渐变得清晰了的电视屏幕上。

"……非正式访问。"年轻人说，"公主殿下在我市逗留期间，下榻于……住在……住在大使的官邸……"

年轻人说完最后一句话，便手拿话筒退了下去。他穿得很好——一般来说，没有人会在工作日的早晨穿成这样——浅色的西装上衣里面是浅色的衬衫，系着领带。在他的身后，是古老的黄白相间的两层楼房，两扇大门紧紧地关闭着。大门的上方，颜色如同海洋和天空的国旗在飘扬，上面有十字、狮子、盾牌和花环……

"……简单地参观了首都的一些名胜古迹之后，她便离开了这里……殿下走了……去了多莫杰多沃机场。"年轻人说完，突然以怀疑的口吻问某人："季娜伊达？……"

一瞬间，画面被切换了，屏幕上出现了一个更加令人厌恶的女孩儿。她坐在封闭的房间里，不耐烦地盯着笔记本电脑的屏幕。

"谢谢你，谢苗！"她对着电脑说，然后抬眼看了看惊呆了的伊戈尔·阿列克谢耶维奇，“现在播放的是，我们的记者瓦西里·普列米扬尼科夫从多莫杰多沃机场发来的报道。瓦西里？……”

电视里传来了飞机发动机的轰鸣声，手持麦克风的瓦西里出现了。与留着短发、把头发梳得整整齐齐的谢苗不同，他留着长发，没有穿西装，也没有打领带，而是在运动衫外面套了一件很短的夹克衫，并不招人喜欢。

在机场上，瓦西里的长头发被风吹了起来。他的头发是经过精心护理的，一点儿头皮屑也没有。在他的身后，一架短而粗的专机正在跑道上滑行，上面有我们已经熟悉了的旗子。

“您好，季娜伊达!”瓦西里的表情很紧张——只有在突然感觉肚子疼时才会出现这样的表情。短暂的停顿之后，他说：“刚才，我们看到了飞行员在为飞离多莫杰多沃机场做准备。结束了非正式的友好访问之后，她要乘坐这架飞机离开这里，飞回自己的祖国。在这里，就在我们眼前的跑道上……在返回故乡之前，我们对她进行了独家专访。殿下接受了我们的专访……确切地说，公主殿下进行了短暂的非正式……看，飞机已经滑到了跑道的尽头，马上就要起飞了！殿下她……”

飞机沿着跑道越滑越快，引擎的轰鸣声更大了，发动机怒吼了起来。伊戈尔·阿列克谢耶维奇·卡佩茨根本就没有听清自己喜欢的小青蛙的名字。

但是，他见到了她。

屏幕上又出现了瓦西里的长发，只不过这次是从他的后脑勺开始拍摄的。

瓦西里面对的那张脸，看上去就像十六岁小姑娘的脸。伊戈尔一下子就认出了这个对他来说还很陌生的女孩儿……认出了她那张苍白的脸——这是连续彻夜不眠造成的后果。他认出了那双微微鼓起、略带樱桃色的棕色眼睛和那张宽阔的嘴巴。

通常，人们会说这样的女孩儿“丑得可爱”。

“唉，你呀！”伊戈尔·卡佩茨对着电视屏幕上的公主说，“你呀，为什么要这样呢？连声‘再见’都不说……”

姑娘快速地动了动扁扁的嘴唇，但是听不见她说话的声音。

“……特别是……嗯……你们这座城市里的一些人……”没有在电视里现身的女翻译粗声粗气地替姑娘说着话，“殿下说，莫斯科人十分善良、亲切……嗯……很高尚。总之，这是她遇上并且爱上的……全心全意地爱上的人。她的意思是，殿下她……向这些好心人表达自己的感激和爱慕之情，并且送上……空中之吻。非常感谢你们！”

声音停止了，电视屏幕上只剩下一片浅蓝色，中间是黄色的“太阳”。机身短而粗的飞机扬起圆圆的机头，朝着太阳飞去。

伊戈尔坐在床上，点燃一支香烟，抽了起来。可是，他马上就把香烟扔到了地上，使劲儿用脚底板踩了一下，然后站起身来，折断了一条椅子腿儿。他用椅子腿儿把电视机和空的玻璃罩子砸碎了，然后把椅子腿儿从打开的窗户里面扔了出去。然后，他才重新躺下睡觉。

当天晚上，阿布哈兹善良的邻居们叫来了救护车，把病人送到了普列奥布拉任卡。救护车到了沿岸街上，转了个弯。电动起落杆抬起来之后，以加努什金教授的名字命名的医院的霓虹灯招牌一闪而过。红十字急救车行驶在不是很长的林荫道上，两旁矗立着参天的古树。左转弯之后，救护车停了下来。护士们不慌不忙地从车上走下来……

有人说，一切都是因为爱。到处都有人在治疗“爱情病”，并且有些医院的治疗效果还不错。

两个月以后，病情有了好转，卡佩茨出院了。当然，他在居住地的精神病医院进行了登记和备案。

实际上，伊戈尔的病情并没有稳定下来，因为他并没有回到位于乌萨切夫卡的家。他朝着完全相反的方向走去，尽管医院把衣服和钱都还给了他——你们大概不会相信。大清早，他来到了图申服装市场，买了一件应季的衣服——这说明他的头脑是清醒的。他入院的时候，是凉爽的春天。当时，他穿着厚厚的方格衬衫和合成纤维面料的运动裤。他出院的时候，是炎热的仲夏。于是，他用仅有的六百卢布买了一件面料很好的短裤。短裤舒适而轻便，有两个大口袋。这条短裤很像“迷彩裤”，他非常喜欢。他在试衣间里穿上它，就再也没有脱下来——化纤的运动裤被他扔到了换衣服的地方。然后，他只买了一根细长的小泥肠就没有钱了。

吃完了早饭，伊戈尔·卡佩茨用剩下的一张纸擦掉了脸上的番茄酱，然后小心地把纸扔进了垃圾箱。与此同时，在普通的垃圾箱里，他有了意外的收获——有人为了更新衣柜，把一件T恤衫和一双结实的皮鞋扔进了垃圾箱。T恤衫虽然是穿过的，但是完好无损……总之，走出市场的时候，别人已经认不出他来了。

他在医院里被剃光了的头上，一夜之间长出了一层硬头发楂儿，让人很难认出这个无家可归的人曾经是位中校。

他沿着洁净的通道穿过环路，顺着高速公路向西北方向走去。亮着车灯的汽车嗖嗖地从他身旁疾驰而过，震耳欲聋的汽笛声和排放的有毒气体向他袭来。灰尘覆盖了他的脸，火红的落日令他眩晕。但是，他并没有眨眼，而是望着炽热的星球——那是他的青蛙去的地方。

在这里，在人类以及其他无力获得幸福的生物中间，他再也无事可做了。

别再哭了！不要哭，我们在那里见！

超级尺寸

从地铁站走出来，再转个弯儿，它们就映入了眼帘。

根据传言，它们将要被拆掉。据说，原因之一就是，有一大群阿塞拜疆的生意人煽动起了民族的仇恨。还有一个原因，那就是，有一批在政治上十分活跃的公民，年近花甲，却依然对贸易自由和由此而产生的民不聊生的状况耿耿于怀。他们直言，它们践踏了社会的公平。更为重要的原因是，它们玷污了社会上的审美理念。以前，这个消息就在此地乃至全城不胫而走，直至今日仍余波未平。不过，杂货市场依旧在营业，弄得腿脚利索的老鼠越聚越多，还引来了更多无家可归的穷苦人、外乡来的女孩儿和那些频繁出没于这座充满了自由放纵气氛的大城市的居民。一个个玻璃棚屋稳稳当当地杵在那里，里面十分拥挤、闷热。只要愿意，谁都能在这儿找到一些千奇百怪的商品。

不过，我们得承认，即便是在和平时期，这些商品也只有在极其隐蔽的地方才能搞到手——摊主要看你有没有区委或级别更高的机构出具的许可证。只有在那里才能买到捷克产的罐装啤酒，尝到生熏的香肠，喝到商标上有螺纹和绿色奖章的“莫斯科州”牌伏特加酒，也只有在那里才能搞到“莱福”牌牛仔裤、保加利亚产的羊皮袄和“夏普”牌盒式录音机。

现在呢，可以顺路……所有东西都能在这些玻璃砌成的脏兮兮的杂货店里买到，而且产品种类更加丰富了。但是，你无论如何都体会不到由此而产生的喜悦。相反，如果你借着酒劲儿买了什么东西，那么过后你一定会狠狠地骂自己一顿，然后把买来的破烂玩意儿随便往哪儿一塞，省得每次一看到它们就为自己的一时糊涂而生气。至于“供应商店”嘛……啊，“供应商店”呀！对“供应商店”的管理十分规范！在那里，你会有一种幸福感——一种参与了“按劳分配”这项伟大决策的荣誉感。你会感受到亚洲塑料的清新感，闻到一股令人愉悦的异国手工作坊的味道和罕见的沁人心脾的香气，还能捕捉到能够进来购物的同志们脸上露出的沉着而冷静的神情。但是，所有这一切都在没有良知的时代旋涡中远去了、消亡了。没有良知的时代玷污了理想，践踏了习俗，毁灭了国家，甚至击垮了我们自己的身躯。那些压根儿就不知道有杂货市场这种地方的人，以光顾人造大理石砌成的商务中心或者无人问津的精品店来满足自己对文明的需求。但是，即便如此，他们也体会不到如愿以偿之后那传遍了全身的丝丝快感。大家还记得吗？以前我们拿着那种不带条纹的供应票，从“小白桦商店”买到一件刚刚到货的自由随性的牛仔服的时候，是多么愉快啊！

一切都过去了！曾经的生活是那么美好，宛如 8 月晴朗的天空！无论是一套三居室的房子，还是二十四系的白色“伏尔加”轿车，抑或是卡赞卡河岸边那被精确测量过的别墅的占地面积，存在于地球上的万事万物都被条条框框限制着。我们虽然总想着投机取巧、玩弄骗术，但我们的思想却仍然被种种设定的条件束缚着：人们只有从工会那里订购五份报纸，才能买一份《新世界》杂志；别斯库德尼科沃的一个青年花了二十五卢布把一台普通型号的“斯皮多拉”牌收音机进行了改装，结果只能在十三米以内收到信号……现在，你能逃到哪儿去呢？你刚刚盘算着要去某个地方，结果却行不通。于是，你打定主意朝相反的方向走，结果那里已经人满为患了。这个世界是怎么了？这些汽车将驶向何方？

这一栋栋房子里住的是些什么人？什么被废除了？什么经过修订以后通过了？这首曲子是从哪儿传来的？歌中唱的是女孩儿和牢狱，虽然修辞很一般，但却被经久传唱。电视里播的是什么内容？我们把谁给赢了？啊，请宽恕我吧！我腰的右上部很疼，那里大概是肾脏吧！我完全没有办法深呼吸了！见鬼去吧，你们那虚假、乏味的自由！你们的自由和治疗胃疼的药一样苦涩！

最后，杂货市场当然是被拆除了——是地铁站对面的那帮人干的。大家都知道，在马路对面修建了一座名为“彼得罗夫城”的商务娱乐中心，里面各种商品应有尽有。一楼超市里卖的土豆被人用肥皂搓洗过，味道很差。二楼的一家名为“男人本色”的商店里卖日本宝剑，可以买来送给朋友。店里还卖一些很实用的东西……地铁站拐角处的那些玻璃棚屋暂时被留了下来。它们不是那么显眼，无伤大雅。况且，阿塞拜疆人已经按照规定把该交的钱都交齐了。

我们从标有俄文字母“M”的地铁站里走出来，急匆匆地经过一个个玻璃棚屋，走到了杂货市场的另一端。市场上有一个棚屋，里面的柜台上码放着一份份“烤肉卷饼”。“烤肉卷饼”的旁边，总会有“奥恰科夫”牌啤酒（是用很脆的塑料瓶装的）出售。如果愿意的话，你还可以尝尝罐装的伏特加酒。装酒的瓶子既小巧，又可爱。棚屋里放着一张不太大的塑料桌，我们可以找一个挨着同乡的座位，实实在在地和他们聊几句。在这里，生命在延续。既然人类被创造出来了，就要生存下去。

我们的人民善良、淳朴，有着丰富的想象力。只有被卷入罪恶涌动的暗流之中，他们才会变得狡诈、贪婪——明知于事无补，也要无缘无故地露出残忍的一面。他们好吃懒做、谎话连篇，甚至愚钝蒙昧。那么，聚集在杂货市场上的都是些什么样的人呢？那里汇聚了三教九流！实际上，我们虚构的这几个人物，代表了所有俄罗斯公民，也代表了世界上大部分与俄罗斯人思维方式相同的人。他们足以引起读者的高度关注和同情！

就拿那个手里拿着塑料杯子（里面装着透明液体）的人来说吧，他叫伊利亚·库兹涅佐夫，以前是苏联人，现在入了以色列国籍。他住在莫斯科，却没有登记注册。伊利亚·库兹涅佐夫已经是“人到中年”了。他好久没有理发了，头发变得很脆，一绺灰色的头发从凹凸不平的脑袋上耷拉下来。在他那又大又直的鼻子上面，斜架着一副眼镜，厚厚的镜片已经被摸得脏兮兮的了。总的来说，他看上去还是很幸福的。库兹涅佐夫环游过世界，从世界的一个尽头走到了另一个尽头。其实，我们居住的“蓝色星体”，外观类似于一个圆球，并没有尽头。于是，库兹涅佐夫又盲目地跑了几个来回之后，终于作出了决定：他出生在哪里，就应该在哪里生活。恕我直言，即使天性和社会关系驱使你进行了一次遥遥无期的旅行，即使你就是那个永远的流浪者阿格斯菲尔①，即使命运让你漂泊不定，你也不必怨天尤人。请你忍辱负重，原谅那些让你蒙受屈辱的人们，回家来吧！

于是，库兹涅佐夫就回来了。他独自一人站在那里喝酒，过着不愁吃也不愁住的日子，完全配得上那个响亮的称号——首都流浪汉。

站在库兹涅佐夫旁边的是伊戈尔·阿列克谢耶维奇·卡佩茨。他一只手拿着啤酒瓶，一只手拿着吃剩下的“烤肉卷饼”。卡佩茨是个精神病患者，不久前才刚刚出院，现在病情已经大有好转了。

精神失常了以后，有一天傍晚，卡佩茨来到了一家东方食品店的门口，大闹了一番。在此之前，卡佩茨走过的路可谓“既是生活之路、战

---

① 古代犹太传说中的人物。据《圣经》记载，耶稣在赴死的路上，途经阿格斯菲尔家门前时，想要靠在墙上休息片刻，遭到了拒绝。于是，耶稣诅咒他一生漂泊，永不停歇。

争之路，也是劳动之路”。为了阿富汗人民和车臣人民的幸福，他长期与阿富汗人和车臣人作战。他在战无不胜的空降部队一直晋升到了中校，才由于负伤而光荣地退役了。后来，他因战功卓著而获得了一笔可观的养老金。再后来，他在一家名叫“三勇士”的私人安保公司找到了一份不算太辛苦的工作。正是这份“干一天、休三天”的工作，使他实现了“他和他的同胞们永恒的愿望和梦想”：安宁、自由……

这么说，卡佩茨就应该安安稳稳地过日子了。他应该老老实实地待在舒适的家里，好好地与那些从阿布哈兹逃难来的、为人相当不错的邻居相处。这是多么美好的生活啊！可他却偏偏自讨苦吃！人哪，无论经历了多少，都爱去寻求刺激，尤其是我们俄国人——作家陀思妥耶夫斯基曾在一系列作品中有过这样的感慨。当然，人家的表达方式和我们不一样。此刻，即使我们提到了陀思妥耶夫斯基，也于事无补——阅读他的作品，读得越多，就会陷得越深，进而无法自拔。陀思妥耶夫斯基写了许多与俄国人的性格有关的作品——对此，还是没有人知道为好。至于卡佩茨，他已经被爱情折磨得死去活来了。那个女孩儿要是长得像歌星伊莲娜·阿列格洛娃一样漂亮，也就罢了。可是，她偏偏就是“一只青蛙”，苍天可以作证！说起来，大家有可能不信：那个女孩儿竟然是某国的正牌公主……唉，说来话长！所以，公主甩掉了卡佩茨，也在情理之中。可是，卡佩茨却被这件事弄得有些精神失常，被救护车送到了精神病院。在那里，医生用“冬眠灵”给他进行了治疗。药物起了作用，他的脸肿了起来，面色惨白。然后，他就出院了。现如今，就在“懒洋洋的太阳”和“疲惫的大地”默默地告别之时，卡佩茨向西北方向进发了。他要离开城市，去追寻那晚霞般绚烂多彩的世界。在这幅巨大的抽象画的映衬下，跳伞爱好者们使用轻型装备无忧无虑地在天空中翱翔着。卡佩茨觉得，他心爱的人儿，哪怕是只青蛙，也会享受公主的待遇：乘坐斯堪的纳维亚航空公司的一架专机，直冲云霄，在适当的时候飞离俄联邦。的确，故事很离奇，换了谁都得费神儿去想一想这件事情……卡佩茨就是要去追逐这种奇遇。他希望有一天能够找到一家出售滑翔伞的商店，跟当过伞兵的店主说一说，看能不能为了战友间永恒的情谊，让他这个老大哥、老伞兵享受一次免费的飞行。在此之前，卡佩茨曾经有过四十次跳伞的经历。他留着病人那样的短发，像亮亮的鬃毛一样竖着，下面是一张浮肿的脸。他穿着一条年轻人才穿的背带裤，里面套着一件很瘦的针织背心，显得很滑稽。没有什么能够阻止他的脚步，只有地铁站旁边的杂货市场才会让他短暂地驻足。今天，伊戈尔·卡佩茨要和一位朋友在地铁站见面。

这位朋友名叫尼古拉·普罗福索夫。他已经拿着一罐啤酒，在地铁站等着了。以前，普罗福索夫·尼古拉·彼得洛维奇在司法部门供职。具体地说，他是国家汽车检查局（又称“国家道路交通安全检查署”）的一名检查员，上尉军衔。普罗福索夫的工作服是乳白色的，闪着荧光。他的任务是：在一条重要的国道上执勤。一直以来，普罗福索夫都在同事中有着很高的威望。虽然他负责的是一条特殊的交通线，但是他从来都不在普通的司机身上“揩油”，时时刻刻都在捍卫军人的荣誉。总而言之，一切都在正确的轨道上运行着。

突然有一天，检查员普罗福索夫遭遇了一件无法解释的怪事。

一般来说，总会有很多怪事发生在道路检查员身上。比如，道路检查员会突然把“魔爪”伸向某个倒霉的司机。司机随身带着六千美金的工资——这些钱是扣除了所有的税款之后剩下的。可是，这些“杂种”（指检查员）却向他索要了两千美元和一万五千多卢布，还顺走了全新的“威达”牌汽车的钥匙。那可是司机刚买的车啊！他把所有的积蓄都带在了身上，结果却被抢了个精光……再比如，一个检查员下班了，想到附近的一家环境不错的酒吧去喝点儿酒，驱驱寒。哪知道，一盅酒还没有下肚，一群流氓就找上门来挑事儿了。生命受到了威胁，他不得已拔出了配枪，进行了防卫。结果，他打伤了对方。可是，检察官却要求他自证清白……还有一个检查员，遇到了一件极其倒霉的事情，就完全崩溃了。他拦下了一辆议员助理的车，进行了检查。当时，助理喝得醉醺醺的，举起了棒球棍，一下就打在了检查员的头上。法庭认定，助理当时肯定是处于完全清醒的状态，属于自卫——他把穿着制服、拿着指挥棒的检查员当成了市井流氓。更糟糕的是，医药费是受伤的道路检查员自己掏的……

总之，还有什么事不会被检查员碰上呢？可是，对普罗福索夫这样一个既不怎么喝酒，又深爱着家庭（妻子和两个女儿）的老实人来说，遇到的事真算得上是“异常诡异的事情”了。在戒备森严的公路上，他看到了满满的一车死人。

事情的确是这样的，大家不要以为自己听错了！一辆载满了死人的车子从上尉普罗福索夫面前疾驰而过——开着这辆旧款“帕萨特”商务车的也是个死人。更令普罗福索夫毛骨悚然的是，一个混账死鬼在经过检查站的时候，竟拿着自己的头盖骨砸向了普罗福索夫！天啊！总之，太恐怖了！那段时间，在莫斯科的大街小巷，总是有人在议论这辆车——有不少人被这群死鬼害惨了！有人认为，这些事情是车臣人干的。有人认为，这就是小混混儿搞的恶作剧，再普通不过了。不过，领导从职责的角度考虑，肯定无法接受“自己的员工遇见鬼”这件事情。说句老实话，这群死人除了在鲁布廖夫卡一带出没，还能去哪儿呢？但是，谁能分辨出是与非呢？领导认为尼古拉在精神上有问题，于是就把他开除了。后来，尼古拉来到了“三勇士”私人安保公司。来这里工作的一般都是肩上曾经戴过徽章的人，因此尼古拉和伊戈尔交上了朋友。伊戈尔的精神变得不太正常了以后，尼古拉打心眼儿里同情他。他心里很清楚，伊戈尔就是一个揣着病历的傻子。现如今，尼古拉·普罗福索夫在私人安保公司上班，而伊戈尔·卡佩茨虽然是莫斯科人，但是现在却没了工作。两个人偶尔会凑在一起喝两杯啤酒，要么一句话也不说，要么聊一聊当今的社会。分开以后，他们要过很长时间才能再见上一面。但是，在两个人握手道别之前，普罗福索夫会往伊戈尔的裤兜里塞三百多卢布，有时候也塞五百卢布。伊戈尔会因此而轻轻地叹一口气，而行善者本人则会扭过头去，含糊地说一句："有钱了，再还给我!"就这样，两个人分开了。伊戈尔说，他一定会打电话给尼古拉。

确实，这个场面很凄凉。可是，有什么办法呢？虽然不知道路在何方，但是日子还得过。十五年前，我们的生活遭受了重创。如今，我们依旧举步维艰。那些对生活漫不经心的人，以及那些畏畏缩缩、急于求成的人，只会把生活搞得一团糟。你就这么坐着，编造着一些无稽之谈……你捏造出来的事实和构思出来的陈词滥调，看起来似乎都很有道理。每个词句都能找到出处，都来源于那尘封已久的知识储备。这些知识在古代文明时期就已经被遗忘了。知识的"封盖"未被开启，但却没有发霉的味道，仍然崭新如初，只是上面布满了尘土。这是一种多么天然的感觉啊！有什么能比这种感觉更天然呢？说不定，你也会为此而垂泪。总之，努力走下去吧！而生活呢，仿佛从背后悄悄地凑了过来！紧接着，就开始教训了："嘿，你这个爱喝茶的人！不要再费电了，把你的日本车熄了火，去做些有意义的事情吧！哪儿都用不上你写的这些文字！你马上就要完蛋了，还胡说八道些什么呢？别指望自己能名垂青史了，明白吗？那些评论家根本就不入流！有句话说得还是挺有道理的：'你就是个平庸之辈，收手吧！'"

当然，可以让这样的生活方式和野蛮、生硬的戒律都滚得远远的！

只是，要明白一点：如果是你抛弃了生活，那么它最多对你不闻不问，可是如果生活把你给抛弃了，那么你就哭去吧！

所以，务必三思而后行！

这时，杂货市场附近的人多了起来。除了我们认识的那些同志，还有一些人来这里休闲、娱乐。我们仅凭直觉就能判断出来，他们当中有些是莫斯科本地人，有些是到首都来作客的外乡人。

比如说，有些人头发乌黑、脸膛儿黝黑，穿着就近买来的廉价运动裤和皮坎肩儿。这些人用某种古代的语言相互交流，听上去像是在干咳。伊利亚·库兹涅佐夫毕竟见多识广，能够听懂这些人说的某些熟悉的词句。准确地说，他不是听懂了，而是看懂了。就在这些人嘟嘟囔囔的时候，周围的景色好像也起了变化。一座座沙丘浮现在了眼前，在既平和又刚劲的风中移动着。恶毒、炽烈的阳光直刺双眼……一条细细的、呈锯齿状的驼运队在地平线上延伸开来，一起一伏……那些脸膛儿黝黑的人，大家都叫他们“呆子”、“榆木疙瘩”，甚至称他们为“塔利班”。不过，大家并没有恶意。实际上，大家把他们当成了友善的塔吉克人，并不惧怕他们。其实，他们就是塔吉克人。很久以前，塔吉克人在一个高档住宅区承包了一项大工程，结果却是徒劳无功。于是，他们就流落到了这个边缘地带。建筑公司倒闭了（换句话说，就是“吹灯拔蜡”了），哪里还顾得上雇来的工人啊！从那个时候开始，郊区这一片儿就游荡着一群建筑工人。他们当中既有穿着坎肩儿的塔吉克人，又有穿着绽了线的夹克、戴着苏式细毡帽的摩尔多瓦人，还有穿着讲究、举止文雅的乌克兰人，以及手指粗壮、戴着好多金戒指的亚美尼亚人。他们会时不时地凑到初来此地的人跟前，问：“先生，需要工程队吗?”不过，大多数情况下，他们会站在卷饼店的塑料桌旁边，一只手拿着“烤肉卷饼”，一只手拿着“7UP”牌汽水，没完没了地窃窃私语。

另外，还有一群放荡的年轻人在这一带晃悠。他们头戴棒球帽，身穿肥大的衬衫和裤裆一直到膝盖的、比衬衫还要肥大的哈伦裤。他们当中有很多人的腋下都夹着滑板，专门在楼梯上、马路牙子上、长椅的靠背上以及其他好玩儿的地方滑行。他们往往会沉浸在别人听不见的音乐中，左右摇晃着脑袋。音乐通过电子耳塞进入了他们的大脑，他们大声嚷着“就是任性”、“倒霉”这些词。他们喝的不是塑料瓶装的“奥恰科夫”啤酒，而是“波罗的海七号”啤酒或者更贵的含酒精的饮料。总之，他们这也叫“休闲娱乐”。他们成群结队地来，要上一阵子，然后便成群结队地消失了。紧接着，远处就会传来滑板轮子的隆隆声。那是无法预知的未来，是不可思议的崭新的现实世界！在那个空间，你、我都无处藏身。

在离杂货市场不远的地方，总能看到那几个人。里面呢，看见了吧，有一对儿青年男女！他们虽然活在现代社会，但却显得与周围的环境格格不入。两个人都穿着脏兮兮的皮夹克，拉链歪歪扭扭。挽起来的牛仔裤的裤腿儿也干净不到哪儿去……还有那双系带的军靴，简直脏得令人作呕。女孩儿把头发一绺一绺地染成了绿色和粉色，盖住了整个脑袋。透过一绺绺的头发，可以看到她的那双被打得肿起来的带着淤青的眼睛。她的嘴唇被打裂了，上面的血迹已经干了。男孩儿的发型是这样的：尖尖的额头被剃得精光，一条细细的小辫子垂在后脑勺儿上。他的眼睛下面有一块淤青——作为男人，他就应该有这样的标记。他的这块淤青的面积比女孩儿身上所有淤青的面积都要大。这对儿男女没有什么精神寄托，靠“碰瓷儿”骗些零花钱。他们俩总是喝得酩酊大醉——确切地说，他们俩是中了酒精这玩意儿的毒。他们一喝酒，腿就打晃儿，就像站在冰面上一样。他们是此地的“朋克一族”，像极了无家可归的流浪狗。

不过，在杂货市场这一带，还有一个更奇葩的群体。就拿这个身上长满了疥疮的人来说吧！他穿着蓝色的女式外套和一双破破烂烂的运动鞋，身上散发着刺鼻的海水味儿。他是个普普通通的流浪汉，但却是个很有代表性的流浪汉。只不过，他是个黑人。他那白色的胡须卷曲着，长在满是伤疤的脸上。他那白色的头发卷曲着，宛如高筒的羊皮将军帽。我们的朋友伊利亚·库兹涅佐夫的记性越来越差了，没能认出来这个黑人。不错，没有人能猜到这个出奇邋遢的人会是一个来自美国的黑人青年。他韧性十足，就像武器里的弹簧一样。他曾经把一头短短的鬈发染成了时髦的黄色。谁又能猜到，他竟然是一个处在风口浪尖上的穆斯林呢？几年前，他在纽约的街头用恶毒的反犹太言语凌辱了一位犹太老人。这件事确实发生了，真的！只不过，生活又翻开了新的一页。地球依旧在旋转，人的命运却在发生变化。看吧，为了微薄的收入，这位骄傲的美利坚公民也来到了荒无人烟却前景光明的俄罗斯。在这里，他渐渐地从一个美国黑人蜕变成了一个普普通通的莫斯科黑人。有一段时间，他曾经在著名的“贝科夫餐厅”打过工。当时，这家餐厅的老板雇了一些皮肤黝黑的人当看门人。现在，这已经是很普遍的做法了。后来，他是一时糊涂，丢掉了这份薪水很低的工作，成了一个地地道道的无业游民。现在，他找到了被他侮辱过的伊利亚·库兹涅佐夫，用不夹杂任何口音的俄语请求道：“头儿，给点儿酒钱吧！”

天啊，这个世界究竟是怎么了？不过，从另一个角度来看，也没有什么可感到稀奇的。你要是在纽约或者巴黎看到了穷困潦倒的黑人流浪汉，会感到震惊吗？绝对不会！这样的话，莫斯科差在哪儿呢？哪儿都不差！所以，没有什么值得大惊小怪的！

杂货市场里有一位老妇人，总是坐在固定的位置——塑料桌旁边，只喝最有名的国产伏特加酒。她虽然酒量不大，但是不断地在喝。在每一个国际化的大都市里，都能发现这种老妇人的踪迹。在国外，这些老太太喝酒喝得很凶。也许，她们喝的并不是酒，而是自己国家生产的“毒药”。如果仔细观察的话，你会惊讶地发现，她们穿着根本不符合流浪者身份的干净衣服——干净得令人费解。由于生活对肉体的折磨，她们的脸上刻满了岁月的痕迹，但却依旧楚楚动人。在饮酒时，她们的举止极其优雅，不知道是从哪里继承了中世纪的传统。这些老妇人操着一口法语，好像她们天生就会讲法国话。杂货市场的安娜·谢苗诺夫娜·

巴尔孔斯卡娅也懂法语。在出嫁之前，她的姓是“斯维尼娜”。杂货市场的人们给她起了个外号叫“夫人”。她喝醉的时候，会迷迷糊糊地自言自语，背诵一些诗歌。她受过良好的家庭教育，并且在苏联时期的斯帕索别斯科夫斯基胡同里的一所特殊的学校读过书。大家都听说过这所学校，是吗？在这所学校里，学员都被当作死人或者失踪人员来处理。唉，生命中有多少辛酸和苦涩啊！我们这位阿涅奇卡①·巴尔孔斯卡娅经验丰富，一直过得很滋润。巴尔孔斯卡娅还是个姑娘的时候，家境就很殷实。她年纪轻轻就嫁给了一个负责党内文艺工作的老头子，靠他养着。老头子死了以后，她就成了有钱的寡妇。后来，巴尔孔斯卡娅心甘情愿地当上了莫斯科的一个出了名的好色之徒的情妇。后来，这个色鬼也归西了。巴尔孔斯卡娅的儿子才华横溢，但却不务正业，这让她悲痛欲绝……再后来，巴尔孔斯卡娅又遇到了几个人。这几个人的眼睛十分清澈、纯真，让巴尔孔斯卡娅感到很新奇。结果，这几个人给倒霉的老太婆灌了迷魂汤，把她所有的东西都骗走了，就连豪宅都转到了他们的名下。然后，他们就把老太太给埋葬了。为了不留后患，他们把老太太给火化了，违背了身为基督徒的老人生前的最后一个愿望。所以，杂货市场上的这位巴尔孔斯卡娅实际上已经死了。说实在的，这有什么值得大惊小怪的？站着吧，就让她站着吧！有了她，画面才会生动和饱满。大家也许注意到了，我们这一带没有人会对一个死人抱有哪怕是一丝一毫的成见或者偏见。在我们身边，死人毕竟是少数嘛……

总而言之，我们用细腻的笔触刻画了一幅美轮美奂、色彩斑斓的图画，描绘了劳苦大众的生活。在生活中，有悄无声息、无休无止的悲情，有暴风骤雨般转瞬即逝的欢乐。在生活中，有精神错乱但却思维极其缜密的人。虽然这些人的价值观不值一提，但是他们对此矢志不渝。

---

① 安娜的爱称。

这幅图画会让人产生一种有益身心的忧思，能够安抚绝望的心灵。我们的读者（抑或是观众）本来就不是很有耐心，看着这幅图画，就开始发愁了。他们一定在想，不值得继续读下去了。于是，他们便在一怒之下，啪地一下把书合上了。然后，他们便把它扔到了一边。合上书的时候，里面的一页纸被挤出了褶皱……停！请诸君稍安勿躁，故事马上就要开始了！

低沉而强烈的隆隆声越来越近，仿佛将要有一场地震向这片永恒的净土袭来。

不知为什么，鸟儿已经从近处的枝头上飞起来了——黑压压的一片，遮住了橘黄色的太阳。这几乎就是一幅希区柯克式的美丽画卷，尽管染上了色彩，但却足以让导演们大快朵颐。

空气中弥漫着臭氧的味道（预示着雷雨即将到来），又像是从学校物理办公室里转动的机器里迸溅出的火花的味道。这让我们想起了已故的波恩哈德·黎曼①——一个不幸的人。他对电学事业情有独钟，却没有得到垂怜，成了一个悲壮的牺牲品。

人们已经预感到了什么，感觉自己陷入了某种慌张、悸动的状态。他们像初出茅庐的年轻水手一样，在军事训练营被吓怕了。无论在出早操的时候，还是在检查衬衣领子的时候，他们都很紧张……

最先驶过来的是一辆吉普车。这辆车身被擦得锃亮的吉普车从上到下全是黑色，就连车窗也不例外。它就像为黑帮老大立的花岗岩墓碑一样，从墓地里冒了出来。厚重的车门被小心翼翼地打开了，一个穿着肥大的黑色衣服、戴着窄边墨镜的人从车里走了出来。这已经不是希区柯克老爷爷的电影风格了，它很符合塔伦蒂诺②的创作理念。黑衣人对着

① 德国数学家、物理学家。

② 美国著名导演、演员、编剧。

隐形话筒说着什么，我们听不清楚。他一边把螺旋状的电话线撩到耳后，一边把夹克左侧宽大的袖窝弄平。同时，他还盯着自己负责安保的区域。然后，黑衣人朝杂货市场那边走了过去。紧接着，从车里走出了第二个黑衣人。然后，是第三个、第四个……每个人都紧盯着自己负责安保的区域。他们穿的夹克都稍微偏向左边，显得鼓鼓囊囊的。如果吃"烤肉卷饼"的普通人有足够的文化修养，如果他们对"刺激反应"这个问题有所涉猎，并且对"既视感"这个话题情有独钟的话，那么他们一定会和作者一样，打心眼儿里觉得这个场面似曾相识，仿佛出自某部电影的桥段。但是，我们已经说过了，这里的人都是普通人，都是平平常常的本分人。他们全都老实地认为，兄弟们来了！

这时，来的这些人奉命摆出了事先安排好的防御阵势。第一个黑衣人迈着均匀的步子，很快就到了离他最近的售货亭（也就是我们钟爱的杂货店）旁边。与此同时，他们要保护的人也坐着车过来了。当然，没有人从车上下来，只能看到一辆加长的黑色汽车，车身圆润光滑，车尾显得很笨重。这辆车停在了吉普车后面，稍微往左偏一点儿。它看上去就像一座能够来回移动的豪华墓碑，只不过是横过来了。总算是把他们盼来了！一辆吉普车猛地一个急刹车，停了下来。吉普车有公交车那么大，但不是黑色的，而是让人感到很舒服的银灰色。车身上写着"警察"，车顶上装着"国字号"的三色警灯和密密麻麻的天线。警车停在护卫车队的后面，向左偏出了一点儿——没有人从车上下来。只有这样，他们才能树立警察的威严，从而保障这片土地的安全，让那些来来往往的小瘪三儿不敢走近半步。

就在我们描写场景的这几秒钟的时间里，"舞台"上几乎所有的"参演人员"都停了下来，既不吃"烤肉卷饼"了，也不喝饮料了。有好多人都被定格在了咀嚼的那一刻，嘴微微地张着，里面塞满了食物。其他人，包括塔吉克人在内，连食物都不吝惜了，痉挛似的往下咽了一口，仿佛已经准备好了面对可能发生的一切。这时，只有安娜·谢苗诺夫娜一个人根本就没有在意这些“驾临”的上层人士。她端起一杯五十毫升装的烈性伏特加酒，喝了起来，把自己幻想成了貌美如花的年轻女子，孤零零地坐在“创作之家”的餐厅里（她活着的时候就总是这么坐着……），习惯性地念叨着法文诗歌，大概是《恶之花》里面的诗句。

一眨眼的工夫，第一个黑衣人就冲到了卷饼店的窗口前。至此，无声的片段算是告一段落，叽叽喳喳的声音又响了起来。嚼东西的人接着吃上了东西，喝饮料的人也把液体灌入了食道。总之，大家都摆出了姿态，仿佛接下来要发生的一切都与他们无关。

“买几个？”黑衣人冲着隐形麦克风问没有露面的老板，面无表情地注视着前方。得到了一个简短的回答之后，黑衣人转过身来，对卷饼店的老板说：“两个‘烤肉卷饼’！”说话的时候，他那明亮的眼眸、炯炯的目光和剃得干干净净的表情坚毅的脸庞给人一种冷静而专注的感觉。

故事讲到这里，我们必须给卷饼店的老板以公正的评价。我想，现在说这个还不晚。卷饼店的老板算是小生意人的代表人物，我们非常乐于把他称为“卷饼师傅”。这个绰号，我们会一直使用下去……“卷饼师傅”可谓“气定神闲”，既没有表现出极为惊讶，也没有表现出十分恐惧。想象一下，如果遇到了这样一个替别人买东西的黑衣人，惊讶和恐惧应该是自然而然的反应吧！可是，这位东方快餐店的老板却正相反。他相当镇定地从一个尖朝下的巨大的圆锥形烤肉机上把肉切下来，塞到两张大饼里，然后放上切好的葱末，再浇上酱汁，最后用薄纸把做好的食物卷了起来。总之，“卷饼师傅”展现出了良好的职业素养。我们这一片儿的小生意之所以能够做得这么红火，是因为有不少手艺出众的人。

这时，黑衣人按照买卖的流程，从兜里掏出了钱包。他把钱递进窗口，付了两张饼的钱。钱是崭新的绿票子，一弹就能听到清脆的响声。

它厚实而光滑，上面印着雅罗斯拉夫尔城的名胜古迹，面额是四位数字：1000。

啊，要是能预料到接下来会发生什么就好了！假如黑衣人早晨就把这张大票破成了一张一张普通的一百卢布的纸币，然后再付卷饼钱，可能就什么事情都不会发生了……很遗憾，没有人能够预知未来。我们被“国家之拳”掌控着！这是“钢铁之拳”，是无比正确的“正义之拳”。诸君都不要痴心妄想了，谁都不要指望躲过这个拳头，从而遁于无形——没用的！

这就是事实。

然而，就在卷饼店里，我们故事的主要情节开始上演了。

卷饼店的老板显然是找不到零钱了：“对不起，兄弟，没有零钱了！”

第二个保镖身上带的是美金，都是一百美元一张的钞票。显然，在这个乌烟瘴气的杂货市场上，用这种面额的大钞进行消费，简直是“寸步难行”。你在这一带用百元美金进行消费，只能被暴打一顿。等你回过味儿来的时候，就会发现自己已经身在附近的警察局了。你会被关在牢房里，手会被铐在牢房的铁架子上，身上的钱会不翼而飞。不仅如此，警察还会做笔录，指控你在警察执行繁重的公务时，有抗警行为。不过，你要是武艺精湛的保镖，或者是深谙东方搏击术的专家，就不会在杂货市场上吃什么亏了。但是，你要想在市场上用美金买这买那，无异于痴人说梦。

执行任务的第三个保镖一路小跑到老板坐的加长吉普车跟前，请求指示。保镖对着隐形麦克风嘀咕了一会儿，看上去像是在对着空气说话。接着，他的右后方那块闪烁着钻石般黑色光芒的车窗降了下来。从昏暗、空洞的车里伸出一只苍白的小手，手里拿着一个扁平的大号钱包。第三个保镖小心谨慎地接过这个“袖珍小金库”，然后朝着卷饼店跑了过去。不过，这个保镖也是“瞎子点灯——白费蜡”。在那个时代，有一个为党报工作的人经常使用“瞎子点灯”这个短语。保镖从老板的钱夹里抽出几张塑料做的长方形银行卡，准备刷卡结算，却被“卷儿师傅”（我们又造出了一个词，也不错，是吧?!）回绝了。在令人厌恶至极的杂货市场上，商家既不接受买主使用“美国运通卡”、“万事达卡”和“欧洲联名卡”付费，也不允许买主以其他的支付方式来买东西，就连黄金和极其珍贵的白金也不例外。“老兄，你看看，我这里哪有刷卡的设备啊！请原谅……难道要我用嘴去给你们刷卡吗?”

总之，一次既便宜又实惠的食品交易毫无悬念地戛然而止了。不过，那个已经准备开始进行交易了的老板是绝对不会让交易无疾而终的。于是，他决定在这个应该负起责任的时刻亲自上阵。不然的话，又能怎么办呢？他手下的这帮人根本就指望不上，什么都应付不了。

一直到今天，我们这个故事的主人公（开诚布公地说，他就是我们这个时代的主角）都在使用“彼得·巴甫洛维奇”这个名字。他的生平，我们就不在这里详细叙述了，因为通过无限发达的媒体，他的事迹早已家喻户晓了。彼得·巴甫洛维奇当过共青团员，在合作社工作过。为了让民主获得全面胜利，他无私地献出了一切。但是，“民主”是冷酷无情的——你一旦作奸犯科，就会有牢狱之灾。后来，彼得·巴甫洛维奇又取得了“维护正义之战”的胜利，创办了“东方投资公司”，获得了“寡头”这个荣誉称号。他还是百强……总而言之，彼得·巴甫洛维奇的生平可以用这些词来概括。关于他这个人，大家知道得并不比我少。更多的信息，只有检察院的人了解——这是检察官的职责所在。至于我们，知道这些就足够了。

在那个决定命运的晚上，彼得·巴甫洛维奇刚刚参加完一个小型的商务会议。会议是在“东方投资公司”的私人会馆举行的。人们为了纪念与会馆交相辉映的尖塔的主人，习惯于把这个会馆称为“彼得罗巴甫洛夫卡”。当然，人们给会馆起的别名可能会让某些迷信的人产生不祥的预感①，但是彼得·巴甫洛维奇本人却一笑了之。他说："反正我已经待在城堡里了，还能把我关到哪里去呢？"我应该告诉大家，在这个时候，所有的玩笑话都会令人沮丧。

还是继续讲我们的故事吧！彼得·巴甫洛维奇晚餐吃得很清淡——鱼和纯正的意大利白葡萄酒。现在，他突然特别想吃东西，饿得直咽口水。于是，他想到了夹着"敖德萨"熏肠的汉堡包和半杯"普舍尼奇那亚"牌伏特加酒。上学期间，他在建筑工地实习的时候，就是这么搭配着吃的。虽然彼得·巴甫洛维奇不是一个善于想象的人，但是这点儿食物仍然满足不了他的欲望。于是，他便信马由缰地联想到了各种诱人的画面。在他的脑海里，浮现出了小时候吃过的十二戈比一个的"米高扬诺夫肉饼"——这种肉饼只有在高尔基大街上的副食店里才能买到。那个时候的"布拉蒂诺"饮料泡沫很多……他还想起了那个疾风骤雨般的大变革时期的饺子。刚刚煮好的饺子破了皮儿，一盛到盘子里，灰色的馅儿和皮儿就分开了。除了吃饺子，他还会和别人一起麻利地打开一瓶"罗亚尔"酒，每人倒上半瓶。此时，他的脑海里闪现出了购买的第一个巨无霸汉堡包——这可是一道象征着文明的美食。吃汉堡包的时候，应该配上威士忌。这种酒，他虽然喝着不太习惯，但是感觉味道还不错。接着，他回忆起了第一次寒酸的伦敦之行。那一次，他吃了炸鳕鱼配薯条。谁知道，他刚喝了一口黏糊糊的"吉尼斯"啤酒，嗓子就被呛得痉挛了……总而言之，近十年来，彼得·巴甫洛维奇吃的都是昂贵的食物，身体变得很金贵。但是，他也需要普通人的食物啊！现如今，这种食物在俄语里被称为"快餐"，听起来不是很文雅。

---

① 之所以会产生不祥的预感，是因为圣彼得堡的"兔子岛"上有一个"彼得保罗要塞"，里面有一座与"彼得罗巴甫洛夫卡"同名的城堡。十八世纪初，这个要塞建成后，一直用来关押政治犯。

接下来发生的一切，就都顺理成章了。指令传到了头车！保镖一发现合适的猎物，就会立刻开始执行命令。不过，对于意外的情况，他们还是有些估计不足。于是，他们一下子就碰到了无法预知的困难。在通常的情况下，保镖是不可以用武力解决问题的。所以，他们没有贸然采取行动。这些内容，我们都已经介绍过了。

彼得·巴甫洛维奇坐在车里，透过贴着膜的车窗望着周遭的现实世界。

应当说，这样的眼神总是带有几分忧思。在他的眼中，天气比实际上更为阴郁，人们的脸色也比现实中更加苍白，周围的景色更是比以往多了几许凄凉……也许，正是因为隔着有色的玻璃，自由主义思想才无法在我们这块还算肥沃的土地上生根发芽。还有可能，正是因为隔着有色的玻璃，怀有自由主义思想的人们才会离人民越来越远。他们这个“VIP 群体”竟然用“这个国家”来称呼自己的祖国……

总而言之，彼得·巴甫洛维奇的心情很沮丧。他穿的薄夹克就像量身定做的一样。此时，他被一种不祥的预感笼罩着。于是，一种令人胆寒的空虚感涌上了他的心头。空虚感汹涌而至，直抵心房，让人无法呼吸。于是，人的生命便会消逝。

但是，当黑色车窗降下来的时候，彼得·巴甫洛维奇发现，晚霞映衬下的世间万物刹那间显现出了真实的一面。于是，不幸的彼得·巴甫洛维奇心情好转了一些。金色的黄昏，还有那蓝天和炊烟，使他融入了这片久居的土地。卷饼店的老板不接受世界上最先进的塑料银行卡，这让彼得·巴甫洛维奇有了些许自豪感。在突尼斯或者巴厘岛，如果你消费时使用的是“白金卡”，那么卖方就恨不得把所有东西都免费奉上，为的是以后你还能照顾他的生意。可是，我们的同胞既高傲又豁达，丝毫也不妥协。不能说他没见过世面——什么样的有钱人他没见过啊！但是，无论你是谁，只要没有零钱，他就会这样对待你。

彼得·巴甫洛维奇没有指望“奴才”们能帮上忙。他推开高级装甲车那沉重的车门，踏上了家乡的土地。他很久没有这样简简单单地走路了。透过米兰设计师缝制的鞋底和丝绸做的袜子，他感受到了大自然的力量。他很久没有这样信心满满地走路了。一种久违了的想要查明事情原委的欲望鼓舞着他，使他飞快地，甚至有些焦急地奔向了卷饼店。但是，由于长时间坐在汽车后座上，他走路时有些踉跄。

大家默不作声——我的意思是，大家一边吃喝，一边目不转睛地盯着刚刚从车里走出来的这位先生。

“这样吧……”寡头说着，从兜里掏出一枚硬币，轻轻地放在了有些肮脏的柜台上，“这是一枚无法兑换的硬币。给我拿两张‘烤肉卷饼’和一罐啤酒！有凉啤酒吗？不用找钱了！”

仅此而已！

我的意思是说，还不错！

大家是怎么想的呢？这样的话，天会塌下来吗？这样的话，人们就认为有奇迹发生了吗？这样的话，就有人会被吓得屁滚尿流了吗？卷饼店的老板会一把抢过硬币，一溜烟儿地跑掉吗？

这些事情是绝对不可能发生的！如果你们认为在杂货市场这一带遇见不了能够创造奇迹的人，那么你们就太不了解自己的国家和人民了。他们遇到过……甚至可以说，他们和形形色色的创造奇迹的人打过交道！其实，我已经说得很清楚了……没有什么可以让我感到震撼，也没有什么能够征服我。你们那一套该死的强制性经济法规，永远都别想在杂货市场上起作用。你们的钱对于我们来说，永远都一文不值！……我们会走出属于自己的第三条路——农村之路。它辙深基阔，唯有拖拉机才能够在上面畅行无阻。

呸，去你的吧！

咱们长话短说！

卷饼店的老板摆出了一副镇定自若、不紧不慢的模样。他用鼓鼓的厚指甲把硬币从黏糊糊的柜台上抠了起来。为了看得更清楚，他把脸凑得离硬币很近。他的脸刚刚刮过，还泛着青色。卷饼店的老板把硬币拿起来看过之后才发现，自己的举动纯粹是画蛇添足。这只不过是 1961 年（苏联时期）发行的一枚五戈比的硬币，普通得不能再普通了。硬币脏了吧唧的，一看就没有什么收藏价值。硬币的一面通常被人们称为“篱笆”，尽管发行之初根本就没有篱笆的图案。国立铸币厂在铸造这枚硬币的时候，把数字“5”设计得很大，却把“戈比”设计得很小。硬币上有几根细细的树枝，纯粹是为了装饰。硬币的另一面印的是一个大国的圆形国徽，看着就让人感到自豪。这个大国是世界的堡垒，是社会主义的阵营。硬币上刻的地球略微向外鼓着，就像被蚊子叮了一口似的。硬币上的飘带盘旋而起，饱满的麦穗仿佛在沙沙作响。相互交错的镰刀和锤子，以及一颗象征着军人的五角星，能够对敌人起到震慑作用。照例，钱币的两侧刻着小齿轮状的雕花，尽管齿轮已经被磨得看不清楚了。简单地说，这就是一枚五戈比的硬币。

“按照汇率计算好了，我才收。”卷饼店的老板轻声说着，把硬币放到了柜台上的一块污渍的正中间。

“可是，没有汇率嘛！”买卷饼的顾客反驳道。这一次，他用修剪过的指甲把五戈比抠起来之后，拿到了面前。他的脸早就被美容师打理过了，干净得无可挑剔。硬币在他的手里呈现出了完全不一样的色彩：它泛着稀有金属本身的暗淡光泽，表面上附着一层五彩缤纷的油膜……数字“5”缓慢地弯曲成了弧形，最后变成了很有价值的符号“＄”。总之，五戈比确确实实成了一笔资金。

“即使没有汇率，也要计算出钱数，我才收。”卷饼店的老板很坚决地说。与所有童话故事的结局相仿，卷饼店的老板说这些话的时候，外形起了变化。就在他卖卷饼时穿的那件白衬衣的外面，突然套上了一身司法机关工作人员穿的蓝色制服。他那转眼间就蹭上了一大块油的肩膀上，这时却戴上了一副代表着将军头衔的肩章（可是肩章上暂时只有少校军衔的星花）。“所以，名不符实的彼得·巴甫洛维奇先生，您得把从人民身上压榨的民脂民膏还给人民！”

“还个屁！你这个贪污腐败分子！”不出所料，资本家也进入了童话世界，开始用粗野的俏皮话进行回击，“现在，咱们就站在纯法律的角度进行一对一的交锋！比试一下，看谁厉害！卑劣的官僚主义！趁你还活着，先把卷饼给我！我忍……忍到头，你就死定了……”

就这样，双方开战了。

一个做小本生意的，竟然不可思议地成了代表国家利益的公务员！那台制作卷饼的圆锥形烤肉机仿佛化作了一把汇聚着民族精神的利剑！卷饼店的老板抄起利剑，将它举过了寡头的头顶。

负责保卫寡头的保镖们立刻就开了火，想给对方致命的一击。不过，让所有人大跌眼镜的是，他们压根儿就不会瞄准。好在，只有一名路人受了轻伤。结果，这位路人被送到斯克利福索夫斯基医院之后，被治成了中度伤残。最后，他自己逃出了医院。

私人安保公司的保镖普罗福索夫抄起一件“兵器”（笔录里称之为“橡胶棍”），瞄准了离他最近的另一家安保公司的保镖的后脑勺，重重地打了下去。这根橡胶棍是普罗福索夫在交接班的时候擅自留下来的。这一棍打下去，那个保镖的隐形麦克风现了原形，飞出老远，就连螺旋状的电话线和耳塞都一起被打飞了。保镖本人向前扑了过去，摔了个“嘴啃泥”，就像抽油机①一样。他的鼻子一下子就磕到了卷饼摊的柜台上，摊位被彻底撞翻了，卷饼散落了一地。

这时，从警用吉普车上跳下来半个连的士兵。他们戴着面罩，身穿

① 一种开采石油的机器设备，俗称“磕头机”。

迷彩防弹衣。士兵们把现场包围了起来，然后开始向闹事的人群喷洒化学物质，好驱散他们，但却没有起到应有的作用。安娜·谢苗诺夫娜·巴尔孔斯卡娅突然痛哭流涕起来，看样子是回忆起了某件往事。这时，警察们坚持不住了，直打喷嚏，可能是对化学物质产生了反应。

在精神病院登记在册的公民卡佩茨·伊戈尔·阿列克谢耶维奇情不自禁地想到了那个战火纷飞的年代。就在特种部队的士兵们惊慌失措之际，他从被呛得直流眼泪的士兵身上抢过几颗手雷，挂在了自己身上。他嘴里唱着悲壮的苏联歌曲，向位于侧面的卷饼摊发起了进攻。

与此同时，曾经的卷饼店老板（现在的检察机关工作人员）全然忘记了伊利亚·库兹涅佐夫的以色列公民身份。他观察到了库兹涅佐夫那明显具有种族特征的相貌，以为又来了一个寡头，便想把手铐给库兹涅佐夫戴上。伊利亚·巴甫洛维奇·库兹涅佐夫连想都没想就迅速地拦下了一辆黑车。过了半个小时，库兹涅佐夫来到了谢列梅捷沃机场。他连去哪儿都没有问清楚，就搭上了最早的一趟航班。他希望自己归来的时候，能够坚定信念：无论发生了什么事，都不能抛弃自己的祖国——俄罗斯。好吧，先找个地方歇着吧！他们又开始大动干戈，然后才是太平盛世……

“卷饼少校”一下子就意识到了自己的失误——库兹涅佐夫和寡头的父称都是“巴甫洛维奇”，不搞混了才怪呢！想到这儿，“卷饼少校”又向彼得·巴甫洛维奇扑了过去。可是，彼得·巴甫洛维奇这位企业家本来就很壮实，又跟私人教练学过拳术……私人教练传授给富人的都是些不太常见的角斗术，只有专业人士才会对此有所了解。他们把这种角斗术叫作“工农斗”。彼得·巴甫洛维奇给扑上来的“卷饼少校”来了个“迎头痛击”，正中眉心。于是，“卷饼少校”这位和大资本家斗争的勇士被打得完全丧失了法治意识，并且被剥夺了执法权，成了孤家寡人。

彼得·巴甫洛维奇趁机扑向了那枚五戈比的硬币，想找回自己的财产。但是，鬼才知道那枚硬币滚落到哪里去了！

就在富翁趴在柏油路上寻找那枚硬币（无法兑换的私人资产）的时候，当地警察局的涅鲁施莫夫上校赶到了，吩咐手下的几个警察把彼得·巴甫洛维奇绑了起来。

在这个故事里，我们到现在为止也没有介绍过涅鲁施莫夫这个人物。不过，我们的读者大概是见过世面的，应该知道他是谁。涅鲁施莫夫上校娶了个漂亮的老婆，名叫“柳德米拉”。他在莫斯科近郊有一栋相当不错的住宅，并且在科捷尔尼克大街的极权大厦里有一套房子。无疑，涅鲁施莫夫应该受到爱戴。大家都觉得，国家公务员挣的工资极低，所以才会被逼无奈，向老实巴交的公民和犯罪团伙索取钱财。但是，涅鲁施莫夫上校完全推翻了此类流言蜚语。他不但住得不错，而且为人极其真诚。至少，在布留哈诺沃区的警察局里，从来没有人对他说三道四……最近一段时间，涅鲁施莫夫在打击私有化这个“洪水猛兽”时，站在了普通公民一边。他的态度是“不妥协，甚至用武力来解决”，这让他在社会上的威望与日俱增。

正是因为如此，涅鲁施莫夫手下的这帮弟兄才没有对彼得·巴甫洛维奇客气，立马给他戴上了一副手铐。

那么，塔吉克人呢？不用问，作鸟兽散了！

至于那些踩滑板的青年，已经跑得无影无踪了。远处传来了滑轮“逍遥自在”的轰隆声，还有那粗俗不堪的流行歌曲……

那一对儿“朋克男女”真是胆大包天，竟然在无政府主义者挂的标语下面厮打了起来。由于酒精的麻醉作用，两个人在不远处的一片被弄得乌烟瘴气的灌木丛里醉倒了，相拥着睡着了。

居无定所的美国黑人冷笑着把一本美国公民的护照递给了警察。他以事不关己的态度，十分公正地分析了在场的每一个人的言谈举止。接着，他继续缠着旁边的摊主要这要那。

至于安娜·谢苗诺夫娜，她每天傍晚都要离开，去另外一个世界。

因为普罗福索夫是自己人，所以警察把他给放了。不过，警察还是教训了他一下，照着他的腰踢了两脚，以此来提醒他，别站错了队。

卡佩茨继续沿着道路向西北方向前进。没有人去打搅他——一个病人，能指望从他身上得到什么呢？据说，涅鲁施莫夫同志把卡佩茨奉若“老兵”，对他照顾有加。

后来，那些乘公共汽车来这里买东西的人也全都散了。

至于彼得·巴甫洛维奇，不知道他在牢里蹲了几个月。警方对这个案件也是语焉不详，所以彼得·巴甫洛维奇的前景还不是很明朗。关押期间，警方在彼得·巴甫洛维奇身上搜到了一个袋子，外面裹着报纸。专家们正在鉴定里面装的东西。有些专家认为，纸包里装的只不过是苏联时期发行的硬币，早就已经不流通了。另外一些专家认为，既然这些硬币是无法兑换的五戈比硬币，那么硬币的持有者彼得·巴甫洛维奇就涉嫌妖言惑众，故意用一只毒眼去害人。彼得·巴甫洛维奇没有给这些五戈比的硬币纳税，还企图把它们放到别人弄洒的啤酒里，从而进行洗钱活动，目的是继续购买“超级烤肉卷饼”。因此，卷饼店的老板接到密令，被提了一级军衔，一跃成了“卷饼元帅”。庭审一拖再拖，而彼得·巴甫洛维奇则一卷接一卷地读着自己所犯刑事案件的卷宗。这些案宗全都是科学院印制和发行的。

接下来，事情会怎样发展呢？谁都不知道！

唉，钱啊，真是可恶至极！

钱啊！钱啊！钱啊！

难道我们永远都无法变成有钱人吗？太让人感到气愤了！天啊，周围全都是有钱人！我们怎么办？……

钱啊！唉！

怎样才能脱离钱的束缚呢？有人说，幸福不在于钱多钱少，而健康则是用钱买不来的，等等。纯属胡说八道！我们可以采用科学的方法，反过来做个假设。假如我们身无分文，那么生活会怎么样呢？没有钱，连电费都付不起，哪有幸福可言呢？假如你生病了……当然，愿老天保佑所有人都健健康康！没有钱的话，生病是福还是祸呢？护士给你打针，总得花钱吧！开了一大堆药，总得花钱吧！单位的同事们再也不打电话和你联系了——虽然大家对病人怀有怜悯之心，但是没有人愿意和病人待在一起……

钱啊！钱啊！钱啊！

两米乘三米见方

当夜幕再一次降临的时候，大家又开始排队报到了。

一轮明月悬挂在城市的上空。在梦里，充斥着正义和罪孽，徘徊着男人和女人，经历着暮年和少年。在这个上帝赐予的夜晚，在皎洁的月光下，一切都是那么静谧，连狗叫声都听不到。

此时，在位于下布留哈诺沃商业区的出售毛毯和毛毯制品的九号商店门口，站着一群不幸的人。他们明知道物资紧缺，还来这里排队碰运气。古代的时候，在莫斯科这座奇怪的城市里就已然出现了这种可怜的人。不过，这座城市的安宁生活还会继续，会永远继续下去。

很久以前，上帝和圣贤恐怕连想都没有想过，市场经济会像生机勃勃的雨露，滋润我们这块神圣的土地。计划经济固然伟大、神秘，但却害得和平世界里的人们没有袜子穿，没有剃须刀片用。床单、文胸、大型期刊、罗马尼亚的组合家具、“春天”牌盒式录音机等普通的生活用品，要啥没啥。在这些奇缺的商品中，还包括毛毯和毛毯制品。

所以，即使在夜晚，人们也会到九号商店门口来排队。这样一来，早晨的时候，这家神奇的商店一开门，人们就可以像英雄一样，抢先买到毛毯和毛毯制品了。万能的主啊，给多少就买多少！希望主能发一发善心，把毯子卖给这些人！可是，过了一夜又一夜，逝去了整整一千零一夜，毛毯依旧缺货。于是，人们开始抱怨中央，埋怨列宁……

如果像桑鲁卓①那样闲扯起来，那可就没完没了了。我们还是长话短说，直奔主题吧！事情其实很简单！1975 年，人们根本就买不到毯子。无论是功勋毛毯厂生产的毛料毯子，还是东德进口的涤纶毯子，一律没货。可是，人们还是大半夜地来到商店门口，排队签到——万一能买到呢！到了早上，这家门脸儿小、要啥没啥的商店那肮脏不堪的店门上便会挂出“今日廉价毯子缺货”的牌子——永远都是这块牌子！于是，人们便默不作声地各自回家了。早上，他们还要先赶快吃点儿玻璃纸包装的小灌肠，再去上班。商店里出售的毯子都是些价格昂贵的进口货，纯手工制作，样式很老，有中国生产的蓝色毯子，也有伊朗生产的五颜六色的小毯子。从伊朗进口的毯子贵得几乎和一辆“日古丽”牌汽车价钱一样了，真是让人抓狂啊！

如今，随便什么东西，即使没有任何用处，也能买到，而且要多少就有多少。不仅一般的毯子随处可见，就连毡毯，抑或是各式各样的“波拉塞”地毯，在建材市场上都随处可见。现在的人根本就无法理解，过去的人买东西时为什么总是充满了激情。人的生命只有一次，并且十分短暂，为什么要站在夜晚漆黑的街道上，被飕飕的冷风吹着，把生命浪费在排队买东西上呢？况且，这种商店极其令人厌恶，装有防护栏的窗子上沾满了灰尘。人们真的如此需要这些用机器生产出来的厚厚的烂布吗？这些烂布容易落灰不说，还要三百卢布一块。更有甚者，有一种带有黄黑色花边的红色地毯，一延米要八十卢布。这种地毯一般会铺在办公楼的走廊里，上面还要盖上一层脏兮兮的白色粗布——怎么看都是普通家庭的风格！说句不好听的，不知为什么，这种红地毯会让人联想到死亡和葬礼……

如此说来，人们还是有这方面的需求。鬼才搞得懂人类！他们的需

① 阿拉伯民间故事集《一千零一夜》的女主人公。

求漫无边际，而且千奇百怪……苏维埃政府的供给问题一直都是大家热议的话题。这是事实啊，同志们！这就是事实！

深夜是黑暗的。黑夜里，刮来阵阵轻风。我们所有的人都像这徐徐的风，转瞬即逝。人要不要去抱怨自己的宿命呢？命运是变幻莫测的，昙花一现之后便荡然无存了。不过，正因为如此，生命才显得十分珍贵。生命转瞬即逝，最后就烟消云散了。这一夜将在熹微的拂晓中逝去，轻风也将逝去，只有灵魂会铭记这夜晚和风儿。凡是疾驰而过的，都会匆匆而亡……

好吧，就说到这儿吧！

再补充一句：那天，在排队的人里，有许多我的“老相识”。

说一说伊万诺夫吧！在莫斯科，曾经居住过这样一个年轻人：他多愁善感，并且非常善于玩弄感情。说白了，在莫斯科以及周边地区，有许多女性与他有染。伊万诺夫的工作很轻松，主要是跟着一群道貌岸然的政客出入大大小小的餐厅。他貌似对文化无比憧憬，内心却掩藏着无休无止的性欲。总之，伊万诺夫离那条足以致命的界线越来越近了。最后，他还是跨越了这条界线，公然走上了反社会的道路，结果被判处三年徒刑。不过，他象征性地蹲了一年半监狱，就被放出来了。没过多久，他就不明不白地死在了自己的最后一个情人家里。据说，他的这个情妇是一个大人物的夫人。有人说，伊万诺夫是被电死的——活该！一般来说，国家安全委员会的人工作起来可是孜孜不倦，一定会去制裁那些应当受到惩罚的人。即使某位仁兄被电击得火光四射，身上还散发着新鲜的电流味儿，他们也不会放过他。这一点，大家都清楚得很。国家安全委员会的人还可以用卡车制造一场意外的车祸，或者用一块从天而降的砖头把他给除掉。还是民间的说法能够一语中的：国家安全委员会的铁拳可不是好惹的！不过，所有这一切都已经成了往事。现在，伊万诺夫已经成了死人或者鬼魂——凡是罪孽深重、不得好死的人都会变成孤魂野鬼。当时，伊万诺夫为了买一条毯子动起了脑筋。因为毯子是奇缺物品，所以他就不分青红皂白地公开批判起了现行的国家体制。他明明知道那些道听途说来的东西完全不可信，但却仍然大肆宣扬。也就是说，伊万诺夫一脚踏入了反对国家的深渊。不过，他有什么可怕的呢？一个死人罢了！伊万诺夫活着的时候，在巴布什金诺租了一套一居室的房子。他死了以后，灵魂每天晚上都会在房间里游荡。他想要一条毯子，无非是想把它挂在墙上。这样一来，他在收听“伦敦看世界”节目时，隔壁的工人就听不到了。同志们，这个节目可是伊万诺夫用“斯皮多拉”牌收音机播放的呀！这个收音机是他在另外一个地方排队买到的，还是苏联制造的呢！

在队伍里，我们还看到了伊利亚·巴甫洛维奇·库兹涅佐夫。从民族归属的角度上看，此人是个犹太人。我们不禁要问，他就不能老老实实地待在社会主义祖国吗？非得去投奔什么“历史意义上的祖国”吗？嗯，他的出国申请好像已经第二次被拒绝了！于是，他再也坐不住了。几个有名的西方“慈善机构”散布谣言，说在苏联存在反犹太言行。库兹涅佐夫听信了这些谣言，坚决支持人身自由，坚决拥护那些饱受诟病的所谓“人权”。可是，一个真正的爱国人士，恐怕一生都不会和人权有丝毫的瓜葛。库兹涅佐夫也要排队买一条毯子——他要毯子干吗呢？他肯定是想把低价买来的毯子带到那个充满了自私和个人主义的世界，再迅速出手，换成当地的硬通货。库兹涅佐夫之所以这么做，是因为卢布是禁止携带出境的。临出发之前，倒是可以换一些美元，不过数额会受到严格的管控。听说有些人在出国申请获批之后，换取了美元。紧接着，他们就在“小白桦商店”把这些钱一股脑儿地花了个精光——谁让他们以前消费不起呢！他们实在等不及了……不过，伊利亚·库兹涅佐夫不在这些人之列，因为他完全被禁止出境了。至于能否获得自由，他打算顺其自然。库兹涅佐夫半夜三更去排队，就为了能买到苏联制造的廉价毯子。可以说，只要库兹涅佐夫放眼未来，就能够到达彼岸的梦想国度。是的，即使没有毯子，他也一定能够到达。确实，库兹涅佐夫挺能折腾。他的腿本来就静脉曲张，但他却走遍了全世界，现在又要往回走……不过，此刻还不是说这些的时候。深夜，寒意阵阵袭来，排队的人们有些躁动。大家睡眼蒙眬，仿佛置身于童话世界，毯子在眼前时隐时现。此时，库兹涅佐夫也期盼着能买到一条毯子。

在排队的人群中，还出现了谁呢？那么，就让我们来说一说捷列彼尔科·塔季扬娜女士吧！她孤身一人从费奥多西亚来到莫斯科，就是因为老家要啥没啥。她心想，大清早赶到这里来，也许能买条毯子或者其他什么东西……塔季扬娜是个很普通的女人，已经当上妈妈了。她有一个女儿叫奥莉娅，另一个女儿叫奥列霞。后来，奥列霞成了名媛。奥列霞这个女孩儿，早就为自己找准了新的社会定位，没过多久就凭借着美貌和才智征服了整个莫斯科。所以，大家一定不会对她感到陌生吧！就连介绍电视节目的杂志上都经常刊登关于她的新闻，谁还能不知道她呢？她可是上流社会的名媛呀！不过，这一切要很久以后才会发生。此时的奥列霞还保留着前夫的姓氏——格龙特。在我的故事里，时间相互交错，大家可能把动词的各种时态都搞混了吧！此时，未来名媛的母亲塔季扬娜·捷列彼尔科女士正在夜间受着排队之苦。

排队的还有谁呢？好吧，让我们来说说这位早已尽人皆知的公民吧！在此之前，我没有向大家介绍过他。此人名叫“赫沃希·列奥纳尔德·苏里亚诺维奇”，是一个很有思想的人。大家都听懂了吗？应该没有问题！请大家假装左顾右盼，因为如此熟悉的面孔对于你们来说毫无用处。你们必须想办法等到苏联改革，等到第一届人民代表大会的召开，因为到了那个时候，你们才会为他鼓掌、喝彩。什么？你们在问什么？这么一个实在的人，为什么不去完成崇高的使命，而要大半夜地排队买毯子呢？好吧，让我来说说事情的原委吧！赫沃希确实需要买一条毯子，因为他的腿总是冰凉冰凉的——这是他在波奇玛村工作的时候落下的毛病。现在，赫沃希和一些画家朋友住在一间地下室里。地下室很潮，如果没有毯子，非冻坏了腿不可。赫沃希刚从搞破坏活动的出版商和悲天悯人的国际组织那里弄了点儿钱，就到这里来买舒适的毯子了。他毕竟是要生活的嘛！

除了我们提到的这些人，还有多少形形色色的人啊！不过，我们没有办法逐一介绍他们了。更何况，天就要亮了，我们提到过的那块牌子就要被他们挂到门上了。所以，该散就散了吧！

就在这时，我们的故事正式开始了。为此，我们要写整整一部小说呢！

"咱们都快排一辈子队了！"死人伊万诺夫仿佛在自言自语——他本打算排完队去地铁站，"所有的毯子，只有配额商店才有……都是些什么货色啊！"

一个死人说出的这番充满了挑衅的话语引起了各种反响。

公民赫沃希遵循的是寄生虫般的生活方式。他不想犯错误，所以总是躲得远远的。凭借以往的经验，他很清楚地知道和陌生人搭话会产生什么样的后果。

可是，来首都作客的塔季扬娜·捷列彼尔科女士却恰恰相反。她凑到伊万诺夫跟前，慢吞吞地问了一连串很实际的问题：那些配额商店都在哪儿？在那儿排不排队？排队需不需要签到？

伊利亚·巴甫洛维奇·库兹涅佐夫这个抵制第五行①的人，只是笑

---

① 苏联时期，政府颁发的护照（相当于中国的身份证）上，会在信息页的第五行写明公民的民族。当时，社会上对某些少数民族存在歧视现象，在护照上注明民族、出身可能会影响到升学、就业、出国。库兹涅佐夫是犹太人，对此极其反感。

了笑，带着他那特有的幽默感。对他来说，买卖是自由的，毯子缺货算不上特别严重的问题。反正他的出国申请也迟迟批不下来，他完全可以永远在这儿耗下去，直到买着毯子为止。那么，我们不禁要问，他买毯子做什么呢？

突然，一个来自中亚的陌生女人和其他人聊了起来。她从未参与过任何事件，所以我们没有介绍过她。

这个女人的穿着打扮与从中亚地区来莫斯科买东西或者欣赏奇观的其他妇女没有什么区别。她趿拉着一双家用拖鞋，没穿袜子，露出了深色的皮肤。她在灯笼裤外面套了一条闪闪发光的缎子做的裙子。这条裙子有个专门的名称，可惜我不记得了——爱叫什么就叫什么吧！这个女人穿着一件破旧的波士顿呢做的男士夹克，纽扣都掉光了。要是在乌兹别克斯坦或者塔吉克斯坦，在女性服饰中，这种夹克的地位可就不一般了。在莫斯科或者其他道德沦丧的地方，穿这种夹克只是为了保暖，为了能够别上“英雄母亲”纪念章。可是，在中亚地区，夹克能当带面纱的长袍用——把夹克往头上一罩，耷拉下来的袖子就把脸给遮住了。这样一来，在家里，她们的丈夫无论怎么发表反动言论，都不会受到党内警告。① 唉，不就是件夹克嘛！什么东西都能让女人盖在头上！关于这些女人的装束，还有一个隐蔽的细节，我觉得应该讲给大家听。透过裙子可以看到灯笼裤的下半部分，只有这部分是用缎子（这种缎子的名称嘛，我确实不记得了）做的，花哨得很。但是，裤子的上半部分用的好像是粗布或者麻袋布之类的料子。这种料子倒是很卫生，穿起来很方

---

① 在中亚地区，有很多人信奉伊斯兰教，所以对于女性来说，穿长袍、戴面纱就成了传统。在苏联，长袍和面纱被视为“反动的宗教遗物”。因此，苏联的女性常常把夹克当成长袍穿。这样一来，既能保全宗教传统，又可以让在机关工作的丈夫免受党内处分。

便，但实在是太硬了，会感觉最敏感的部位特别不舒服。总而言之，这是一种东方民族的穿着打扮。

一般来说，我们总是绘声绘色地讲一些无关紧要的细节。不过，故事的情节还是要发展下去。

有可能，这个女人名叫“祖赫拉”。

当然，也有可能叫“祖里菲娅”。

“这样吧……”“祖赫拉”说道，“我们把钱凑在一起，就够了。钱够了，就可以买一条波斯毯子了。买了波斯毯子，我们就可以离开这里了。可以坐‘图 114’离开这里……我得快点儿回家！家里还有丈夫和孩子，我还得给他们做饭呢！我们把钱凑在一起就够了！钱够了，就可以买一条波斯毯子了。买了波斯毯子，我们就可以离开这里了。大家该去哪儿，就去哪儿！”

不对，她还是应该叫“祖里菲娅”。

不错，她到底叫什么并不重要。最重要的是，这些人总的来说还算理智，听这个东方女人念叨了足有五分钟——也有可能不到五分钟。不知道为什么，他们觉得她的话很有道理，竟然按照她的建议开始行动了。

他们的做法又一次验证了民间那句话：每个人都打起了自己的小算盘。

那么，为什么人类会相信童话故事呢？谁知道呢……莫非造物主就是这样造就人类的？难道是人类本身由于孤独和恐惧才有了这种特质？啊，我的读者，愿上天保佑你们长命百岁！你们不相信在童话故事里会出现奇迹吗？你们不相信有一天生活中会出现童话世界吗？珍宝、妖魔、金鱼……或者动用一小笔钱就能成功投资前景大好的房地产，抑或从加拿大的一个八竿子打不着的亲戚那里继承一笔遗产……难道这些一点儿都不能让你动心吗？一些在憧憬与希望中挣扎的人，竟然会相信一个讲故事的东方女人，这不会让人感到诧异吗？但是，就连苏丹王也相信过摇唇鼓舌的东方女人。不过，苏丹王不是在那方面有点儿缺陷嘛……

让我们呼唤仁慈的上苍吧！

简单点儿说，这些人把钱凑在一起，买了一条极其昂贵的伊朗毯子，有两米乘三米那么大。

售货员虽然表情很冷漠，但却很麻利地把毯子卷到了相当沉重的油毡里。接着，几个男人把用油毡裹着的毯子抬到了旁边的院子里。人们一大早就簇拥着上班去了，院子里空荡荡的。男人们抬着毯子，很像大毛毛虫。他们以比毛毛虫快得多的速度蠕动着，害得两个女人几乎小跑着跟在后面。

院子里有一间没有窗户的灰色砖房。在这样的房子里，通常会存放一些变压器。几个人走到砖房后面，把毯子铺在了潮湿的、有裂缝的柏油路上。接着，所有人都走上了这条五颜六色的毛茸茸的毯子。

突然，响起了一阵低沉的声音。接着，低沉的声音变成了轰鸣。然后，毯子开始滑行、起飞。紧接着，轰鸣声变成了刺耳的呼啸声，毯子的前端向上翘了起来，院子周围的那些落满灰尘的灌木丛时隐时现。在不知不觉中，那急速缩小的沙坑、可恶的商店屋顶、盒子般大小的五层楼房，已经在毯子下边了。

“我们的毯子正在沿着莫斯科—塔什干这条航线飞行。”祖里菲娅（或者叫“祖赫拉”）开始发布信息了，“高度是九千米，飞行时间为……”

但是，她只把这句话说出来一半。童话毕竟是童话嘛！我们每个人都想赋予童话一个美满的结局！

“注意，所有人都待在原地别动！”伊利亚·巴甫洛维奇·库兹涅佐夫突然大喊了一声，连他自己都感到十分意外。他那具有穿透力的嗓音盖过了风的呼啸声，压过了毯子里涡轮机发出的轰鸣声。他的声音响彻天际，害得地面上的好多人都觉得，一场大雨即将来临。可是，在这个季节，不可能有雷阵雨啊！“大家都站着别动！我命令……立刻改变航线，飞往本·古里安机场①！如果不执行命令，我就……”

库兹涅佐夫没有继续说下去，因为他还没有完全想好要说什么。于是，他便试图用容易理解的肢体语言来表达自己的想法。他从兜里掏出一把大号剪刀（这是他在班上用晾床单的绳子捆好一堆行李之后，放在兜里的），弯下腰，对着毯子比画着。剪刀咔嚓作响……

所有人都惊呆了！他们既像不朽之作《钦差大臣》中的“哑剧演员”，又像《星火》杂志上刊登的那幅油画中的人物。由于不断翻印，那幅油画妇孺皆知。油画中的人物英勇无畏，临刑前相互搀扶着。而这些空中漂泊者，面对的只有夹杂着刺耳声音的空气。有时，他们的脸会被迎面飘来的云朵罩住。絮状的云彩残缺不全，湿漉漉的，让人喘不过气来……这时，毯子摆动起来，“侧翼”啪啪作响。很明显，毯子正在改变“航线”——从东南方向转向了正南方向。

列奥纳尔德·苏里亚诺维奇·赫沃希第一个反应过来，抑制住了惊恐的情绪——他还是见过一些世面的。

“请您保持冷静……嗯……”他立刻就蒙了，因为他也不知道该怎样去称呼一个偷东西的人。“同志”这个字眼儿带有意识形态的色彩，他很不喜欢。可是，如果把一个总是被禁止出境的人称为“阁下”，甚至“先生”，他觉得在修辞上很别扭。“请您冷静，我的朋友！没有人能妨碍您，您有选择永久居住地的权利。但是，我有一个与众不同的建议——咱们为什么不去赫尔辛基呢？赫尔辛基是一个文明国度的首都，是世界人权运动的中心。在那里，可以毫无阻碍地……”

---

① 以色列的国际机场。

然而，在天空中，持有不同政见的赫沃希并没有言论自由——伊万诺夫打断了他的话。与此同时，毯子剧烈地抖动起来，并且开始向西北方向偏转。大家都意识到毯子在向一侧倾斜，于是紧紧地抱在了一起。女人们蹲下来，轻声地呻吟着。

“芬兰人会出卖我们的！”饱尝疾苦的伊万诺夫嚷嚷起来。他尽量让自己的声音压过飞行时产生的噪音，好让大家听清楚他说的话。“他们会出卖我们的！这群贱货！他们惧怕我们！应该去斯德哥尔摩，或者直接去英国——这些国家不能把我们怎么样！瑞典向来都是自由的……”

毯子一抖，伸开“双翼”，一边降低高度，一边朝西边飞了过去。

“在瑞典，人家也会用雨伞当武器抓住你的。”① 列奥纳尔德·苏里亚诺维奇不同意这种说法，疲惫地摆了摆手，“一根毒针下去，你就死定了……还是要去赫尔辛基，先生们！说白了，那里有国外的特工组织，可以为我们提供援助。况且，我们去瑞典的话，燃料也不够啊……”

就像是要证明这位经验老到的人说的话是正确的，毯子立刻抖动起来，然后打了个“喷嚏”，坠入了空气的旋涡，好不容易才爬回了原来的高度。乘客们一言不发，惊恐万分地任由毯子摆布，只有祈祷的份儿了。

“那么，日用工业品呢？”寂静中，大家都听到了捷列彼尔科女士镇定的声音，“是那个叫‘赫尔辛基’的地方好一些，还是瑞典好一些呢？比如说，在哪儿能买到防水布做的大衣呢？再比如说，这位男士，在您说的那个地方，质量好的女款皮靴多少钱一双？我看着您很面熟——您是不是在费奥多西亚度过假？”

---

① 此处的“雨伞”以及后面的“毒针”，均出自于1980年的一部名为《伞中情》的法国电影。电影的故事情节是围绕着一把内藏毒针的普通雨伞展开的，暗指任何一件普通的东西都有可能成为特工的武器。

捷列彼尔科像白痴一样提了一堆问题，但是大家根本就没有时间搭理她。就在这个女人喋喋不休地唠叨商品如何紧缺的时候，毯子的左侧出现了一个火球。火球越来越大，在漆黑的夜空中炸裂开来。在不知不觉中，一天过去了。

事已至此，就让我们的几位主人公休息一下吧！让我们来看看地面上究竟发生了什么吧！

世界上不乏勇士，但是比别奇科·伊万·乌斯金诺维奇元帅还勇敢的人，过去没有，现在也未必有。他获得过两枚“英雄勋章”！

别奇科叱咤风云、功勋卓著，两次荣获“英雄勋章”。无论是作战还是劳动，他都戴着光环，金灿灿的肩章和勋章熠熠闪光。衣服上的镶边是鲜红色的，就连脖颈都泛着红色。他头上的那顶大檐帽泛着永不磨灭的绿色，象征着边防军人的荣誉。他身穿雪白的阅兵服，并且在总参谋部的理发馆里把由于操劳而变得花白的头发染成了深海的颜色。月光下，除了至高无上的神和最高统帅，论职位和称号，无人能胜过别奇科。总而言之，英雄的荣耀是永世不灭的。当然，时间缓缓而逝，留下的是永恒的回忆。

这时，有几个副官跑进了地下掩体，急匆匆地报告说：“元帅同志，有人企图使用飞行器穿越国境线。看样子，他们使用的飞行器是一条伊朗造的毯子。现在，这些人正朝着我国东南边界线或西北边界线方向飞行。毯子上有五条……不对，是五根……不是，是五枚……反正是五个人。元帅同志，专家认为，‘毯式轰炸机’已经被研制出来了。元帅同志，上面的乘客，也就是乘务组人员的身份问题，我们掌握的数据是不一致的。元帅同志，不排除有人恶意篡改身份。元帅同志，上面有一小撮道德败坏的‘犹太复国主义者’，还有一个见东西就买的女性小市民——捷列彼尔科。上面还有一个从乌兹别克斯坦撒马尔罕城来的不明身份的女子——祖里菲娅……伊万·乌斯金诺维奇元帅！”

就这样，几个副官通报完了，说得很概括。

生活中充满了痛苦与不幸，人们随时都要面临考验与诱惑。唯有正人君子才能克服重重困难，收获幸福。智者的生命之路就是完成造物主的遗训，而勇者则注定要矢志不渝地开创事业。其他所有人都会死去，黑暗君主会嘲笑那些异教徒的宿命。

至于别奇科·伊万·乌斯金诺维奇，他向来都行事果断。

这位两次荣获“英雄勋章”的元帅，生于下布留哈诺沃的一个小村子里的“集体农庄之家”，十分贫困。那个时候，这个小村子属于莫斯科郊区。后来，因为修建了高档住宅，它才升了级，由市区直接管辖。对此，我们大家都十分清楚。十六岁的时候，伊万就准备上前线了。可是，就在出发的前一天，伊万的扁平足症状加剧了。考虑到他的安全，指挥部没有把他派往作战部队，而是让他去了马车部队下属的战利品收缴小分队，当了一名“大头兵”。于是，伊万跟着这支小分队到了柏林，表现得很机灵。

事情发生在法西斯德国首都的郊区。当时，别奇科在战利品收缴小分队负责拉车。小分队的队员们紧跟着乌克兰第一方面军（有另外一种说法，是“白俄罗斯第二方面军”）的作战部队，闯入了希特勒专门委托施密特父子收藏珍宝的屋子。小分队的队员们没有在收藏室里遇到顽强的抵抗，因为施密特躺在门槛上，额头被子弹射穿了。就在这个时候，他的两个儿子亨利和瓦尔特在另外一个地方向美国步兵下士塞缪埃尔·乔·祖里茨伯格缴械投降了。此时，塞缪埃尔下士正坐在一辆“道奇”皮卡车的发动机盖上，旁边还架着一挺机枪。他一边晃悠着两条腿，一边用罐头盒喝着番茄汁，巧克力色的圆脸蛋儿发着光。前不久，他刚去团部看过牙医，一开怀大笑就会露出亮晶晶的牙齿。塞缪埃尔看着那些战战兢兢的纳粹分子，让他们把手里的机枪整整齐齐地摆放成了锥形。他打算等到这个必要的程序进行完之后，以战俘和收缴上来的武器为背景照张相片，然后用结实的皮鞋往这帮吓得尿了裤子的家伙的屁股上踢几脚，再让他们滚蛋。塞缪埃尔没有接到任何命令，不知道该怎样处置这些投降的德国人，并且不打算为了自己开心而戏弄这些德国人。在占领区，能够让他感兴趣的不是男人，而是女人。这就是关于祖里茨伯格下士的全部故事了，我们以后永远都不会再提起这个人了。

后来，未来的元帅别奇科服役的那个小分队也执行起了作战任务。士兵们搜查了房间，看能不能找到战利品。唉，白费力气——什么东西都没剩下！什么金表啊，金戒指啊，挂着心形饰物（可以把尺寸小一点儿的照片和自己心爱的头发放在里边）的细金链啊，早已被势如破竹的白俄罗斯第二方面军（或者乌克兰第一方面军）的士兵们装进了背包和马裤的口袋。别奇科的战友们本打算从战略的角度考虑放弃那些无关紧要的东西，但是伊万却在最后一刻停了下来。他发现战友们穿着靴子走在地上直打滑，便注意到了散落一地的碎玻璃片。伊万俯下身去，想看个究竟。那一刻，属于伊万的“士兵幸运星”降临了。这颗幸运星闪耀着火焰般的蓝色光芒，直夺他的双目。有很多军人，总是任劳任怨，但绝对不会认为法西斯分子留下的碎玻璃片有价值。他们朝碎玻璃片吐了几口唾沫，便继续奔向胜利了。然而，伊万却没有这么做。他一看到闪着蓝光的碎片，就把它们搜集起来，揣进了空的烟荷包。烟荷包是后方的一个未曾谋面的勤快女孩儿送给他的，这个女孩儿一直和他有书信往来。但是，别奇科从没碰过烟，以后也不会去碰。

总而言之，大头兵伊万·别奇科的机智、灵活得到了回报，很快就被授予了“攻克柏林”奖章。不用细说，他恰恰是在柏林受到了这次嘉奖。战争结束的时候，别奇科已经是指挥员了，并且晋升为了准尉。在后来的日子里，他把另外十个玻璃碎片完全忘掉了。他没敢把这十个玻璃碎片放到荷包里，而是把它们放进了胸前被汗水浸得褪了色的军服口袋。

后来，在功勋战士别奇科的生活中，又发生了许多事情：进中学读书、晋升为连长、进军校学习、晋升为团长，然后进了另外一所军校，荣升为师长。接着，他到了军区，后来又换了一个军区……无论在哪儿，别奇科都会在思想上矢志不渝，在政治上深沉老练，在品格上坚强不屈。他坚持不懈地学习知识，不断地提高文化素养，积极主动、任劳任怨、不骄不躁、坚忍不拔、热情助人……关于别奇科的生活，我们是无论如何都讲不完的。我们仅在众多的事迹中挑选出两个，这两个事迹让他荣获了两枚“英雄勋章”。

伊万获得第一枚“英雄勋章”，要追溯到美帝国主义对朝鲜进行侵略的时候。有一天，别奇科少校和一个大尉在指挥部值夜班。当时，他们都在远东军区服役。两个人喝着从飞行员那儿弄来的白酒，吃着当地人送来的上好的鸡肉，聊了起来。两杯酒下肚，那个大尉唠叨起自己的伤病来：“我跟你说，伊万……你看看，我的脖子是不是向左歪？连头都直不起来啦，就像小孩子得了歪脖子病。”别奇科看了看，心想：“可不是嘛！朝鲜的同志真是不幸！”那个大尉继续说道：“这儿有一个村子，里面住着一个年迈的朝鲜巫师。当然，等我们把社会主义建设好了，就把他押回朝鲜枪毙。不过，他能治好我的歪脖子病。但是，他说要想治好我的病，需要一种十分昂贵的石头。这种石头看起来像蓝色的玻璃，被称为‘钻石’。到哪儿去找这样的石头呢？……”总之，别奇科少校决定帮助朝鲜来的同志……要么是要维护无产阶级大团结，要么是出于纯粹的个人情谊。还有一种可能性，就是别奇科凭借自己的洞察力，预测到了这个普通人的命运走向。谁知道是什么原因！就这样，别奇科把钻石给了朝鲜来的同志。老巫师用钻石尖锐的棱角划了一下那个大尉的脖子，挤出了毒素。然后，他的脖子就变直了……

至于第二个英雄事迹，就简单多了。那时候，别奇科已经是少将了，在大名鼎鼎的苏联驻德国集团军工作，部队位于文斯托夫市。别奇科的所有工作都在按部就班地进行着，比如乘车到各个部队、各个分队进行督导。因为工作时免不了吃吃喝喝，所以他每天早晨都烧心烧得厉害。有时，别奇科会到军需品商店去买一盒廉价的瓷器。而且，他一直在等着早晚都会来的去外贝加尔的调令。不过，到了外贝加尔之后，他肯定会升职。别奇科还是知荣明耻的——总得给那些该来的人腾地方吧！简而言之，别奇科活得就像部队首长、英雄和胜利者。如果真是这样，也就没事了。可是，他却从一个督导别人的首长变成了一个被督导者。有一天，苏军总参谋部派来了工作性质与别奇科相同的一位同志，目的是检查工作。按照部队里的说法，这位同志来自“果戈理花园”①。他长得很敦实，留着板寸头，头发花白。他的鼻头圆圆的，俗称“蒜头鼻”。在任何一个区的剧院，他们在排演果戈理的《钦差大臣》时，都会毫不犹豫地把市长斯科沃兹尼克－德姆汉诺夫斯基这个角色分配给这位同志。不过，这位同志在等待从首都归来的负责督导工作的同志时，并没有吓得坐立不安——他自己不是也负责督导嘛！他那身双排扣将军服的金质肩章上，缝了整整三颗大五角星——只有上将才能佩戴三颗星啊！这足以证明他的身份了！与他身份相符的，还有他来到文斯托夫市之后受到的待遇，比如没完没了地参加晚宴、聚餐，倾听中校及以上级别的地方官员对他的爱戴之辞，甚至还要接受他人真心诚意的馈赠，等等。现实世界与艺术构思之间的区别在于，在现实世界中，根本就不存在“本末倒置”——谁是钦差大臣，谁就会得到应有的礼遇。于是，别奇科少将便少不了要出席一系列活动。有一次，活动被特意安排在了军官食堂。别奇科直接与来客坐在一起，喝着进口的“陈白”（全称为“陈年佳酿白兰地”），吃着当地的特产——看上去像是用最嫩的猪肉熬

① 苏联时期，武装力量总参谋部位于科勒马日街，紧邻果戈理花园。此处用“来自果戈理花园”来暗指部队高层的重要人物。

制的。觥筹交错之间，军官们谈起了当下的国际军政态势。此刻，伊万·乌斯金诺维奇淋漓尽致地展现出了自己在思想政治上的成熟与老道。来这里检查工作的上将听完了别奇科少将阐述的观点，乜斜着眼睛，情不自禁地用军装袖口上有金线刺绣的地方揩了一下自己的蒜头鼻子，然后哼了一声。虽然揩鼻子这个动作起不到什么作用，但是部队里的军人都有这个习惯。

“你是说，修一道墙？”上将重新问了一遍，接着又哼了一声。

“是的，上将同志！”伊万·乌斯金诺维奇很坚定地答道，“就是要修一道墙！这样才能掐断关系，形成对峙局面，正所谓‘一劳永逸’。”

“花费不少啊！得用多少块砖啊！”上将同志陷入了沉思，仿佛在自言自语。

“是的，上将同志！”别奇科坚决地反驳道，“不过，一块砖都不用——用德国人自己生产的钢筋混凝土就行。在恢复城市建设方面，他们的经验极其丰富，使得‘重生的柏林城’变得更加美丽了。”

“你是说，用混凝土？”对方又问了一遍，然后哼了一声——这已经是第三次了。

“是的，上将同志！”我们的主人公第三次进行了回答，“至于资金嘛……有个战士在法西斯留下的废墟中发现了这个，准备把它交上去，以维护世界和平……”

别奇科边说边把手伸进了裤兜，开口处正好在两条彩色镶边之间。他从里面掏出了一个很普通的火柴盒。从总参谋部来的同志先把火柴盒掀开一道缝，然后又拽开了一点儿，一束蓝色火焰瞬间从盒子里迸射出来。他往里面瞄了一眼，就把火柴盒重新合上了。其他军官正在喝酒，谁都没有注意到他们俩。

讲到这儿，故事就结束了。不知道是有人通过打报告提出了建议，还是大家都想到了这个问题，反正他们把墙给修建起来了。没过多久，别奇科将军（顺便补充一句，他已经拥有中将军衔了）就因为执行“指挥部的特殊任务”而再次被授予了“英雄勋章”。当然是特殊任务啦，还能是什么呢？别奇科的仕途就像地对空导弹一样，扶摇直上。后来，他专门从事地对空导弹方面的工作，使得一些道行不够深的同志大跌眼镜。看来，这些同志在政治方面还很稚嫩。令他们感到恼火的是，别奇科将军只不过是个总务主任，一直都在从事后勤工作，却担任了这样一个武将的职位。这就意味着，必须承认一个事实，当时在部队里有个别人，甚至是职位很高的指挥官，根本不懂人事和政治。他们看重的仅仅是一个人的职业素养，却对整体素质和政治素养不屑一顾。

不过，我们还得回到地下掩体里面来。在掩体里，别奇科元帅率领的负责执勤的战士们已经开始使用带有防弹装置的铁皮专线电话与外界通话了。从掩体里传来了一个个措辞严厉但却混乱不堪的指令。军官同志们，掩体已经全副武装，准备战斗啦！元帅独自一人坐在那里，目睹了乱作一团的场面。陆地上的战场也好，海上、空中的战场也好，防空总指挥部的地下钢筋混凝土掩体也好，无论在哪儿进行军事行动，都避免不了这种混乱的局面。元帅坐在那儿，眉头紧锁，额头拧成了疙瘩。他双唇紧闭，颧骨上的肌肉紧绷着。别奇科拨动了印有国徽的红色拨号盘，想在这种意外的情况下联系上那个人，好得到与下一步行动有关的最新指令。他想说的是：“遵命，第一书记同志！是，第一书记同志！明白，第一书记同志！”

可是，元帅不太走运，联系不上那个人……

“把侵犯我国边境的飞机击落！”别奇科·伊万·乌斯金诺维奇虽然打不通电话，但还是忐忑不安地冒险下达了命令。

整整一年以后，别奇科由于脑部大面积梗塞，在布尔登科中心医院医治无效，与世长辞了。

万能的主会根据每个人的德行进行奖惩。他会把苍穹上悬挂着的星斗摘下来送给你，也会把你的最后一笔财富掠夺殆尽。不过，我们仍然会祈祷："伟大的主啊！万能的神啊！"

一个个火球在空中炸裂开来。看啊，飞毯被烧成了三块！这种景象，就像一个巨人从自己那根令人恐惧的烟卷上弹出几个火星儿，落在了毯子上。

"用导弹摧毁目标！"别奇科元帅下达了命令。可是，已经足足发射了五枚导弹，每一次都在命中毯子之后直接穿了过去，没有爆炸。这个昂贵的毯子被打中后，只留下了窟窿和碎碎的毛边。我们熟识的那几个虚弱的人，死死地抓住毯子的毛边不撒手。

"由于技术故障，我们的毯子只能被迫降落了。"祖里菲娅提醒道，"请不要吸烟，系好……"

可是，她已经来不及把话说完了。窟窿使毯子丧失了爬高的功能，直接砸向了树林。乘客们被甩得七零八落，飞了出去。

请大家想象一下这个场景：一个上面还露着窟窿的破破烂烂的毯子，就像是用布缝的面包圈，静静地滑过嵌满星辰的深蓝色夜空。一束束火光宛如艳丽多彩的烟火，争相绽放，瞬间吞没了星辰和天空。只有淡黄色的火焰在高处炽烈地燃烧……而人们却从天空中飘落下来。

不过，没有人受伤。

就拿伊万诺夫来说吧，他落到了一棵杉树上，然后顺着树枝从容不迫地爬了下来。他全身挂满了刺，但却毫发未损，这似乎很不合常理。明摆着嘛，他没有肉身！伊万诺夫这一辈子啊，到了生命的最后一刻都在交好运！随时都有女人宠着，即使是遇到了倒霉事，也是能够接受的。凡是生活所需，他不费吹灰之力就能手到擒来。他这个人呢，很容易相处，也很招人喜欢。他的命运和他的为人一样——活着的时候这样，死了之后也这样。伊万诺夫的鬼魂从树上爬了下来，吮了吮被划破的手指。它飘在小道上空，向着来来往往的卡车轰鸣的方向，也就是大路那边飞了过去。这就是关于伊万诺夫的全部故事。

至于伊利亚·库兹涅佐夫，显然也获得了属于自己的犹太式幸福——掉进了泥坑。他爬出来的时候，浑身都是泥水，散发着一股腐臭的味道，令人作呕。可怕的梦魇！不过，他也没受什么外伤。库兹涅佐夫像狗一样抖掉身上的泥水，扶了扶歪斜得没办法修理的眼镜，在昏暗的光线中朝附近的火车站踉踉跄跄地走了过去。不经意间，他在兜里发现了一份外国公民签证登记处签署的重要文件。他捏着文件的一角，想在路上把它晾干。就这样，库兹涅佐夫来到车站，坐上一列路过的客货两用火车，回到了莫斯科。清晨的时候，他已经和社会底层的人们一起在列宁图书馆门前排队等候工作人员在本已属于自己的书上盖章了。这些书都是1947年以前出版的，他准备把它们带到苏联境外。库兹涅佐夫很清楚，公章上会刻着“非馆藏珍品，禁止外运”的字样。不过，试试总可以吧，对不对？或者，你们觉得这样做犯不上？总之，我们这位偷毯子的失败者最后总算是走了。1972年，他被允许离境，去了意大利。有什么意思呢？走遍了全世界，现在又回到了莫斯科，连居住证都没有！至于以色列国籍嘛，又有什么用？大家说一说，有什么用？于是乎，库兹涅佐夫过着漂泊不定、游手好闲的生活，宛如水族馆里的一株菊花。他就像个终生漂泊的流浪鬼——请原谅我这么说他。这就是关于库兹涅佐夫的全部故事。

现在，我们再说说列奥纳尔德·苏里亚诺维奇·赫沃希——那个很有思想的人。他到底被甩落到哪里了呢？我们确实无从知晓。但是，在降落的时候，大家一致认为，他会落在苏联境内。不过，他到底落在了哪里，说法不一。有消息称，赫沃希出现在了兄弟国波兰。他在波兰重新起了个名字，用这个名字参加了几次著名的活动，成了“团结运动”中的积极分子。人们在很多照片上都看到了赫沃希……还有一些说法，说清晨的时候，赫沃希已经坐在慕尼黑“自由广播电台”的直播间里了。他播报了一条新闻：“苏联政府下达了命令，一旦发现载有平民的飞机被挟持出境，便要将其击落。”后一种说法更可信一些。首先，“自由广播电台”的档案里有相关的记录。当时，欧美报纸的合订本里有相关的简讯，这些资料都保存了下来。其次，过了一段时间，我们在慕尼黑亲眼见到了赫沃希。当时，赫沃希正穿过花园，朝着名声不太好的广播电台走去。他穿着一双轻便的皮鞋，踩在人行道的沙石上，发出咯吱咯吱的声音。他穿着一件巴伐利亚式的绿夹克，丝绒的翻领（不是立领）。看上去，赫沃希的气色很不错。我们互相点头致意，然后各走各的路。赫沃希仍然走着下坡路，继续毁谤那个养育他、教化他的国家，而我们则沿着步行商业街行走，希望能在回国之前买到廉价又得体的衣服。只有在德国才最容易买到这样的商品……不过，所有这一切或许只是道听途说。列奥纳尔德·赫沃希从来都没有抛弃过祖国，他等到了改革的到来，成了一名议员，甚至还当上了电视台的主播。在这些方面，他至少还是值得称道的。最后，我要说的是，赫沃希落到了哪儿，然后又在哪儿爬了起来，这并不重要。他就是他——列奥纳尔德·苏里亚诺维奇·赫沃希，一位名人。这就是关于赫沃希的全部故事。

捷列彼尔科·塔季扬娜跌坐在了田埂上。虽然这一跤摔得不是很重，但是她却痛苦而剧烈地打起嗝来，不知道是因为被吓到了，还是因为内脏器官被震荡出了毛病。然而，这并没有影响她搭了几辆顺风车，返回了莫斯科。她终于在莫斯科买到了一条毯子，这是她一开始就想要的。顺便插一句，奥列霞·格龙特就是在这条毯子上长成大姑娘的。或许是因为这条毯子，奥列霞开始了对美好生活的憧憬。我们这个故事的全部内容，绝对有着重要的意义。附带着说一下，塔季扬娜·捷列彼尔科现在打算去首都投奔女儿。费奥多西亚的房子呢，她盘算着要卖掉，赚一大笔钱。克里米亚的一切，尤其是土地的价格，眼瞅着往上涨，某些地方已经涨到八千卢布一俄丈了。所以，塔季扬娜用卖房子的钱，足可以在莫斯科买一套和女儿家挨着的简易楼房了。顺便说一句，塔季扬娜看上去……嗯，不超过四十五岁吧。这就是关于这个女人的全部故事。

啊，该说说祖里菲娅（祖赫拉）了！关于她，没什么需要特别讲述的，全都是明摆着的。她走着回到了撒马尔罕，用水沟里冰凉的水洗了洗疲惫的双脚，给孩子们和丈夫做了饼和南瓜吃。夜幕降临的时候，她把这个神奇的故事讲给了自己的男人。当然，她的男人白天还要在区人民教育局当领导。这就是关于祖里菲娅的全部故事。

天啊，我爱我的亲人们！我爱所有人！

上帝啊，请宽恕那个骗子、拈花惹草的老手——爱闲扯的伊万诺夫的鬼魂吧！请最后一次安抚他的灵魂吧！

上帝啊，请宽恕那个永远讨人嫌的库兹涅佐夫吧！他一发牢骚，抱怨自己的命运，大家就都想立刻加入反犹太主义的阵营。

上帝啊，请宽恕那个十分奸诈的列奥纳尔德吧！他的确是在捍卫法律的尊严，但却是个老油条。不过，说老实话，这样的人并不多见。

上帝啊，请宽恕那个胖女人捷列彼尔科吧！她是个十足的老实人！

上帝啊，请宽恕那个贫困交加、瘦骨嶙峋、脸色暗淡的祖赫拉（祖里菲娅）吧！请再让她过上一段虔诚的生活吧！

还有，上帝啊，请宽恕别奇科·伊万·乌斯金诺维奇元帅吧！尽管别奇科是个贼，但本质上并不坏。

人的命运该什么样就什么样——这是一种幸福。

愿和平属于你们——活着的和死去的人们！

谢谢！暂时告别了！

亡者的生命

埃杜阿尔多·维拉洛维奇·杜勃罗留波夫是个退伍军人，总是抱怨自己命运不济。其实，这也算不上怨天尤人，只不过是从他年轻的时候开始，唯物主义思想就深入了他的骨髓。他根本就不相信什么命运，只相信历史发展的规律和社会进步的不可逆转性。由于这种社会进步思想作祟，退伍少校杜勃罗留波夫·埃·维认为，俄国的资本主义复辟是全世界人民的公敌有预谋的卑劣行径造成的。不必说，公敌就是美帝国主义。直说吧，美帝国主义披着犹太复国主义的外衣，成了变相的法西斯。这一点，就连联合国都承认了。

如果有必要，埃杜阿尔多·维拉洛维奇会这样撰写自己的生平：

“本人杜勃罗留波夫·埃·维，生于一贫如洗的农民之家。父亲杜勃罗留波夫·维洛尔，曾用名尼古拉·梅福季耶维奇。在实行第一个五年计划的那个传奇的年代，家父坚决站在了取得胜利的人民阵营一边。为了纪念弗拉基米尔·伊里奇·列宁和十月革命，父亲用这几个词的首字母组成了现在的名字‘维洛尔’。后来，父亲一直在为党工作，做到了地方执行委员会书记的职位。可是，由于暗流涌动的托洛茨基思想，以及随之而来的对破坏分子的检举揭发，国家违背了中央委员会以及斯大林·约瑟夫·维萨里奥诺维奇同志本人的指令，无缘无故地开始了

‘大清洗’①。为此，家父于1937年被迫害致死。后来，在唯意志论和否定过去的政策框架内，家父于1958年平反昭雪。在这数十年间，我成了一个孤儿，国家让我接受了普通中等教育以及中等军事教育。后来，我在国家安全部（后更名为‘内务部’）下属的囚犯改造机构工作，工作地点在约什卡尔奥拉。我从该单位退伍之前，军衔为少校。本人已婚，妻子拉乌拉·伊万诺夫娜·杜勃罗留波娃已经到了退休的年龄。本人与拉乌拉育有一子，名叫杜勃罗留波夫·伊万·埃杜阿尔多维奇。伊万生于1969年，在建筑行业谋生……”

此外，还得说明一点，杜勃罗留波夫这个老兵心术不正。不过，这并不是说他喜欢欺上瞒下。事实上，他从来没有想过要欺骗组织。埃杜阿尔多·维拉洛维奇坚信，任何一本自传都会被组织备案。但是，他净说半截子话，还总是拐弯抹角。就像我们说过的，杜勃罗留波夫在看守所当了大半辈子所长，自然难以接受世纪末的那场翻天覆地的大变革。他根本看不惯现在的所谓民主党人，也就总免不了要臭骂他们一顿，说他们是“狗屁党人”，说他们是“贼”。可是，杜勃罗留波夫的儿子伊万却是个有钱人，是个资本家！他将如何去接受这个事实呢？他将如何直截了当地把儿子的“企业家”头衔写进生平呢？照实写嘛！

1969年出生的伊万·埃杜阿尔多维奇是一个地地道道的企业家。换句话说，他是个有钱人、资本家，却算不上是坊间流传的“俄国新贵”。伊万好像受的是共青团式的教育，出身于军人家庭，十分受人钦羡。他没经历过什么特殊时期的考验就走上了榨取民脂民膏的道路，并因此而攒下了一笔个人财产。伊万在莫斯科曾经名噪一时，据说是一家公司的大老板。这家公司大家也一定听说过，叫“巴比伦公司”，专门修建高档的摩天大楼。大家还记得吗？不过，后来这家公司像许多其他公司一

① 即斯大林时期爆发的一场政治镇压和迫害运动，也称“肃反运动”。

样，倒闭了。尚未盖完的居民楼都泡汤了，然后便废弃了。而伊万呢，从废墟中悄无声息地爬了出来，开始着手发展一项和平事业——向塞浦路斯输送劳务人员。这些人在塞浦路斯给高层的宾馆擦玻璃，还负责修理房间里那些被游客彻底弄坏了的物件，比如门把手、水龙头。他们收费很低，所以生意相当不错。年轻的杜勃罗留波夫在鼎盛时期选择在莫斯科郊外的一个非常好的路段修建了一座宫殿式的独栋别墅，一家人幸福地住了下来。伊万的父母带着两个孙子——一个叫尼古拉，一个叫梅福季。伊万的妻子奥克桑娜负责家务，不过她痴迷健身运动，到了不筋疲力尽誓不罢休的地步。伊万为了让自己看起来又帅又酷，模仿和他同姓的伟大评论家，把胡子蓄到了腮边，乐此不疲。

尽管我们说过，怨天尤人对于埃杜阿尔多·维拉洛维奇来说是一种罪孽，但是面对这样的生活，他怎么也高兴不起来。他的身体基本上还算健康，他也能从生活中找出一些平平常常的乐趣。问题究竟出在哪儿呢？清晨醒来，走到门前的台阶上，眼前的景色简直是太美了！淡淡的雾霭，宛如婴儿的气息，笼罩着巍峨壮丽的尼克里纳山，弥漫在绿意盎然的山谷里。一大片富饶的土地在脚下延伸，鬼才知道有多大面积。脚下是真正的人造大理石，背后是用砖垒起来的黄色房屋……地下室里还可以洗芬兰浴，被烧得热气腾腾的。此时，草地上的石头火盆已经准备就绪了。如果现在烤点儿肉串，再从厨房里端出来刚做的早点，那可真是悠闲自在了。一家老小都在忙活：两个小孙子像鹤唳一样地喊叫着；儿媳妇在音乐的伴奏下舒活着筋骨；儿子从喝第一杯啤酒开始，嗓子里就咕噜咕噜地作响；老伴儿虽然已是白发苍苍，但体态依旧十分优美。老伴儿总是唠叨个没完，但是并无恶意：“杜勃罗留波夫同志，好好活着，享受生活吧！”俄国中产阶级恪守的那种一成不变的价值观，让杜勃罗留波夫厌烦透了。还不如选择一家合适的航空公司，坐上飞机，全家人一起到欧洲、巴厘岛去旅游呢，反正儿子愿意花钱。要么就置身于库尔舍瓦勒那蓝天掩映下的雪海中，向来自莫斯科郊外的邻居们点头致意；要么就在昂蒂布租一栋带游泳池的别墅，把蔚蓝的池水撩到自己身上；要么就徜徉在热带又闷又湿的空气当中……难道不好吗？不知大家注意到了没有，这时少校过的已经是退休以后的生活了。

但是，老头子就是不满意，他很难受。

他难受什么呢？他为什么半夜醒来的时候会感到身上酸痛得厉害？胸口憋闷得很，是不是躺着的时候压迫到了心脏？想睡吧，却怎么也睡不着，浑身都被汗浸湿了。他身上阵阵发冷，连呼吸都开始困难了。妻子四仰八叉地躺在那张宽大的进口床中间，不紧不慢地呼吸着，轻轻地吹着口哨，还不时地发出轻微的鼾声，然后又安静下来，进入了无声无息的快意当中。而男人则百爪挠心，躺在床的一边辗转反侧。简直就是灾难……老头子不禁要问，如何向真主认罪呢？于是，埃杜阿尔多参拜了圣父、圣子、圣灵，甚至还去了教堂。为了表示虔诚，他点上了蜡烛，接受了洗礼。尽管现在做这些都是被允许的，但是埃杜阿尔多想了很多。几年前，他信奉的是唯物主义，但那时候他已经得出了结论：上帝是存在的。唯物主义是唯物主义，上帝是上帝……不管怎么说，上帝都是存在的。一想到这儿，埃杜阿尔多的心情就愈加沉重了。于是，一个个不眠之夜让他感到惆怅万分，甚至泪眼婆娑。老头子躺在那儿，像个孩子似的抽泣着，一只手抹着鼻涕，另一只手用被角擦拭着眼泪。拉乌拉呢，无论发生了什么事情，都只知道呼呼大睡。另外，她还爱传些闲话。真应了那句话：女人的心是用棉花做的。拉乌拉不需要干别的，只需要带一带孙子，再在背后说儿媳妇几句坏话，就足矣了。而你呢，埃杜阿尔多，此时却在痛苦地挣扎。

有些人认为，痛苦地挣扎恰恰展现了人类的本性，体现了人类追逐梦想的情怀，而追逐梦想的力量是上天赐予我们的。不过，针对这一点，我想说的是：滚蛋吧，梦想！你的梦想有什么用？它只会让你失眠，让你感到窒息。没有比上班的那些年更快乐的时光了：从监狱下班回来，就着荞麦做的肉饼喝上一杯，然后像死人一样横躺在床上，什么梦想都没有。有时候，就连鞋和裤子都得让拉乌拉给脱下来……哎，哈哈！现在要是还能那么无忧无虑地过简单的生活（傻了吧唧的儿媳妇是这么形容的），该有多好啊！但是，世道变了。看看吧，你躺在那儿，仰望着天花板。但是，黑暗中根本就看不见天花板，只有一片漆黑和空洞。

男人在暮年的时候，会经常抑郁寡欢。可是，埃杜阿尔多·维拉洛维奇对这种现象却不以为然。况且，“抑郁寡欢”这个词对他而言十分陌生。在昏昏沉沉的午夜时光中，只有一种思绪能让埃杜阿尔多老爷爷从苦闷的抑郁中挣脱出来。准确点儿说，不是思绪，而是想法。再确切点儿说，是一种意图。为什么一个退伍的少校会有这种意图呢？只能去猜了。杜勃罗留波夫式的理想很可能与马克思主义如出一辙，也有三个来源，也由三个部分组成。

第一个来源：埃杜阿尔多坚定地信仰共产主义，但却过着资产阶级的生活，受到了良心的挞责。必须承认，虽然埃杜阿尔多在夜里痛苦地挣扎，受到了良心的挞责，但是他活得很开心。你说说看，午后，当温度上升到零上 22 度时，一个人泡在暖暖的游泳池里，周围摆放着当地的花草，再来点儿鲮鱼之类的食物，身心怎么能不愉悦呢？也就是说，人的潜能很大，什么都做得出来。被丝绸般光滑的手掌抚摸的时候，人甚至能够哭出来，而被鞭子抽打的时候，却也能笑出来。但是，只有身体才能够真正感知，何为惬意，何为疼痛。并且，往往身体越是感到舒服，心情就越痛苦。

第二个来源：国立儿童读物出版社出版的《普希金童话故事集》，里面还有精美的插图。埃杜阿尔多·维拉洛维奇向来喜欢看书，但是他与当今的现实生活格格不入，只是为了达到精神上的愉悦，才读了屈指可数的一些书刊，其中包括朱可夫元帅的传记、一些报纸，还有一些刊登着免费房地产广告的厚杂志。他从来都不知道这些杂志是被谁拿回来放到门厅的茶几上的。儿子伊万很小的时候，普希金的童话故事就奇迹般地铭刻在了埃杜阿尔多的记忆中。埃杜阿尔多的两个孙子年龄相差一岁，他总是给他们俩朗读童话故事。先是给哥哥尼古拉读，接着又给弟弟梅福季读，一直读到他们俩上中学才算完。这段时间，一辆貌似火车头的老式美国汽车每天早上来接他们俩上学。校车被涂成了黄色，车身上写着“冯维津第一古典中学”几个字。这时，埃杜阿尔多爷爷已经对所有童话故事了如指掌了，比如鲁斯兰和柳德米拉身边发生的咄咄怪事、巴尔达如何残忍地对待不幸的父亲、沙皇萨尔坦在宫廷里的奢靡生活，等等。应该说，这些小故事让埃杜阿尔多无法忘却。这就好比成年人患了麻疹，就意味着病入膏肓了。

第三个来源：苏联的老歌以及埃杜阿尔多在教堂里无意中听到的“灵魂不灭”的说法。一切都再清楚不过了，“永生”这种观念对一个“虽然普通，但是极其富有想象力”的人来说，有着巨大的影响力。复活节的时候，埃杜阿尔多在不经意间听到了一首普通的圣歌，听懂了其中的一句歌词“死亡是可以战胜的”。虽然他没能真正领会这句话的含意，但却对这句话记忆犹新。

杜勃罗留波夫式的理想由三部分组成：

1. 在本性驱使下的自然活动；

2. 中央广场上极具诱惑的场面；

3. 俄国人特有的那种“试图一下子解决个人、社会和世界问题”的性格。

简单点儿说，就是埃杜阿尔多·维拉洛维奇·杜勃罗留波夫打算潜入弗拉基米尔·伊里奇·列宁的纪念堂，打破水晶棺，给列宁一吻，把这位全世界劳动人民的伟大领袖唤醒，让他修改政治路线，恢复他那个时候的法规。

想法不错啊！这个老蠢货，真是疯了！

不过，另一方面……难道这个想法真的很疯狂吗？在既普通又充满了现实主义色彩的生活里，我们不是也会去尝试一些更加怪诞的想法吗？设想一下，如果俄罗斯走上和瑞士一样的发展道路，或者相反，走上和瑞典一样的发展道路；如果恢复彼得大帝之前的习俗，进一步强化斯拉夫民族由来已久的精神实质；如果重新设定欧亚分界线，把乌拉尔山改为喀尔巴阡山，或者相反，改为阿穆尔火山带；如果将货币的理论运用于母乳喂养；如果把大气的上面几层收归国有；如果正义取得了胜利……先生们，我们每个人都会成为杜勃罗留波夫。同志们，我们每个人心里都藏着一个属于自己的"杜勃罗留波夫"。切勿嘲笑那些已经进入迟暮之年的人，我们每个人都会变老。

幻想家埃杜阿尔多开始独立地实施计划了。按照方案，他深入腹地，开展了侦查工作。杜勃罗留波夫天生就是个聪明人，做事很理智，讲求实效。他决定先赶赴死亡之国，了解一下当地居民的生活环境和风土人情，研究一下他们的工作条件，分析一下这些工作条件有什么特征。然而，要想直接潜入"阴间世界"，只有一条路可走，那就是结束自己的生命，再把自己给埋葬了。这样做得不偿失，所以老头子没有多加考虑，无限期地推迟了该方案的实施。杜勃罗留波夫觉得，调查一下莫斯科及其近郊的公墓就行了，因为公墓离他要去的地方最近。

从意义深远的新圣女公墓和孔采沃公墓，到文化气息浓厚的瓦汗科沃公墓和别列捷尔金诺公墓；从带有民族色彩的沃斯特里亚科沃公墓，到相对大众化一些的米金诺、霍万、阿尔汉格尔斯克这几座公墓……所有公墓加在一起，能列出一份相当长的清单。但是，埃杜阿尔多·维拉洛维奇并没有慌了手脚，而是按部就班地一步一步行动了起来。早晨，埃杜阿尔多先把一些家务活儿应付完，然后找了一个皱皱巴巴的塑料袋，装上了几个汉堡包。吃过午饭，埃杜阿尔多坐公共汽车到最近的一个地铁站，在地底下坐了很长时间的地铁，又费了好大的劲儿挤上一辆小巴士，下午才抵达预定地点。在这里，埃杜阿尔多要待上几个小时。一般来说，他会待到人家关大门为止。以前，他在与世隔绝、充满敌意的监狱环境中工作。在此期间养成的工作习惯告诉他，黄昏时分最适合观察死人的状况。当然，如果晚上也能观察就更好了。不过，晚上墓地就关门了，而且杜勃罗留波夫也不想去冒那种没必要的风险。在行动进入尾声之前，还得保护好自己。

不过，即使是在光天化日之下，侦查员杜勃罗留波夫也遇到了不少奇闻逸事。

别列捷尔金诺和瓦汗科沃这两座公墓，一切还算正常。杜勃罗留波夫知道，每个文化人都打心眼儿里珍惜自己的坟墓。所以，为防万一，他要先施上一礼，再按照风俗往地上倒点儿伏特加酒，然后开始满面愁容地思考人生……

倒霉事儿发生在新圣女公墓。永远安息在这里的，除了一些名人以外，还有一位元帅和一位文化界人士。在不知不觉中，这两块墓地引起了杜勃罗留波夫的注意。这两块墓地离得很近，就像它们的主人生前一起出席代表大会、最高会议以及全苏会议一样。两块墓地上都矗立着很讲究的墓碑，比真人还要大一号。墓碑吸引了埃杜阿尔多·维拉洛维奇的目光，激发了他的想象力——简直太逼真了！

别奇科·伊万·乌斯金诺维奇元帅的形象被雕刻在黑色的花岗岩上。他的军装被熨烫得平平整整，戴着所有的勋章——从两枚“英雄勋章”到最后一枚功勋奖章，都齐了。这位军事家右手握着电话，把听筒贴在了耳朵上，用左手按下了导弹发射按钮。导弹可能也是花岗岩雕刻的吧。应当说，雕塑家刻画出了这位英雄在战斗生涯中最富使命感的一刻。就在这一刻，别奇科在没有接通最高统帅电话的情况下（直说了吧，最高统帅那时候正在和政治局的一位同志通电话，讲一个新听来的关于亚美尼亚人的笑话），自作主张，下令击落了一个明显要穿越苏联领空的飞毯。情况是这样的……这条飞毯上有一群被社会抛弃的人，他们决定以这种方式背叛和平的社会主义阵营。不过，我们的防空导弹兵（或者叫“导弹防空兵”，已经顾不上这些了）用娴熟的技术化解了这些人的挑衅行为。尽管实际上没有任何人员伤亡，但这个事件的影响非常大。卖主求荣的西方报界，还有所谓“法律的捍卫者”，在当时掀起了轩然大波。不过，事情还是不了了之了。别奇科被不疼不痒地授予了一枚奖章，好像叫“荣誉奖章”。获得奖章的人们给这个奖章起了个外号，叫“开心的孩子”。总之，“荣誉奖章”不是什么高级别的嘉奖。所以，一年之后，伊万·乌斯金诺维奇得了很吓人的心肌梗死。元帅身边的医务上校、医务将军们都没能挽救他的性命，所以别奇科被雕刻成了大理石雕像，站在墓地里，还摆着打电话的姿势。可是，电话总是占线。迫不得已，别奇科才决定去冒险，战战兢兢地按下了按钮……

至于文化界人士巴尔孔斯基·乌斯金·季莫费耶维奇，他获过奖，喜欢忘我地工作，是个真正的英雄，并且是诗人、散文家、剧作家。他的雕像是由白色大理石雕塑而成的，很符合艺术家的气质。巴尔孔斯基坐在书桌前工作着，高大的身躯略微有点儿佝偻。他那瘦削的肩膀上，轻轻地披了一件漂亮的英国产花呢夹克衫，这与诗人、和平捍卫者的身份十分匹配。用大理石雕刻成的“劳动英雄奖章”别在翻领上，左右摇摆，显得巴尔孔斯基很持重。一台手提式打字机在一张纸上敲打着……一言以蔽之，永垂不朽的乌斯金·巴尔孔斯基正在进行创作。而且，根据墓碑上的诗人那恢宏的气势来判断，他应当正在创作一部卷帙浩繁的作品。慕名而来的到访者们绕着雕像走到了剧作家背后，越过他的肩膀，看到了打字机敲出的一行行字迹。于是，他们便对这部鸿篇巨制深信不疑了。这一行行字迹是巴尔孔斯基为国家创作的一首最为脍炙人口的诗：

光荣啊，人民！光荣啊，政府！
光荣啊，军队！光荣啊，一切的一切！
我们正走向繁荣昌盛，向政府致谢，
愿人民安乐，愿所有人安乐！

让悬于苍宇的太阳，日日夜夜地放射出光辉，
照耀人民，照耀所有人！
让这首歌日日夜夜地传唱下去，
为了人民的福祉，为了所有人的福祉！

光荣啊，政府和人民！
光荣必然属于所有人！
光荣！万岁！愿世间万物永存！
过去、现在和将来，永远！

这首诗就刻在大理石上，所以只要把这张大理石做成的纸从大理石做的打字机上取下来，就能凭借诗词的内容拿下所有奖项。

杜勃罗留波夫读完熟悉的诗句，想了许多。首先，怎么那么巧，元帅的父称和诗人的名字一样，莫非元帅就是诗人的儿子？其次，诗人的巨大雕像后面放着一小块石头，上面刻着“安娜·谢苗诺夫娜·巴尔孔斯卡娅”，这是什么意思？难道这是葬于歌者脚下的缪斯女神？如果真的是缪斯女神，那她和元帅又是什么关系呢？难道她是元帅的母亲？接着，他又想，这只不过是一首普普通通的诗歌嘛！然后，他的脑子里就一片空白了。有什么可想的呢？这就是奇迹，是上苍的恩赐！“过去、

现在和将来……”对，这里一个词都不能增加，一个词都不能减少。

就在老人思考人生、死亡和“永不消亡”的时候，墓碑上有了动静。可能是伏案工作的时间太久了，乌斯金·季莫费耶维奇·巴尔孔斯基直起了僵硬的脊背。他伸了伸懒腰，关节咔咔作响。巴尔孔斯基转向元帅，元帅也总算放下了没有声音的话筒，轻轻地把手指从危险的按钮上挪开了。

“怎么样啊，久经沙场的老将？”诗人的嗓音有些沙哑，但他还是提高了嗓门儿，“还在给上级打电话吗？别奇科，一切都明摆着，你太单纯了！不能给上级打电话，得去敲他们的门……”

诗人生前就因为研究昔尼克学派而闻名遐迩。这时，他引用了一句自己写的很有名的俏皮话，然后偷偷地笑了起来。

两次荣获“英雄勋章”的元帅回应了一句：“不管你是活人还是死人，这电话就是打不通。最后，还不是得我去处理！我们把那块分文不值的破抹布打了下来，结果全世界一片哗然。假如没有把它打下来，会怎么样呢？他们有可能飞到以色列或者瑞典。这么说吧，毯子上全都是些……持不同政见者。你知道吗，这群贱货谋划着要跑到侵略者的阵营去。苏联防空部队摆在那儿，难道连碰都不能碰他们吗？让谁来擦屁股呢？对嘛，还得让别奇科来背这个黑锅！在我们的国家，错的一方总是将军，而那些高高在上的人，其实什么都不知道……”

巴尔孔斯基见别奇科越说越生气，便向他摆了摆手。这时候，细细的白沙顺着大理石碑簌簌地流了下来。

“够了，别奇科！别再大喊大叫了，这是墓地！到处都有耳目，注意言词！你已经不是小孩子了，得明白道理……最好回答一下这个人提出的问题。答案我们俩都非常清楚，但是很明显，这个人仍然充满了疑惑……”

确实，前少校杜勃罗留波夫惊叹不已。吓到他的不是在两个墓碑之间进行的对话，而是他们谈话的内容。杜勃罗留波夫从来没有和重量级人物、真正的英雄在一起待过。更让杜勃罗留波夫感到意外的是，大人物之间的谈话竟然如此随便。

“有什么好解释的!”别奇科愤愤不平地嘟囔道，“一个内务部的少校，不可能什么都知道……愿意的话，你自己解释吧。你们这些知识分子，不就是爱耍嘴皮子嘛!”

“嗯，那好吧，我试试。”乌斯金·季莫费耶维奇·巴尔孔斯基推了推眼镜，认真地看了看可怜巴巴的杜勃罗留波夫，“也就是说，杜勃罗留波夫同志，嗯……事情是这样的。在我和元帅待的这个地方，可以探究生命的一切奥秘，因为这里缺少的恰恰就是生命。怎么解释呢？逝者在看待生命时都很客观，所以与生命有关的一切都没有任何秘密可言。任何一个人，如果他愿意的话，都可以到这里的专用图书馆去借一本十分特别的书，读一读里面的内容。当然，要在借书条上写上自己的名字……您呢，是一位经受过考验的同志，准备及时地策划一场行动，所以我们想在这里和您交流一下，回答您提出的问题。当然啦，我们只能在一定范围内对您的疑问进行解答。那么，您有什么问题呢？”

“嗯，比方说，这个问题吧……”埃杜阿尔多·维拉洛维奇想了想，咽了一口唾沫，“你和元帅同志是亲属关系吗？比方说……元帅的父称是乌斯金诺维奇，而你的名字是乌斯金，恕我直言……我只是打个比方……或者，还有那个安娜·谢苗诺夫娜……”

“我明白了。”巴尔孔斯基若有所思地笑了笑，“喂，少校……好吧，请听好了！你听说过‘四海之内皆兄弟’这句话吗？”

“啊……基本上……”杜勃罗留波夫不知道该怎么往下说，“如果按照阶级来说，大体上……自由、平等、和平，还有劳动……”

“和平……”这位文化界的人士大笑了起来，“劳动！少校啊……不是这么回事。其实，我们所有人都沾亲带故。我叫乌斯金，元帅的父亲也叫乌斯金。我们的父母给我们起这个名字，就是为了怀念我们共同的祖先——别奇科·巴尔孔斯基大公。你听懂了吗？别奇科·巴尔孔斯基糟蹋了全村的女孩儿，让所有的孩子都叫别奇科。我们可是他的合法子孙，所以叫巴尔孔斯基……”

“你们知识分子真会胡编乱造！”元帅嘟囔着，“你的祖先是为了纪念巴尔孔才用了‘巴尔孔斯基’这个姓氏。我可是普通农奴出身……”

“别奇科，你怎么这么傻呀！”乌斯金·季莫费耶维奇头也没回就对别奇科说，“我跟你说过多少次了，你出身于贵族世家，这算不上难以启齿。人们早就不再因为我们身份显赫、出身于贵族阶层而批判我们了。况且，共产党员当中也有各种各样的……算了，听我继续往下讲吧，杜勃罗留波夫。你要知道，‘四海之内皆兄弟’这句话不能按照转义去理解，要按照最直接的字面意思去理解！原因在于，自古以来，男人们就很放荡，行为十分不检点。所以，说不定谁就成了谁的什么亲戚，只有上帝才理得清他们的关系。我们也是读完了那本特别的书才弄清楚的，你听明白了吗？你还对安娜的事情感兴趣吗？她是我故去的妻子……我会把一切都和盘托出，你想听吗？”

“想听。”杜勃罗留波夫舒了一口气。他已经预感到了，这场谈话很可能会给他带来霉运。他甚至有些后悔，觉得自己不该卷入这种与死人的对话。

“好吧，听好了！”墓碑上的人挺直了高大的身躯，瓮声瓮气地讲了起来，从石头里迸出的每一个字都灌进了那个可怜兮兮的退伍军人的脑袋，“告诉你一个秘密！那时，安娜是个年轻的夫人，也就是我的太太。她背叛了我，和一个叫伊万诺夫的人发生了关系，生下了我的儿子季莫费。如今，季莫费已经是当代文化圈里的知名人士了。除此以外，他还能做些什么呢？而那个伊万诺夫……你想起他是谁了吗？他遭了报应，被关进了劳改机关。劳改期间，他又认识了某人的妻子……怎么样，你想起来了吗？对了，认识了你的拉乌拉。他们结识后，很快就有了你的儿子伊万。他虽然也叫伊万，但是和元帅没有任何直接关系。不过，他和我那个蠢货儿子却成了半个兄弟，从他们俩的长相就能看出来。这个伊万诺夫后来死得不明不白，骨灰被安放在了顿斯科伊修道院。安娜也死了，不过她生前就已经酗酒成性了。死了之后，她还时不时地离开墓地这块净土，去那个肮脏不堪的杂货市场，弄二三两酒喝一喝。所以，有的时候，你会在布留哈诺沃地铁站附近看到她和一群阳间的酒鬼厮混。你知道布留哈诺沃地铁站吗？你儿子要在那儿盖一栋摩天大厦，却半路夭折了。顺便说一句，伊万诺夫也在那条飞毯上，就是被元帅打下来的那条飞毯。不过，那次他逃过了一劫。这么一来，咱们俩好像就搭上了亲戚。儿子既是咱们的，又不是咱们的……”

杜勃罗留波夫虽然是个退伍军官，但是也完全失去了知觉。他一下子倒在墓地的沙石路上，身体压在石子儿上，发出了轻微的咯吱声。在这个昏厥过去的人耳边，久久地回响着石像发出的隆隆声：“四海之内皆兄弟，皆姐妹，皆叔侄，皆情妇！我在和你们讲话呢，我的朋友们……”看样子，死人也有点儿精神失常了。

没过多久，埃杜阿尔多·维拉洛维奇便恢复了神志。然后，他做了几件很重要的事情。

他做的第一件事情是，坐车去了一趟顿斯科伊修道院，在墙上找到了几个署名为“伊万诺夫”的骨灰盒，然后小心翼翼地往每个姓氏牌儿上吐了几口口水。

接下来，晚上的时候，他趁着孙子们在睡觉、儿媳妇在看脱口秀、儿子在外面和朋友们胡吃海塞的工夫，把一双赤裸裸的手伸向了妻子的脖子。然而，拉乌拉·伊万诺夫娜并没有惊慌失措。她先给丈夫倒了一点儿镇静剂喝，接着又让他吃了几片安眠药。不一会儿，埃杜阿尔多·维拉洛维奇便像往常一样，躺在床上打起盹儿来了。只有在梦里，他才会一遍一遍模糊不清地说：“你这个贱货！你这个贱货！”

最后一件事：虽然杜勃罗留波夫对讨个公道已经不抱任何希望了，但是不幸的他还是决定，哪怕只是对这个悲剧的真相进行一下调查也好。为此，他找了一本介绍电视节目的杂志，上面有季莫费·博尔孔斯基（他的事业蒸蒸日上，所以老早就把家族的姓氏换掉了）的照片和关于他生平的报道。此时，博尔孔斯基的职业是剪辑师、政策咨询师，已经步入了上流社会。然后，杜勃罗留波夫偷偷地找来了一张儿子的照片（这张照片是儿子在马耳他度假时照的），把它和杂志上博尔孔斯基的照片放在了一起……天啊，太可怕了！两张一模一样的脸呈现在了可怜的杜勃罗留波夫面前。还有更令人震惊、更明显的巧合：两个人的发型如出一辙，都是时下流行的光头。他们俩的胡子也差不多，只不过伊万为了向和自己同姓氏的那个人致敬，蓄的是英国式的胡子，而季莫费蓄的是政策咨询师们推崇的西班牙式胡子。

这算得上是板上钉钉的事实了。

杜勃罗留波夫不抱任何希望了。

杜勃罗留波夫的理想变得更坚定了，这也是他唯一的理想——让那个流芳百世的躯体复活，哪怕只是为了还全社会一个公道，尽管杜勃罗留波夫本人遭受了不公正的待遇。命运玩弄了这位退伍的监狱长，让他受了委屈。

唉，理想啊，理想……为了实现理想，就要倒大霉了。

夜幕降临了，一座座塔楼、一个个圆顶在探照灯的照射下游动着。在蓝黑色天空的映衬下，深灰色的云影在广场的上空匆匆掠过。另一个世界的人们都睡下了，而这个世界的一个幻想家开始行动了。

听啊，在空旷的剧院广场上，杜勃罗留波夫的脚步声传得老远！他提心吊胆地经过广场上那颗硕大的人头……弄不好那个长着浓密大胡子的神像会张开嘴胡说八道："我的学说有着无穷无尽的力量，因为它是正确的！你们这帮混蛋！你们都不记得了吗？看我不把你们……"现如今，雕像什么事都干得出来……

看啊，杜勃罗留波夫斜着眼睛，朝从屋脊上跃下来的一匹匹马儿看了过去！它们是要踏平这片土地吗？哎呀，我的马儿啊，都说你们生性乖张……

看啊，杜勃罗留波夫沿着铁栅栏谨慎地走着。他小心翼翼地踩在路面上凸起的地方，发出了沙沙的响声。杜勃罗留波夫悄悄地走进了那扇关得死死的黑漆漆的大门。那些游离于灵界与现实之间的鬼魅是永生的，无论如何都不能惊扰它们，更不能去招惹死去的人。可是，杜勃罗留波夫什么都不懂，就像个傻子！看，他坐起来了！他张开灰色的眼皮，瞪着一双卡尔梅克人那样的黄眼珠，惨白的左手握着一绺非常难看的棕红色胡子，右手一根长长的手指插进了坎肩："嗨，老弟，说说吧，群众怎么样了？工人们的情况还好吧？"你立刻就会被这样的情景吓得魂飞魄散。千万不要去唤醒睡着的人！既然我们安葬他的方式和常人有别，那就让他安安静静地躺在玻璃棺材里吧。别去招惹不干净的东西……然而，杜勃罗留波夫失去了理智。理智已经永远离他而去了，他没什么可依靠的了。最后一丝理性被杜勃罗留波夫留在了新圣女公墓——那个让他深恶痛绝的地方。他的脑子里面空空如也，响彻脑海的只有石板路上嗒嗒的脚步声。一个想法就像晒干的胡桃核一样，在杜勃罗留波夫的脑子里翻来覆去——让他复活……

看啊，杜勃罗留波夫拼尽全力，用早就准备好的撬棍把那扇沉重的黑色大门撬开了。里面没有守卫，守卫早就累得离开了。这块无产阶级的圣地，谁愿意进来，就进来吧……

看啊，杜勃罗留波夫手里拿着一个儿子打猎时用的警用手电筒，照亮了这块圣地。啊，太恐怖了！影子在角落里动来动去，血红色的帷幔在半明半暗中飘忽不定。仿佛有一对羽翼在无形的屋顶下伸展开来，悄无声息地拍打着，在大厅里扇起了一阵风。空气中弥漫着淡淡的香气，那是腐尸的香气，是灰尘的香气。进步的人类发出了声声细语。一双黏黏的、冰冷无比的无形的手，搭上了肩头，一股寒意传遍了全身。一张轻轻的蜘蛛网落在了脸上，痒痒的，可恶……

看啊，月光抚摸着玻璃棺材，迸射出了蓝色的火焰。火焰中，闪现出一个善良的鬼魂。善良的鬼魂对于所有人来讲，都是难得一见的。鬼魂有一颗硕大无比的头颅，额头上露着骨头。他的颧骨长得和斯基泰人一样，像两块鹅卵石。他脸部的皮肤呈棕红色，绷得像鼓面似的。他还长着浅灰色的鼻头和一撮黄色的胡子。你可真是我们的“睡美男”！……

看啊，杜勃罗留波夫拿起那根好用的撬棍，毫不费劲儿地伸进了防弹玻璃板。不过，老头儿杜勃罗留波夫可没那么笨。他计划好了一切：先试着砸一下，然后再一步一步地行动，具体做法可以参照那些痴情的英雄好汉唤醒公主时的做法。杜勃罗留波夫在这个可恶的地方，用冻僵了的手画了个十字。紧接着，只听咔嚓一声，勇士的拳头砸在了水晶棺材上！然后，特殊材料就散落成了碎片……

这时，到了“送上一吻”的时刻。

杜勃罗留波夫走近水晶棺材，闻了闻。皮肤散发出一股远古的味道，让人胆寒。这股味道，只有新陈代谢失调的人才会有。更让人感到奇怪的是，这个人的代谢功能明明八十年前就已经停止了……

杜勃罗留波夫闻到了一股挥发性化学物质的味道，就像一个男人刮完胡子没用“妮维雅”护肤液，而是抹了用于溶解油漆的溶液，或者劣质的去污剂。

杜勃罗留波夫的嘴唇触碰到了盖尸布，感觉盖尸布像木头一样硬邦邦的。

杜勃罗留波夫起了一身鸡皮疙瘩。

大功告成了！

尸身坐起来，朝四周看了看，却没有抬起深色的眼皮。他用两条套着呢料裤子的腿，跨过了石棺的挡板，像技术娴熟的自行车运动员一样轻巧地跳到了地上。

“怎么样，我亲爱的杜勃罗留波夫，请在前面带路吧！准确地说，让我们行动起来吧，看看外面都发生了什么！”

简直太可怕了！

吸血鬼用鹰爪般的手揪住杜勃罗留波夫的肩膀，走到了广场上。

塔楼上的五角星像血红色的火焰一样闪耀着光芒。几只鹰怯怯地落在伊维尔斯克教堂的屋顶上，时隐时现。黑暗吞噬了庇佑着喀山圣母像的十字架。石头路面反射出了暗淡的光，照见了瓦西里大教堂。唯一发射出生命光芒的，是国立百货商场旁边的那家很受欢迎却价格不菲的咖啡厅。

“黑暗啊，同志们！”从棺材里爬出来的人一边摇着头，一边心满意足地说，“笼罩着资产阶级的浮华，朋友们！”

虽然时间已经很晚了，但很多人还是踮着脚，想一睹这位天才的尊容。亡者们都聚到了广场上，这些人我们几乎都认识。

莫斯科最著名的好色之徒伊万诺夫，已然在激情的火焰中丧了命。

虽已过中年，但却依旧美丽的安娜·谢苗诺夫娜·巴尔孔斯卡娅，是因为年龄大了，再加上酗酒才丧的命。即使是死了之后，她也常常会显露出醉态。

多年前死于车祸的流氓鲁斯兰·阿布斯图尔哈诺夫，大家一定对他还有印象，他就是一个普通人。

前空降部队中校卡佩茨，因为爱情失意，大脑受了刺激，在一次滑翔飞行中由于操作不慎而离开了人世。

某著名政客，在一次不幸的事件中丧生，脑袋被汽车后备厢的盖子给削掉了。

默默无闻的铁路工作者奥斯特列佐夫，患有肺炎，身体虚弱。虽然大家有很多次透过火车的车窗看到了他，但都是一闪而过，从未看清他长什么样。

还有别奇科元帅，他向高射炮部队下达命令，让他们击落一条载有乘客的“和平飞毯”。在关键时刻，上级领导躲了起来。于是，别奇科自作主张，击落了载人飞毯，结果却被当成了刽子手。后来，由于对上级领导的做法耿耿于怀，别奇科最终一命呜呼。

举世闻名的人权斗士列奥纳尔德·苏里亚诺维奇·赫沃希，不久前得了一种常见病，刚刚离世，死的时候十分安详。顺便说一句，赫沃希恰巧也在那条飞毯上，只不过死里逃生了。他是持不同政见者，因此被授予了荣誉称号，还享受过总统特批的个人专项退休金。

以写民族诗见长的乌斯金·巴尔孔斯基，是在苏联时期去世的，所以死得很光荣，得到了全社会的认可。他死后留下了一个寡妇，也就是前面讲到的安娜·巴尔孔斯卡娅。她很快就摆脱了丧夫之痛。

神出鬼没的公民沃尔科夫，因为姓氏而企图谋杀一个老太婆。但是，就像童话故事里讲的那样，他在对一个戴红帽子的小女孩儿图谋不轨的时候，被猎人打死了。总而言之，有许多我们在不同时期遇到过的人，无论是生前还是故去以后，都居住在我们辽阔的国土上。他们中的某些人会被我们渐渐淡忘掉，甚至从来都没有被我们记起过。不过，这很重要吗？我们知道，千千万万和他们有着共同遭遇的人，对自己都十分了解！他们都是我们的子民，精神失常却英明神武，冷酷无情而又古道柔肠，命运多舛却乐观向上。他们憨厚朴实，却已非生者。我们的生命暂未结束，但我们与这些亡者相比，轻如鸿毛。

这么说吧，诸位切勿鄙弃死者。看看他们的数量，比我们这些生者多得多！乍一看，根本无法辨认。他们心地善良，都有影子，所谓“死人无影”的论断纯属无稽之谈。请大家把眼睛合上，感觉到了吗？记忆中，有一群人涌上心头，占据了我们的梦境。他们就在这里，在这里……请安抚他们吧！让他们切勿悲切！告诉他们，我们就在他们身边，我们就在这里。总有一天，我们也将去往那个世界。那时，我们这些晚辈会去缅怀所有的逝者，缅怀那些把永久居住地变成永恒居住地的逝者。

……公民们看到从墓地里走出来两个人，都鼓起了掌。别奇科元帅和退伍中校卡佩茨把手放在帽檐儿上，敬了个礼，以示敬意。这时，从鬼魂中间跃出一匹神马，身披红色铠甲。神马走到领袖跟前，示意他骑到马背上去。领袖踩着杜勃罗留波夫的屁股，吃力地爬上了这辆“有生命的战车”。此时，杜勃罗留波夫的裤子后面已经冻上冰了。

“同志们，”演说家马上就高喊起来，并且摆出了惯用的手势，就像在拦一辆出租车，“混乱的局面还是出现了！我的灵魂死了，但我的身体还活着，甚至能感受到疼痛。我躺得太久了，同志们！现在，我们要迅速占领桥梁、车站、邮局、电报局，然后一切就水到渠成了！让那些活人都滚开，同志们！一切都掌握在死去的无产阶级手中……”

神马跃过一块块石头，马蹄声震撼着沉睡的城市。火花飞溅，马儿的嘶鸣声传遍了四方。可怜的杜勃罗留波夫走路磕磕绊绊，终于摔倒了，又撑起两条血迹斑斑的腿爬了起来。他要踏入那个令他心驰神往的善良国度、光明国度，踏入那个充满美好、正义的国度，踏入那个死亡的国度。那里没有疾病，没有悲伤，没有叹息，只有不灭的生命。

在杜勃罗留波夫的葬礼上，他的儿子伊万·埃杜阿尔多维奇悲痛万分。可是，话又说回来了，有什么可伤心的呢？老头子活也活了，而且日子过得还不错，最近这些年就更不用说了。但是，伊万还是悲痛欲绝，一遍一遍地重复着：“爹啊，爹！”伊万花了一大笔钱，在新修建的孔采沃公墓买了一块“家族墓地”。从墓地回来，伊万在葬礼的宴席上喝得酩酊大醉，把一份爱国主义的报纸撕得粉碎。这份报纸是他们家订的，刚刚被送来。紧接着，伊万又无缘无故地把《朱可夫回忆录》和《伟大的普希金》扔进了壁炉。他失声痛哭着说道：“爹啊，您怎么会招惹那些死人呢？……”虽然伊万还处于神志不清的状态，但在这一点上，我们必须同意他的看法。不管灵魂怎样，哪怕非常恶毒，也得把失掉灵魂的肉身葬于地下，绝不能让身体暴露于大庭广众之下。人不可以随随便便地游荡于阴阳两界，这可不是闹着玩儿的。

前面已经说过了，作者本人对死去的公民们怀有善意，尊重他们，同情他们。但是，这的确不是闹着玩儿的。

不过，先生们，所有的一切都带着一丝忧伤。是不是这样呢？诸君有何感想？为何心情沉重无比呢？谁又知道……

VIP

现在我们要讲的这个故事与其他故事不同，不是我们凭空杜撰出来的。这个故事传到我们耳朵里，已经是第三手、第四手……鬼知道是第几手了。虽然这样表达不太准确，不能说“第几手故事”，但是我们实在找不到更贴切的词语了，可又急着把所有内容和盘托出。我们的急切心情，完全可以用“火烧眉毛”来形容。所以，还请诸君原谅。

我们还是先简明扼要地讲述一下这个故事吧。

在莫斯科，住着一个年轻人，名叫“季莫费·乌斯金诺维奇·博尔孔斯基”，是当代的一位文艺活动家。他出身名门，是乌斯金·巴尔孔斯基的公子。乌斯金·巴尔孔斯基是《政府之歌》的创作者。父子俩的姓氏只有一个字不同，季莫费的姓是“博尔孔斯基”。这一点，是随着历史的发展而最终形成的。这位博尔孔斯基也是一位名人，一表人才，并且身体健硕、生活富裕。孩子们天资聪颖，在英国留学。他有很多朋友，妻子堪比名模，家里的房子毗邻一条繁华的大街。这样的生活，他还不知足吗？博尔孔斯基要么拍一拍偶像剧，要么做一下剪辑，要么应邀给某些党派写一写政治纲领……他非常聪明，智商超群，脑筋特别灵活，有如马匪手中的快刀。博尔孔斯基的头脑与时俱进……为了赶时髦，他把聪明的脑袋剃得光溜溜的。博尔孔斯基留着一小撮胡子，这种小胡子是“唱片骑师”和形象设计师们最为推崇的。博尔孔斯基风流倜傥，平常和上流社会的一个叫“奥列霞·格龙特”的交际花走得很近。但是，这并不影响博尔孔斯基的家庭和睦。你们想到哪儿去了？格龙特可是出镜率很高的名人。博尔孔斯基毫不排斥与男性之间的友谊，比如他和已故的鲁斯兰·阿布斯图尔哈诺夫之间，就有着密切的关系。关于这个阿布斯图尔哈诺夫，有些人毫无根据地说，他是个流氓。博尔孔斯基与一个拥有几家时尚会馆的老板过从甚密，还和一个长相俊俏的青年男子有过交往，甚至和议员瓦洛佳·特罗菲梅尔也有些瓜葛……那点儿猫腻儿，大家都很清楚。

突然，季莫费变得无聊起来，恨不得去上吊。我的天啊！他极其抑郁！如果旁边没人，他甚至要哭出来了。他一个人坐在狭小的壁炉间里，窗外是家乡的风光。必须承认，雪里夹杂着雨会令人惆怅，但这不是情绪低落的理由！季莫费啜泣起来，最后哭得全身颤抖。

为什么会这样呢？一个人过着平淡的生活，一切都很完美，可内心却痒得难受，犹如百爪挠心，吃什么药都不管用。有些人开始胡吃海塞，有些人开始培养自己对某些时髦玩意儿的依赖性。但是，这些方法都不管用！请诸位原谅我这么说，因为也许你自己就已经醉醺醺地陷入了泥潭，或者吸毒成瘾了，可是你依旧抑郁寡欢。

原因只有一个：我们都是俄罗斯人。我们的灵魂备受煎熬，渴望和谐共生。

不过，这种解释的方式并不能令人满意。因为，在许多国家都有大量关于此类情况的报道。比方说，瑞典的自杀率急剧攀升。难道是因为瑞典有俄罗斯人吗？再说一说纽约，假如那里有个人只吸了几口，没用针扎……干这种事的不仅是“黑鬼”……我指的是非洲裔的美国人，还有白人律师和白人医生。怎么，这个人就是俄罗斯人吗？

当然不是！我们不需要“大国荣誉感”，请不要用“谜一般的内心世界”来蹂躏我们。内心世界就是内心世界，只不过所有人都在经受着煎熬。他们惧怕死亡，因孤独而痛苦。面对全世界，我们大声疾呼："善良的人们啊，行行好，可怜可怜我这个孤儿吧！我害怕！请摸一摸我这个可怜的人吧，给予我慰藉！"这样好像不太好，因为我们已经不是小孩子了。没有人能让我们抱一抱，没有人能让我们紧紧地依偎，没有人会倾听我们的哭诉。每个人都孤独地在恐惧中煎熬，孤苦伶仃。我们倒是有亲戚朋友，可是一有事找他们，他们就跑得无影无踪了。那么，上帝呢……

上帝又能怎么样呢？我们没办法与上帝交谈。我们这些驽钝之辈，还没有学会如何与上帝进行对话。至于能不能学会，就只有上帝知晓了。

当然，大夫们知道，可以用美国药去治疗抑郁症。这种药价格昂贵，却没有什么疗效。什么玩意儿！

事情很严重。

最后，季莫费抛弃了一切，去了加拿大。连他自己都不知道这一切是怎么发生的，只是突然就来到了多伦多，站在了市中心的青年大街上。

博尔孔斯基怎么会选中这里呢？加拿大的一切都和俄罗斯没什么两样，天空是灰白色的，远没有那么蓝，微风也没让人舒服到哪儿去。唯一的区别就是，加拿大人清一色地穿着西装或薄夹克衫。他们好像被什么驱使着，行色匆匆地走在长长的街道上。摩天大楼和砖砌的二层简易住宅楼鳞次栉比……

季莫费在街上驻足，四处张望着。最后，他的目光停在了一块招牌上。招牌上写着"桌上之舞"的字样，下面还画着一个弓着身子的女人。季莫费虽然见过很多世面，但仍然只是一个浪漫的斯拉夫人。他的脑海里浮现出一幅茨冈人纵酒狂欢的画面：卡门穿着暗红色的裙子，系着黑色的腰带，在觥筹交错间纵情起舞。在优美的吉他声和宴会上人们的呼喊声中，季莫费穿过了一道很窄的门。

门里面乌烟瘴气，漆黑一片。博尔孔斯基费了好大劲儿才看见一个玻璃售票亭。一个耳朵上缀满了耳环和耳钉的男青年正在卖票。票很便宜，才十加元一张。博尔孔斯基付给男青年十加元，拿了票，然后试探着向黑暗深处走去。渐渐地，他看清了周围的环境。这里十分普通：昏暗狭小的舞台上，一个衣着暴露的女孩儿缠绕在钢管上。一个个小桌子之间用矮墙隔着，桌旁摆着椅子。远处有个吧台……几个男人坐在椅子上。每个男人面前都有一个一丝不挂的女人在搔首弄姿，只不过她们没有在钢管上跳舞。季莫费终于明白招牌上画的桌子和女孩儿是什么意思了，但是如果马上离开这个简陋的淫窝，显得不太礼貌。于是，他坐在了一个靠边的位子上。服务员立刻走了过来。这个服务员和售票的那个青年一样，也戴着耳环。他收了博尔孔斯基的票，把一瓶啤酒放在了他面前。紧接着，出现了一个赤裸裸的女人，对博尔孔斯基说了句“别动”，然后就开始舞动肚皮了。她把腿高高地抬起来，刚好到季莫费眼睛的地方，二者的距离大概有十五厘米。博尔孔斯基为防不测，像个孩子似的把两只手放到了屁股下面……

请诸位说说，是不是太不像话了？一个人正沉湎于自己的内心世界，与自己进行着一场惊心动魄的殊死搏斗，却被这种乱七八糟的事情搅扰了心绪。搅扰就搅扰吧，还丝毫不顾及他的身份和人格。这种话，进步人士特罗菲梅尔在评价哲学家德里达[①]的思想理论时也说过。这就是恍若隔世的感觉，是从一个人变成一件完成任务的工具的过程。而你呢，已经受够了。如果不是一个没穿内裤、身材姣好的大婶儿叉着腿蹲在你面前，盯着你头顶上方的烟雾，你根本不会相信这些东西的存在！

季莫费又走回了青年大街。他很诧异，外面竟然还是晌晴白日。他

① 法国当代哲学家。

情不自禁地抽了根烟，然后朝着远处狭窄道路的尽头缓慢前行了一会儿。这里有上千栋房子。快要下班的时候，人行道上的人越发地多了起来。再过一会儿，我们的主人公博尔孔斯基就会发现一些奇特的现象。他感觉自己在边走边睡，梦中的细节历历在目：他走在路上，看着建筑物，看着过往的人群。此刻，画面中的自己好像并不存在。像平时做梦一样，自己成了一个旁观者，无法介入正在发生的事情，甚至化作了一个没有肉体的幽灵。大家可能会问，梦里哪儿来的肉体啊？博尔孔斯基在想，这种奇特心理现象的本质是什么呢？他陷入了沉思，差点儿撞到迎面走过来的一个人。此人根本就没有躲闪，但是不知为什么，却十分巧妙地避开了博尔孔斯基的碰撞。这个人从季莫费身旁走过的时候，朝着远处的某个人笑了笑，还很客气地跟那个人说了一句“不好意思”。

这时，季莫费突然想到了什么。他想，为什么走在多伦多这个大洋彼岸城市的街头，宛如在梦中游走呢？同时，他还回忆起，以前在国外的时候也出现过类似的场景。在这里，没有人知道他是谁——这就是原因！在故乡莫斯科，甚至在整个俄罗斯，当他迫不得已要从首都赶往其他城市的时候，所有人都在看他，看他是不是那个大腕儿季莫费·博尔孔斯基。他在电视荧屏上呈现出的光辉形象，常常像光环（请上帝宽恕我使用这个词）一样围绕着他。人们在窃窃私语，议论着他们耳熟能详的名字。他们相互轻轻推搡着，其中一个人悄悄对另一个看得出了神儿的人说：“哎，快看，那个人是谁？认出来了吗？不过，不太像啊！不，就是他！看他的胡子，看他修剪过的……”博尔孔斯基经常碰到这样的事情……博尔孔斯基早就不开车了，骑的是当下流行的新款摩托车。这辆摩托车的价格高达两万美金。当他骑着摩托车在街头闲逛的时候，路过的司机往往会认出他来。即使他戴着头盔，也能被认出来。真是不得了！再比如，博尔孔斯基在仅有的几次散步的过程中，也被认了出来。还有，他穿过人行横道，走到顶级会所门口，这短短的几秒钟，也不能幸免。从人满为患的机场大厅，到无人光顾的专卖店，无一例外。可是，在国外却没有人认识他。没有人用那种疯狂、贪婪的眼神儿盯着他看，也没有人为了辨认他是不是博尔孔斯基而打量个没完。所以，博尔孔斯基才有了“自己是隐形人”的感觉。

季莫费博览群书，很想成为文学作品里的人物（顺便说一句，这个人物是个女性），委婉地喊出一句“我是隐形人”，然后任性地摔东西。但是，季莫费还是清醒过来了。他放弃了胡作非为的念头，打算用另一种方法验证自己的假设。他走进一家大商场，想在这个流光溢彩、香气四溢的地方转一转。他把各种各样的衣服从货架上拿下来，看一看，然后胡乱找个地方放下。虽然做这件事情毫无意义，但他却觉得很有趣。他已经彻底相信了，他对本地人来说是个“透明的人”。在这里，压根儿就没有人看他！和俄罗斯那些高档的商场完全不同，这里的售货员不会缠着顾客。季莫费一个人孤独地走着，鞋跟踩在大理石地板上，发出了清脆的响声。顺便补充一句，商场里既没有售货员，也没有顾客……

于是，为了寻找自我，善于思考的“外国人”博尔孔斯基在加拿大这块土地上停留了几日。博尔孔斯基常常在那条令他烦透了的街道上，步履蹒跚地向前走。他漫无目的地拐了个弯，慢吞吞地走过了极其阴暗的小巷。在小巷里，连活人的影子都见不到，只有褐色的沙石建筑，猛然间看上去像布满了灰尘的格子。在不经意间，博尔孔斯基会走进一家小酒馆，来到吧台前，来一杯当地产的普通啤酒，或者来一杯普通的威士忌。他总是四处张望，捕捉着打量他的那一道道目光。有时，他觉得那些目光简直能把他穿透。

博尔孔斯基虽然已经筋疲力尽了，但还是在一天早上去欣赏了蜚声海内外的大瀑布。瀑布的确是直立的，比博尔孔斯基想象的要宽得多。由于是冬季，瀑布已经结冰了。碧绿的冰柱组成了一道神奇的、凹凸有致的冰墙。日本游客习惯性地对着这个世界奇观照来照去，根本就没有在意这个偶然进入镜头的欧洲人。只有一个日本人，准备毫不犹豫地从季莫费身上穿过去。他在触碰到季莫费这个障碍物的时候，满脸堆笑，还点了点头，但是并没有去看季莫费。

这下子博尔孔斯基可彻底惊慌失措了，立刻赶回了宾馆。

他经过了宾馆大厅里摆放的那架机械钢琴。琴键独自兴奋地跳动着，如同另一个隐形人在上面弹奏。

他遇上了另一拨日本人，他们一门心思地往电梯的角落里挤。博尔孔斯基乘电梯赶到了自己房间所在的楼层。

到了房间里，他朝镜子冲了过去。

镜子里空空如也。其实，他已经准备接受这个事实了。

博尔孔斯基坐在客房宽大的床上，可怜巴巴地渴望能用正常的方式把这场噩梦弄清楚。首先，非常明显，一个举世闻名的人物出现在异国他乡，绝对不是一种心理现象，而是一种不正常的自然现象。博尔孔斯基把一肚子火都撒在了沐浴露上。每天早晨，越南籍的女工都要更换浴室里的沐浴露。他认为，就是这邪门儿的沐浴露，冒着泡儿，洗刷掉了他在尘世间的躯体。好在精神世界没有受到影响！而且，皮肤总体上还是有感觉的，胡子也是能够修剪整齐的。如果不修剪的话，胡子就会让他感觉皮肤痒痒的……“婊子养的！”博尔孔斯基骂了一句，不知道这个倒霉蛋儿在绝望中想到了谁。接着，他又走回到了镜子跟前。

镜子不温不火地又一次告诉季莫费·博尔孔斯基，他站的那个地方没有任何人。“操！”这位俄罗斯文艺工作者在加拿大的一间浴室里喊了一句脏话。可是，这有什么意义呢？不过，他这样做还是可以理解的。换作另一个人，可能连喊都喊不出来。喊声在狭小的空间里戛然而止，隔着墙壁能听到隔壁房间里哗哗的流水声。显然，隔壁的日本人打算趁着休息的时候洗个澡。季莫费很难为情，担心这句脏话被日本人听去。如果日本人懂俄语，那就更糟了。

博尔孔斯基完全乱了方寸，但他还是尽可能地去调整自己的情绪。博尔孔斯基是个经验丰富的旅行者，经常在各个大洲之间穿梭，对此已经习以为常了。他和我们的同胞一样，在飞机上不会缩手缩脚，行为举止特别有分寸。一会儿的工夫，他已经通过电话订好了借道苏黎世返回俄罗斯的机票。他把东西塞到包里，将自己消费的客房小冰箱里的酒水饮料钱付给了服务生，又让他帮忙叫了一辆出租车，到了机场。在出租车上，他根本就没有心思看窗外的高架桥、工业品仓库之类的建筑物。他找到了进入候机大厅的门，过了严格的反恐安检，加入了同胞们向来井然有序的登机队伍。

……有趣的是，无论是酒店服务生，还是出租车司机，抑或是黑皮肤的安检员，都没有理会这个隐形人。有可能是这些人对任何事情都司空见惯了，也有可能是他们能够看到别人看不到的东西……

到了机场，博尔孔斯基的心情好了许多。他站在俄罗斯人的队伍里，听着同乡们说家乡话，有一些词甚至很难懂。他看着那一张张紧张兮兮的脸，不知道他们为何忧心忡忡，心里真是爱恨交加。俄罗斯人说话的时候，不管想表达什么意思，都习惯性地带着吵架的腔调。在这二百名即将同行的旅客中间，自然会有那么五六个人是博尔孔斯基认识的。他向远处的一个人点了点头，又朝另一个人挥了挥手，然后透过人群向第三个人微笑了一下……博尔孔斯基一下子就明白过来了，想起了自己不幸的遭遇。不会有人回应他，他们紧盯着的地方什么也没有。

请大家想象一下，这是一个可怕的场景。

你走到镜子跟前，朝里面看……

看到什么了吗？

现在，想象一下，镜子里面空无一物。

空无一物！

你唯一的那张脸不见了。假设你是一位男士，那么你蓄的那一撮很有型的胡子不见了。相反，如果你是一位女士，那么你前一天刚刚在高档美发店焗的头发也不见了。不幸的是，鼻子上面和鼻子周围的毛细血管也消失了。无论你离镜子有多近，无论你怎么看，结果都一样。那件你熨烫完刚刚穿上的干净衬衫和好朋友在你前一天的生日派对上送你的耳环（上面还挂着漂亮的小石头），都不见了踪影。

你的精神是不是已经崩溃了？

顺便说一句，最让季莫费抓狂的是，他上身穿的衣服和衣服上的其他东西也被隐形了。他有了一种奇怪的预感，觉得身体透明这件事的原因还是能够查明的。那瓶可恶的沐浴露又浮现在了他的脑海里，甚至还闪现出了一个很幼稚的词：巫术……然而，那些挂着精美标签的笔挺西装、昂贵的手表等“破烂玩意儿”也完完全全变成透明的了。季莫费无论如何也理解不了，更不用说接受这个事实了。最后，季莫费提出了一个很现实的问题，尽管提出这个问题显得很没文化：为什么要花这么多钱买这些东西呢？让季莫费略感欣慰的是，飞机在飞跃大西洋上空的时候，他忽然明白了一切：凡是他的手触摸到了并且在同一时间内别人的手没有触碰到的东西，都会变成透明的。这就是机场里的扶梯把手一点儿变化都没有，而季莫费刚把精致的“博朗”电动剃须刀从镜架上拿下来，打算装到包里，剃须刀就在他的眼前消失了的原因。

任何事情的发生，包括博尔孔斯基的精神失常，都是有前因后果的。

在飞机上，博尔孔斯基在后排找了一个靠窗的位子——他可不想有人扑通一声倒在他的膝盖上。俄罗斯的乘客们啊，只要一听到“可以解开安全带了”，就开始在过道里走来走去。他很想找上三五个酒友，到免税店去买那种用塑料壶盛着的酒，花不了多少钱就能喝上一顿。飞机上是全程禁烟的，大家都憋闷死了，索性喝个痛快。博尔孔斯基拿出了装有苏格兰威士忌的酒壶（塑料做的，嘴儿很宽）。见鬼，根本看不见威士忌！空姐连想都没想，就把晚餐摆在了博尔孔斯基面前。博尔孔斯基喝了半壶酒，美美地吃了一顿饭。机组人员看到他，就像什么都没有发生过一样。博尔孔斯基减轻了一些痛苦，打起了盹儿。他醒来时，机舱里一片沉寂。他借着半明半暗的光线，向窗外漆黑而艳丽的夜空望去。

窗外漆黑一片，满眼都是虚空。星斗有如锐利的刀锋，光芒四射。夜空中的点点繁星，让博尔孔斯基想起了加拿大的银行工作人员和服务生。后来，这种空中独有的美景让他那受伤的心灵一下子得到了宽慰。无论是谁，看到夜晚的世界，都会想到死亡、永生这样的问题。博尔孔斯基也想到了这些。比起“本来存在的有形事物突然消失不见了”，这种事情真的算不了什么。

善于思考的人会无数次地被缀满星斗的天空和内心的道德规范震撼，博尔孔斯基也同样经受着这一切。

尤其是道德规范，让他百感交集。

“当我还没有隐身，是个正常人的时候，”季莫费想，“总是觉得缺少了点儿什么。如果我的内心很苦闷，眼中就会无缘无故地闪着泪花。这不就是道德规范的烈焰在我的胸中燃烧吗？那么，究竟是谁在我的心里埋下了这些条条框框呢？是那个人吗？他就在舷窗外，用蓝黑色的利刃刺出针孔般的星宿。他就在这样的美景下，驱赶着银色的云雾。他让我们懵懂，无知却不寒而栗。他让我们无法感知未来，生活在对过去的回忆当中。他用绝望和希冀啮噬着我们，用愿景撕扯着我们，用疲惫驯服了我们。”

“上帝啊，耶稣！”季莫费想，“上帝啊，请宽恕我吧！宽恕我那颗罪孽深重的心吧！”

大家可能早就已经对发生的这一切感到震惊了，甚至愤愤不平。一个在莫斯科的文化圈里鬼混的年轻人，怎么会有如此深刻的感悟？难道和现如今的人们一样，灵魂深处的求索和遭受的磨难使他产生了这种空虚感？不可能。这无非是作者自己杜撰出来的文学作品。

如何作答呢？当然，为了简单起见，你可以回到这个故事的开头。我们在开头交代得很清楚：这是一个完全真实的故事，有可靠的资料来源，绝对不是杜撰出来的。你也可以着手去挖掘故事的原委，去寻找证据，等等。好吧，请允许我引出这场辩论。

这么说吧，假如你能洞察周围所有人（包括来自社会各个阶层的形形色色的人和此时此刻在你身边的人）的内心世界，那么你会不会感觉极好？假如有一个来自尼科波尔①的工程队，把你的房子按照欧洲的风格进行了装修，目前正在找平墙面……你几乎每天和这些民间匠人打交道，不止一次产生过这种冒失的想法：赶紧把所有的问题都解决了，然后拿起装修工具残忍地杀了这些装修工人，再一把火把房子给烧了……一切都结束了。不过，请大家扪心自问，你了解这些工人吗？你了解他们的人性吗？你肯定对他们一无所知。你只知道他们办事敷衍，一个个都很精明。你只知道给他们用来购买建材的钱消失得无影无踪，而对于你提出的所有问题，装修队队长的答案总是千篇一律——钱已经花光了。然后，他再亲切地笑一笑。你又能怎么样呢？你能保证在这些人当中没有出类拔萃的思想家吗？在一个个漫长的装修之夜，他们躺在凹凸不平的地板上，苦闷得难以入眠，你能保证他们不是在思索自己的崇高使命吗？难道他们不是在无声地啜泣，感叹即将悄然逝去的生命吗？难道他们不是在质问苍天、诘责大地吗？如果你能保证，你就会发现自己是多么肤浅和冒失了。不过，大家是无论如何都无法做出保证的，谢天谢地！

假设一下，国家道路交通安全检查署公路巡逻局独立大队的检查员

---

① 乌克兰的一座城市。

普罗福索夫上尉正在公路上执行公务，穿着打扮一切照旧：一件夹克衫、一条蓝色厚裤子、一顶高得让人难以置信的帅气的大檐儿帽和一个带有荧光条的草绿色坎肩。他长着一张胖胖的脸，俨然一副国家公务员的模样。又能怎么样呢？你就敢断定，在这张正义凛然的面孔下面，除了一颗向每个过路司机索要贿赂的心以外，就什么都没有了吗？大家敢不敢打赌？普罗福索夫从来都没有怀疑过世间万物的存在。他从来都不渴求什么高尚的道义，也不追求什么永世之美，更不会去履行先贤的遗教，奢求什么宁静和自由。大家不会作出这样的断言，也不会打这个赌，因为你们都是聪明人，想必会意识到，所有神祇的心灵都异常错综复杂。

有些不是特别德高望重的人物也有过类似的遭遇，比如那些当代的文艺活动家，那些公关专家，那些广告创意的策划高手，那些没有固定职业、到处招摇撞骗的人，甚至还有那些政策咨询师。去你的政策咨询师吧！请原谅我的表达方式。他们都是人，都有一颗鲜活的心脏在跳动。他们辗转反侧，忍受着疼痛。一个人从表面上看确实是个“VIP”，但如果深究起来……

顺便说一说“VIP”这个词，中间的字母“I”不一定代表“Important”。“Invisible”这个词，大家觉得怎么样？翻译过来就是“隐形人”。

这就是问题的所在。

至于季莫费·博尔孔斯基，他顺利地回到了祖国。相对于以前那种“能被别人看到”的生活，他现在过的是另外一种日子。

刚开始的时候，博尔孔斯基还希望能够回到以往的生活中去，参加一些晚会，隔三岔五地给奥列霞·格龙特打一打电话。但是，他做的一切尝试都以失败告终了。比方说，他走到瓦洛佳·特罗菲梅尔这位老朋友、老战友跟前，想拥抱他，可是后者却眨着动人的眼睛，冲着另外一个人微笑。奥列霞在电话里和博尔孔斯基聊得很开心。两个人商量好了之后，奥列霞赶到了他们俩最喜欢的地方——奥茨托伊美术馆。美术馆里所有的艺术家都是那么激情四射……但是，两个人的约会却泡汤了。当博尔孔斯基张开双臂，走到奥列霞跟前，要拥抱她的时候，奥列霞却回过头，担心地对自己的女伴儿说："季莫费怎么还没来……"季莫费怒火中烧，真想和别人打一架。于是，他开始寻找打架的对象。他一头撞向了赛纳·别洛格林斯基（此人是经营锰矿的老板），可是别洛格林斯基却从他身边走了过去，拽了拽从某联邦委员会来的人。这个人看都没看博尔孔斯基一眼……在国外也就算了，那里人人平等。这可是在国内啊，连狗都认识他！真是活见鬼了……和沐浴露有什么关系呢？

不过，有一件事能让不幸的博尔孔斯基体会到快感，那就是骑上自己那辆两个轱辘的"机器"兜风。即便是这样，博尔孔斯基也遇上了一件非常恐怖的事情，令人毛骨悚然……有一天，博尔孔斯基骑着自己那辆"现代"牌摩托车在库图佐夫大街上兜风，漫无目的地沐浴在风中。你都无法想象，突然有一辆老款"帕萨特"商务车追了上来。这辆车锈迹斑斑，破得不成样子。真让人难以置信，从车窗里探出一具真的骷髅，长长的牙齿，在眼睛的位置上露着两个窟窿！我的天啊！这个"死鬼"使劲儿把季莫费从摩托车上拽了下来。摩托车失去了控制，一下子飞了出去，直接冲到了前面的垃圾车下面。你肯定想不到，摩托车被碾成了碎片。那个死人用尽全力，把一口脓水直接吐到了季莫费的脸上。也就是说，这具死尸着实把博尔孔斯基蹂躏了一番。大家感觉怎么样？简单点儿说，倒霉的博尔孔斯基费了好大劲儿才从干尸的手中挣脱出来。他一下子被甩了出去，跌倒在草坪上。至于怎么到的家，打死他都记不起来了。博尔孔斯基洗了一个小时的澡，直到身上那股尸体味儿消失了才肯作罢。然后，他把自己反锁在顶层的办公室里，满脸委屈地倒在了沙发上。他的脑子里只有一件事情：自己刚刚变成了鬼，鬼就找上门来了。也就是说，博尔孔斯基已经筋疲力尽了。

顺便说一句，博尔孔斯基没有必要为此惶惶不安。在那段时间里，这辆载着死人的车经常出没于大街上，把这里的人们折磨得够呛。大家还记得那个阿布斯图尔哈诺夫·鲁斯兰吗？他最后死得很惨。还有某位政客，一不小心，让自己那颗有着清晰思维的头颅飞了出去。最终，案子不了了之。还有奥列霞，总的来说，她的行为举止很轻佻。她被该死的恶鬼吓得直打嗝，马上就逃到岛上躲了起来。还有我们说过的普罗福索夫上尉，他也被骷髅害得患上了精神病。结果，他服役还没到期就从单位辞职了。总而言之，这群恶鬼把莫斯科搅得鸡犬不宁。

但是，故事的主人公博尔孔斯基以为这一切都是针对他一个人的，所以非常郁闷。

这一次，诡异的事件发生之后，博尔孔斯基不声不响地住进了莫斯科郊区的房子，和家人一起过日子。从某种意义上讲，家里人或许是博尔孔斯基的后勤人员。他们不相信会有奇迹发生，所以还能看到博尔孔斯基。对于家里人来说，博尔孔斯基不是隐形的，仿佛一切如故，但实际上却发生了太多的变化。季莫费现在很少刮胡子，结果那撮时髦的小胡子变得参差而斑驳。他的脑袋上出现了很大一片秃顶，周围的头发在风中摇摆，又细又长，把他弄得像个老头儿似的。不久前，博尔孔斯基还是个穿戴讲究的绅士，可现在却像一个从科幻电影里跑出来的教授，疯疯癫癫的。此类教授通常会发明一些造福人类的东西，引来一群不法分子利用这项发明达到卑鄙龌龊的目的。季莫费的新形象甚至博得了家人的好感，妻子看他的时候柔情似水。众所周知，俄罗斯女人如果对你表现出柔情蜜意，那就是真爱了。孩子们从英国放假回来，一边抚摸着季莫费的秃头，一边善意地说笑着。

博尔孔斯基无论是肉体还是灵魂都得到了重生，但是他没有丧失职业技能，可以继续靠提供咨询服务谋生。有些人从事的是很有前景的创造性职业，这些人到这里来咨询，他就为他们出谋划策。博尔孔斯基撰写过深入人心的广告词，为某个新文案策划过极富想象力的标题。他还创作过一首内容很颓废的歌曲，受到了大众的一致认可。听过这首歌吗？歌名叫《爱你，爱你！男孩儿，我爱你!》。瞧，这就是季莫费构思出来的。怎么样，很牛吧！整整半年，博尔孔斯基的大脑一直在超负荷地全速运转……总的来说，博尔孔斯基的外形完全符合他所从事的职业。他的确成了一个能给人类带来福祉的教授。因此，经常有人给博尔孔斯基数目不小的红包，这些钱足够他生活了。况且，博尔孔斯基过着世外桃源般的生活，十分节俭，大大减少了花销。生意上的客户渐渐地适应了季莫费的隐身，和他拥抱的时候都是循声辨人，和他交谈的时候总是若有所思地盯着天花板或者地板。到了告别的时候，客户把装着酬金的红包随便往桌角上一放，就出门上车了。客户开车出来的时候，大门会自动打开。他们假装若无其事，其实心里很清楚，门是隐形人季莫费打开的。黄昏时分，季莫费久久地站在雨中，倚着大门，看着吉普车沿着冷冷清清的马路绝尘而去。他想，要是现在能上楼回到温暖的办公室，听一听自己钟爱的巴洛克音乐，在轻柔的乐曲声中打个盹儿，进入隐身状态，该有多惬意啊！

总之，他觉得，如果还因为身体透明而发牢骚，无异于造孽——他已经适应了一切。

对于博尔孔斯基来说，只有一件事情是无法挽回的：奥列霞·格龙特彻底抛弃了他。两个人在门可罗雀的咖啡厅里，花了很长时间，费了好大劲儿，想解释清楚他们之间的关系。有好几次，奥列霞一把目光停留在那个仿佛有老朋友坐着的地方，就想哭。满眼泪水的奥列霞顿时失去了上流社会交际花的风采，像个从费奥多西亚来的受了惊吓的小丫头。时至今日，费奥多西亚这个地方仍然埋在奥列霞的心灵深处。奥列霞认为，季莫费这么做太自私了，尽管她也不明白自己为什么会莫名其妙地埋怨季莫费。最后，她还是直截了当地说出了那句话：“我没办法和一个隐形人待在一起。”一切都结束了。说完这句话，两个人互相告了别。不过，两个人至今还经常通电话，因为他们对这种联系方式已经太熟悉了。碰上阴霾天气，两个人的心情都很郁闷。这时，其中一个人就会拨那个熟悉的电话号码。“你怎么样?”“你呢?”……一些美好的东西终究还是留存了下来，就像天空中的云朵，缓缓地四处散开，化作一团团轻柔的棉絮……

在我们身上，总是会发生一些让人瞠目结舌的事情。你本来可以活得好好的，无牵无挂。既然得到了上苍的垂青，你就应该开开心心地过日子。可是，你却总是因为一些鸡毛蒜皮的小事而唠叨抱怨。突然有一天，只因为一个愚蠢的动作、一个冒失的举动，一切都土崩瓦解了，变得支离破碎。你只是想稍微调整一下自己的生活，让生活变得更好，可生活却垮了下来。于是，你便开启了一种全新的生活模式。你好像过得更好了，一直都在憧憬的快乐日子终于来到了。但是，那些无法预知的痛苦也向你袭来，让你窒息……爱情，你在哪儿呀?爱情已经从你的身边溜走啦!我们不止一次地说过，天才可以给我们带来一方净土，带来自由奔放，但却给不了我们幸福。幸福和痛苦一起离我们而去了，带着昔日流下的泪水和我们告别了。回过头来，只看到一个人，身旁没有任何同行者。

人们相互之间都是隐身的，这就是症结所在。我们为什么要受到这样的惩罚?这不是我们应该知道的。或许，这是我们应该承受的吧。

烈火苍穹

……当你推着左右摇摆的小车在超市里徘徊的时候，会看到各种各样的东西。这里有做意大利通心粉用的酱汁，一般存放在厚重的玻璃罐里。这里有用塑料薄膜包好的一块块奶酪，还有用来软化水质的洗衣粉。如果不用这种洗衣粉的话，洗衣机里就会堆积让人讨厌的东西，弄坏洗衣机，有把隔壁房间给淹了的危险。这里有称重之后贴上标签，再装到透明袋子里的一串串烤肠，还有剃须刀，等等。你来回走啊，走啊，心里想的只有一件事：还应该买点儿什么备用的东西呢？可是，你该离开这里了。犹疑徘徊了一阵之后，你终于拿了所有想要的东西。你还要到出口处的收银台去结账，递上那泛着绿光的票子。你只要把钱付清就能获得自由了。生活迫使我们脱离了正常的轨道……当然，我们所说的“生活”，是“生活的终结”，而不是“生活的开始”。你已经结过账了吗？好吧，再见，谢谢惠顾！希望你再次光临！

顺便提一句，佛教徒还有其他一些人，都相信转世或者轮回。转世之后，人可能会变成狗、蛇、蟑螂或其他生物。可是，我们认为，我们已经获得了自由。这家超市对我们来说，没有什么值得留恋的。然后，我们要做的，无非是在绿油油的草地上自由自在地散步。要么就让我们为了自己卑贱的灵魂，去经受高温的锻造和熔炼，去真心诚意、发自内心地进行忏悔……这样做倒是完全可以。不过，真是造孽啊！

在莫斯科的郊区，流淌着一条河。这条河就像一个巨大的圆圈，绕过了暗藏的障碍物。这里有一个面积不大的区域，名为“布留哈诺沃”。河水把布留哈诺沃分成了两部分：上布留哈诺沃和下布留哈诺沃。上布留哈诺沃靠近莫斯科城区，而下布留哈诺沃基本上已经在莫斯科郊区了。先前，在没有文献记载的年代，这两个地方是互相敌对的郊区村落。两个村的村民把牛奶和鸡蛋运到首都去卖，互相压价。春天，冰层解冻了，可是年轻人仍然在上面玩儿了命地打架斗殴，一直打到两败俱伤才肯罢休。一不小心，还会发生溺水事件。村子里的一些有声望的村民看着城里人的生活，眼红得不得了。他们羡慕城里有电，有中央供水系统，更不用说方便的供暖设施和整洁的办公环境了。于是，两个村子的村民们较上了劲儿，看谁先富起来。按道理讲，应该是上布留哈诺沃超过下布留哈诺沃……可是，事情却按照自己的轨迹发展着。下布留哈诺沃的村民为了应对村民数量急剧增长这个问题，抢先一步建起了规模宏大的住宅区。于是，一排排九层板楼和十六层塔楼拔地而起。后来，上布留哈诺沃的村民才修建了一条穿区而过的街道。街道是以一个叫“彼得罗夫”的人的名字命名的。沿着这条街道，在上布留哈诺沃盖起了一栋栋豪宅，开了一家家美容院。这里的房子都价格不菲。在水电管线的铺设问题上，两个区域倒是平分秋色。不过，上布留哈诺沃因为存在社会两极分化而占了一些优势。“社会两极分化”这东西，我们还没做好准备就一股脑儿地砸到了我们身上。过去，大家都过着平淡的生活。需要的话，大家就到山上的那些盖得七扭八歪的小屋里待着，照看照看菜地。可是，突然有一天，一切都变了，让你措手不及！有些人卖的马桶设计精良，要花三张绿票子才能买下来。有些人卖的马桶是苏联国产的，马桶圈儿是木头做的，上面还有裂纹。有些人巴不得做个流氓或者当个保镖，而有些人却偏偏雇个流氓给自己当保镖。有些人在“下布留哈诺沃乡村会馆”这家保健娱乐中心开了自己的桑拿馆，而有些人就在里面蒸桑拿。

总而言之，民主嘛！

从另一个方面看呢……上布留哈诺沃毕竟离克里姆林宫近一些。所以，早在战争之前，在上布留哈诺沃就开通了通往市区的有轨电车，而在那时候的下布留哈诺沃，连条路都没铺好呢。下布留哈诺沃所在的下游河岸一次次地饱受水患折磨的时候，上布留哈诺沃所在的上游借着波涛汹涌的水势，变得越发壮观起来。曾经是这样，永远是这样！同志们，这不是历史，而是地理。这不是人文科学，而是自然科学。

比如说，有一个不大的居民区，其地理位置就在河流开始转弯的地方。自古以来，这个区域既不属于上布留哈诺沃，也不属于下布留哈诺沃。居民区里有三十几个灰色的木屋，路上十分泥泞，还常年刮风。人们迁徙到这种环境恶劣的地方来，图什么呢？只有上帝才知道。无论是火山带，还是冻土带……无论是饱受地震、洪水摧残的地区，还是常年干旱的地区，人类在任何环境中都能生存下去。我们不禁要问，在这种地方生存有什么意义呢？虽然景色优美，也没什么危险，但是满眼只有空旷的大地！真是无法理解！但是，人们该住还是得住。一个奇特的民族，一个让人难以理解的民族！

于是，河流经过上布留哈诺沃和下布留哈诺沃这两个地方的时候，形成了一个“湾区”，里面住着一群土著人。他们既不管什么“地区的总体发展”，也不管什么“自由的经济”，只管老实本分地过日子。以前，这里连个名字都没有。近些年，上面通过了决议，打算实施一次大规模动迁。这里很快就会被夷为平地，所以他们把这块地方简单地命名为“私有带”。要动迁的地方，虽然下面是冻土层，但也会打上地基，建起高层住宅。在该行政区域内建立的新区，有户籍的公民可以分到相应面积的住房。几年前就打算在彼得罗夫大街上修建世界第一高楼，可规划却泡汤了。问题出在雇来的外国建筑工人身上，他们相互之间语言不通。规划的名称倒是很响亮，叫“巴比伦”。但是，工程还是搁浅了，只留下一堆堆瓦砾，工程负责人也破产了。尽管有如此惨痛的教训，但是坊间还是流传开了，说如今这块地方的建筑规模相当大。一些躁动不安的建筑公司老总，以及对这些公司很照顾的当地政府官员都等不及了，迫不及待地要把“私有带”拆掉。这些被上帝和生活遗忘的破旧农舍，撑不了几天了。

就在这个时候，我们那个不灭的灵魂显现出了神秘莫测的一面。一些无能的学者想去理解灵魂是怎么回事，要去解释其中的奥妙，最终还是一头雾水。根本就行不通嘛！先生们，放弃吧！这是一个伟大的国家，俄罗斯人宽广的心胸容得下惊天的秘密，容得下整个世界，甚至容得下整个宇宙。人住在达到卫生标准的房子里，区区几平方米，心里会感到很憋屈。可是，即便是住在装潢设计很讲究的普通住宅里，也会有一种窒息的感觉。请赐予我们整个世界吧！请赐予这块土地一片安宁吧！她看似渺小，但却广袤无垠。

总之，大家开始闹事了。人们对前来交涉的建筑公司代表以及官方代表说：“你们不要逼我们说脏话，就让我们安安静静地过日子吧！我们情愿住在破破烂烂的小屋里，没有供水设施和下水道。我们只要菜园子，只要属于我们的那一块五百平方米、七百平方米，甚至一千平方米的土地。它是我们私有的不动产，是我们的家园。我们根本就不需要所谓‘有电话和垃圾通道’的舒适生活！这里是我们父母的栖身之所。在这里，我们的父辈被沙皇制度折磨得遍体鳞伤。在这里，我们终将逝去，但是绝不会屈服。”

大家说说，我们同胞身上的这种自豪感，这种对自由产生的无法克制的向往，是打哪儿来的呢？我们的同胞已经生存了几百年，即使是现在也不会对受制于人的生活方式有什么异议。他们很喜欢被人约束，甚至把约束自己的人奉为亲爹。他们这样做，无非是希望这些人给他们带来福祉，希望在这些人那里感受到关怀。为了福祉和关怀，我们的同胞准备好了被人管束，情愿把这些人奉为亲爹。有这么一个中尉①，长相丑陋，性格十分乖张，但却才华横溢，在朋友中很有威望。他十分直白地写过这样的话："这是一个处处奴颜婢膝的国家，是一个处处养尊处优的国家。好像除了这两种人，我们的国家就没有任何其他人了。"他还破口大骂，说俄罗斯人身上脏兮兮的，就好像他自己在塔尔罕内庄园②，泡在浴缸里不出来似的……只不过，俄罗斯人起初会摆出一副恭顺的样子，然后再奋起反抗！这时候，哪怕反抗的规模很小，也会引发普加乔夫起义般的战争。

于是，在"私有带"生活的人们站起来反抗了。

大家立刻就从退休工人和退伍老兵当中选出了人民领袖，组织起了抗议活动。青年知识分子阶层参与起草了抗议书，把它寄给了相关的职能部门。为了保险起见，他们把复印件分别寄给了出镜率很高的议员、歌声优美的知名演员和斯特拉斯堡国际法庭的工作人员。斯特拉斯堡这座城市素来就以公正闻名遐迩。当然，他们把其中的一份抗议书复印件寄给了总统，让总统去明辨是非吧！抗议书是青年人打印出来的，没有任何纰漏。

大家很快就收到了回复，但却完全不是以书信的形式回复的。来了几名全权代表，有男有女，挨家挨户地给大家发放"看房证"。代表们一个个眉头紧蹙，十分纳闷儿——人们为什么不愿意搬到现代化的房子里去呢？新房可是"内有电梯，外有配套设施"啊！人们怎么会甘愿待在设施落后的房子里呢？饮用水要到街上去打，连有线电视都没有。不想搬走的住户顽抗到底，拒绝在"看房证"上签字。于是，代表们迅速

① 暗指诗人莱蒙托夫。

② 诗人莱蒙托夫在这里度过了童年时光，去世后被安葬于此。

挤上了微型公务车，在一场智斗之后溜之大吉了。

不过，退休职工们都可以说是久经沙场了。他们当中有人有到区委和反盗窃社会主义财产和投机倒把局上访的经历，所以他们并没有被胜利冲昏头脑，做好了迎接新挑战的准备。他们的判断丝毫不差：很快，惶恐不安的女邮递员便往每家每户的邮箱里放了通知单，内容是“根据区法院的紧急决议，不久将强制居民搬离此地”。大家还在揣摩文件内容的时候，响起了马达的轰鸣声。重型机械设备进入了现场，后面还跟着身穿橘黄色背心的拆迁工人。远处，领导们乘坐的一辆辆黑色轿车清晰可见。

还能怎么办呢？大家只有挽起袖子，逆流而上，像以往一样，准备清除掉前进道路上的一切障碍。大家站成了一排。队列里有一些老太太，穿着家居服，戴着深色头巾。深色头巾可是去教堂做礼拜的时候戴的呀！队列里有一些年轻人，穿着肥大的裤子，套着印着字的背心，戴着美式鸭舌帽。队列里有几个神情严肃的男人，牺牲了自我，不抽烟也不喝酒，带病坚守着。队列里有一位老人，胸前佩戴着一枚共产主义劳动突击手纪念章和一枚黑得已经无法辨认的奖章（奖章上挂着绶带）。队列里有两个女孩儿，穿着高跟鞋，戴着耳机，听着音乐。总之，队列里人不多，但却“代表了全人类”。冷酷无情的机器退却了，政府好像向这些固执的人屈服了。

唉，太幼稚了！乡亲们，你们就像孩子一样。从哪儿看出来政府会屈服呢？残酷的事实告诉我们，政府是不会低头的，你们就别心存侥幸了。我们选举出来的政府，就是要严加管束我们，就是要用这些手段来造福于民，就是要毫不手软地根除掉人们肆意妄为和娇生惯养的习性。否则，民众就会把他们搞得灰头土脸，直至形消神灭。任何一个政权，无论是沙皇政权，还是上帝赐予我们的当今政权，抑或是国际社会监督下的全民选举出来的政权，其实质和意义只有一个，那就是让人民杜绝自己的鲁莽言行。如果一个政权无力完成这个使命，那么它的日子也就到头了，大部分人都会跟着一起遭殃。这时候，挣脱了约束的民众一定会开始互相残杀，名义上是为了道义、公正和自由，实际上却干着敲诈勒索的勾当。一些识文断字的傻瓜也站出来了（他们会为此付出代价），把这种做法命名为“伟大的革命”或者“历史的更新”。下面这些表达方式也很恰当，比如“贫穷”、“饥饿”，还有“当街的枪声”、“地下室的臭水”，等等。直到新生的力量从千头万绪中脱颖而出，直到有人英勇地振臂高呼，直到有人勒紧那根放松了的缰绳，直到有人组建了政权，直到有人镇压了起义，这一切才会画上句号。那时，我们会冷静下来，着手做些实事。瞧着吧，一切都会趋于平静，直到再一次发生暴动。

不过，我们最好还是回到故事情节中来，说说出场的人物，讲讲“神奇意志力”的执行者。居民们取得胜利之后，又过去了一个星期。金秋时节早早地来到了，正如大家所期待的，令人赏心悦目……美不胜收！空气清爽而新鲜……就在这个节骨眼儿上，政府为了开导上、下布留哈诺沃交界处的抗议群众，把电给断了。几个男人开着货车来了，带着一个可以移动的物件，在电线杆上鼓捣了一阵子。他们这样做，算是和大家打过招呼了，仿佛在暗示：你们既然不想生活在现代社会，不想用电，那好吧，我们就成全你们，让你们彻底过上落后的原始生活。既然你们这么聪明，那么就去生炉子吧，去用水桶挑水吧！冰箱不能用了，就去吃那些发霉变质的食物吧！最主要的是，和自己心爱的电视机说再见吧！希望你们在家乡好好住下去，尝一尝住在真正的农村是什么样的幸福滋味。这样做的确很残忍，但是很有道理。

这样一来，闯了祸的人们就真的陷入了一片黑暗。所有闹事的人都老实了，待在家里，把蜡烛点上，插在水杯里，或者随手放在什么东西上。受罪啊！年轻人没法儿用电脑了，再也看不到喜剧节目和电视连续剧了。冰箱里的冰化了一地水……只剩下用电池的收音机了，播放着煽情的“牢狱歌曲”。这些歌曲本来就凄凄惨惨的，所以越听越悲凉。

年轻人马上就抓起背包去了城里。年轻人嘛，干什么都无所谓。即便在大白天，他们也不知道去哪里好。女人们想啊，想啊，吹灭了蜡烛，躺下睡了。忙活了一天，想看看电视剧都不行，睡觉总可以吧！男人们呢，更容易受刺激，自然也就睡不着了。于是，他们就来到日用品售货亭旁，凑在一起聊天。必须承认，这些男人在有电的和平日子里也喜欢待在那里闲扯。售货亭的老板很精明，不知道从哪里找到了一盏煤油灯。他全然不顾消防安全规定，点着煤油灯，一边卖啤酒，一边卖下酒的吃食，甚至还出售伏特加酒。只有那些最忠实的老顾客才钟爱伏特加酒，这样的顾客寥寥无几。

男人们在一起，话题自然少不了。

一位绅士曾经说过，我们都是乌合之众，连牲口都不如，活该过这种日子。

不得不说，每一个国家都会有那么一群人，就喜欢抨击自己的民族。他们有时候只是单纯地抨击，可是有时候却又不局限于此。我们来看看犹太人，或者亚美尼亚人……随便什么人，他们恐怕不会允许别人用言语攻击自己的民族。人家能够互相依偎、互相支持，用同一种思维方式去思考。我们俄罗斯人，喝酒喝得毁掉了大脑，丧失了理智。第一个演说家尽管也没了大脑并且丧失了理智，但是丝毫没有受到影响，继续举杯畅饮。其他人则大声议论，沉醉在四溢的酒香里……

“上法庭吧，只能这么办了。”第二个演说家如是说。

为什么非得上法庭，他没有解释。这样的人消息灵通，通常对自己的消息来源守口如瓶。大家并没有去和他争辩，也没有要求他拿出什么证据，一边谦恭地听他说，一边认真地点头同意。不得不说，对于这种专业人士的建议，俄罗斯人向来都不会采纳。这一点非常值得赞扬……

大家一个个都沉默不语。过了很长时间，第三个演说家发话了：“换一个角度思考一下，我们还是可以搬离这个地方的嘛！住在这个臭水坑里有什么意思呢？简直和牲口一模一样！”

这突如其来的妥协退让，没有遇到任何反抗。大家并没有急于把这个违反原则并且极有可能叛变的人从队伍中清除出去，而是再一次冷静下来，久久地陷入了沉思。伟大的俄罗斯人民，其性格的惊人之处就在于，对任何一种不同的观点，都不会立刻予以否定。我们会怀着一颗同情心去审视它，去接受它，甚至如痴如狂，为了实现这个想法，不惜牺牲自我！我们会进行这样的推理：既然某种想法出现了，就肯定有它的合理之处……还是尝试一下吧。我们的国家地大物博，尝试之后不会出现什么严重的后果。看吧，如果失败了的话，我们就会大惊小怪：怎么就失败了呢？但是，别人却取得了成功。这意味着，那里的气候更温和。唉，算了吧……

公民们就这样静静地思考着国家的命运。

这时，他们被黑夜包围了。夜色中，故乡上空的繁星迸发出的自然之光和城市里闪耀的人造灯光交织在一起，宛如我们癫狂错乱的历史上，交错着光明与黑暗……

我们觉得，此时此刻无论如何都会发生奇迹。

奇迹真的出现了。

天空中闪烁着星光。夜幕下，一个很不起眼儿的同志渐渐地从人群中显现了出来。他的外形和长相，我们无法辨认清楚。不过，后来我们还是查明了，此人并非本地人。他在一个老太太家租了一个房间，但是我们不知道他以什么为生。此人整天待在老太太那间阴暗潮湿的屋子里，抽一抽烟，在纸上写写画画。他已经写了一小沓了。总而言之，他目前没有工作。但是，看样子，他是个文化人。现如今这样的人多的是，可以用一大堆带“无”和“没”的词语去定义他们。

大家还没反应过来，这个人就离开了售货亭。眨眼的工夫，他就爬上了旁边的一根电线杆。就在这根电线杆上，电源被一股巨大的力量切断了。他既没有移动平台，也没有防护抓钩，更没有梯子什么的！那么，他是怎么上去的呢？只有天知道。奇迹！这就是奇迹，根本不需要推理！这个人爬上去之后，挂在了上面，紧贴着电线杆，就像被磁铁吸住了一样。

群众呢……关于他们，有什么好说的呢？我们已经彻底交代清楚了，他们只有默不作声。实际上，我们并不是要用言语攻击他们，而是要以自己的方式表达对他们的爱。但是，现在不是说这个的时候。

这时候，外乡人已经在电线杆上忙活起来了，试图恢复供电。我们再次注意到，他事先没有切断总闸，没有戴橡胶手套，也没有穿符合技术标准的套靴！大家都很清楚，高压线的电流足以把活物变成烤肉……但是，主人公却安然无恙。谁让他是英雄人物呢！他把电线拧成一卷（电线在他手里就像泥巴一样），朝下面挥了挥手，说：“马上就有电了！”

闲置的电源开关，立刻就让大家期盼已久的电流输入了一盏盏电灯，输入了一个个电视屏幕。片刻之前还死气沉沉的屋舍里灯火通明，光明和温暖涌向了人间。

人们还不至于一看到奇迹出现就大跌眼镜。惊愕之余，是免不了要小酌几杯的。

外乡人还在电线杆上吊着呢！他下不来了，衣服挂在了什么东西上。

“我给他们带来了光明。”外乡人琢磨着。他像个幻想家，更像个酒鬼。“为了帮助他们，我把自己吊在了这里。‘肝硬化’这只恶鸟，”他一边想，一边在黑暗中吞下了几片治疗肝炎的黄色药片，“会飞过来啄食我的肝脏。一定会发生一个传奇的神话故事！我把它写下来，就能名满天下了。我的书会和其他新书一起，被所有的大型书店摆放在书架上出售。弄不好，我写的书还会被码成一摞，再贴上一张广告宣传单，上面写着‘最畅销书系’。但是，我命中注定与这样的成就无缘。我就这样一直挂在电线杆上，像个十足的傻瓜——这就是我的宿命。可是，电呢，人家一下子就能掐断！爬了这么高，犯得上吗？”

这个不幸的人备感煎熬，怀疑自己选择的道路，懊悔自己的所作所为。可是，这有什么意义呢？一般来说，英雄是不会去反省和反思的。不过，有些人蜕变成英雄，纯属偶然。他们还没有失去人类可爱的本性！

早晨，莫斯科电力公司来人了。他们按照操作流程，轻轻往上一蹦，就把外乡人救了下来。一个月后，木屋被推土机夷为平地，人们被按照规划安置了下来。于是，一切都结束了。

来自外乡的“普罗米修斯”背起背包，去了城里。城里有一群我们的老熟人——没有办理合法手续的企业家、公关人员、上层社会的交际花、流氓、地铁的工作人员、街头流浪汉、警察、演艺圈的明星、巫婆、私人安保公司的工作人员、咖啡馆的顾客、极限运动爱好者、退伍老兵，还有一些莫斯科本地人和首都的来客（后者给了别人好处才拿到了临时居住证）。“普罗米修斯”和这些人混在一起，迷失了自我。也许，他还会租下一个老妇人的房间，继续搞自己的创作。生命毕竟只有一次，转瞬即逝，我们应当抓紧时间努力工作。

我们希望上天能够赐予外乡人力量和时间，让他完成创作。否则，真的犯不上爬得那么高呀！

Московские сказки

Александр Кабаков

本书译自俄罗斯 Астрель 出版社 2011 年版